Thomas Thiemeyer

Evolution

Die Stadt der Überlebenden

Ebenfalls vom Autor im Arena Verlag erschienen:
Evolution. Der Turm der Gefangenen (2)
Evolution. Die Quelle des Lebens (3)

Thomas Thiemeyer,

geboren 1963, studierte Geologie und Geografie, ehe er sich selbstständig machte und eine Laufbahn als Autor und Illustrator einschlug. Mit seinen preisgekrönten Wissenschaftsthrillern und Jugendbuchzyklen, die mittlerweile in dreizehn Sprachen übersetzt wurden, ist er eine feste Größe in der deutschen Unterhaltungsliteratur. Seine Geschichten stehen in der Tradition klassischer Abenteuerromane und handeln des Öfteren von der Entdeckung versunkener Kulturen und der Bedrohung durch mysteriöse Mächte. Der Autor lebt mit seiner Familie in Stuttgart.

www.thiemeyer.de
www.thiemeyer-lesen.de

Thomas Thiemeyer

Evolution

Die Stadt der Überlebenden

Arena

Für Max und Leon

The future has not been written.
There is no fate but what we make for ourselves.
(John Connor)

FSC
www.fsc.org
MIX
Papier aus verantwortungsvollen Quellen
FSC® C110508

1. Auflage als Sonderausgabe 2018

Dieses Werk wurde vermittelt durch die Literarische Agentur
Thomas Schlück GmbH, 30827 Garbsen
Coverillustration: Jann Kerntke
Einbandgestaltung: Johannes Wiebel
Umschlagtypografie: KCS GmbH · Verlagsservice & Medienproduktion, Stelle/Hamburg
Gesamtherstellung: Westermann Druck Zwickau GmbH
ISSN 0518-4002
ISBN 978-3-401-51041-5

Besuche uns unter:
www.arena-verlag.de
www.twitter.com/arenaverlag
www.facebook.com/arenaverlagfans

»Wir wissen mit absoluter Gewißheit, dass Arten aussterben und andere sie ersetzen. Nichts in der Geschichte des Lebens ist beständiger als der Wandel.«

»Alles, was gegen die Natur ist, hat auf Dauer keinen Bestand.«

Charles Darwin
(1809–1882), englischer Naturforscher, begründete die als Darwinismus bekannte Abstammungslehre.

Prolog

Jem hörte Steine von oben herabprasseln. Nur Kiesel und etwas Geröll, doch es genügte, um seinen Pulsschlag zu beschleunigen. Er lauschte. Da war es wieder – das unheimliche Jaulen.

Sie hatten seine Spur wiedergefunden.

Ausgerechnet jetzt, ausgerechnet hier.

Panisch sah er sich um.

Der Pfad war zu schmal und zu steil, um auch nur einen Moment zu glauben, er könnte eine schnelle Flucht antreten. Die Stufen verloren sich in der endlosen Tiefe. Die Treppe, die jemand vor Urzeiten in den Fels geschlagen hatte, wand sich hin und her wie das Zickzackmuster auf dem Rücken einer Schlange.

Direkt unter ihm lag die nächste Kehre, wo es eine kleine freie Fläche gab. Rechts das steil aufragende Bergmassiv, links der bodenlose Abgrund.

Der Schnee hatte eine rutschige Pulverschicht hinterlassen. Er musste vorsichtig sein. *Verdammt* vorsichtig.

Als er die Kehre erreichte, blieb er stehen.

Lange brauchte er nicht zu warten. Als hätten sie einen unsichtbaren Befehl erhalten, kamen die Wölfe die Stufen herunter. Einer hinter dem anderen. Sie fixierten ihn mit ihren Blicken.

Es waren drei, unterschiedlich in Farbe und Größe. Einer von ihnen hatte ein weißes Fell und stechende gelbe Augen. Er war riesig. Die anderen waren kleiner, zierlicher und braunschwarz getupft. Vielleicht Weibchen. Alle hatten sie ihre Ohren aufgestellt und hielten witternd die Nasen in die Höhe. Sie schienen direkt durch seine Maskerade hindurchzusehen. Die drei nahmen Positionen ein wie bei einem Schachspiel.

Einer von ihnen sprang auf die untere Treppe, einer blieb oben, während der letzte auf ihn zukam. Es war der große weiße. Ein Ehrfurcht gebietendes Tier. Wenn es denn überhaupt ein Tier war. Langsam wusste er nicht mehr, was hier echt war und was nicht. Aber darüber nachzudenken, war in etwa so sinnlos wie die Frage, was er hier zu suchen hatte. Wie er überhaupt in diesen Irrsinn hineingeraten war.

Hektisch wühlte er in seiner Hosentasche und zog sein Taschenmesser hervor. Als er es aufklappte, sank sein Mut. Damit hätte er nicht den Hauch einer Chance gegen seine Angreifer. Aber die Wölfe standen nur da und witterten.

Jem riss das Fell von seinen Schultern und streckte es wie ein Schild vor sich aus. Mit der Rechten hielt er das Messer umklammert und richtete es auf die Angreifer.

Die Klinge zitterte.

Das war's dann, dachte er. *Game over!*

1

Eine Woche zuvor ...

»Letzter Aufruf für den Lufthansa-Flug LH-456 von Frankfurt nach Los Angeles. Die Passagiere Jerome Ellis und Lucinde von Winterstein werden gebeten, sich umgehend am Boardingschalter, Ausgang Z-54, zu melden. Letzter Aufruf für Lufthansa-Flug LH-456 nach Los Angeles.«

Jem schnaufte. »Hast du gehört, Lucie? Damit sind wir gemeint. Komm schon, wir müssen uns beeilen.« Eigentlich hatte er sich immer für gut trainiert gehalten, aber so langsam ging ihm die Puste aus. Die Gänge waren endlos und sein Rucksack schien mit jedem Schritt schwerer zu werden.

Das Mädchen neben ihm warf ihm nur einen gehetzten Blick zu. Ihr roter Pferdeschwanz zuckte wie eine Flamme im Wind. Sie hatte ein hübsches Gesicht. Schmal, blass und mit ein paar Sommersprossen auf Wangen und Nase.

Sie war ihm sofort aufgefallen, als er heute Morgen in den Zug nach Frankfurt gestiegen war. Er hatte noch nie ein fremdes Mädchen angesprochen, aber nachdem er den Sticker ihrer Reiseorganisation auf dem Koffer gesehen hatte, war er über seinen Schatten gesprungen. Eigentlich fand er Mädchen ansonsten eher schwierig und eine Freundin hatte er auch noch nie gehabt.

Aber Lucie war nett, wenn auch etwas seltsam. Da war etwas in der Art, wie sie sprach, was ihn aufhorchen ließ. Mal klang es, als wäre sie superintelligent, dann wieder gab sie total merkwürdiges Zeug von sich. Aber er war froh, das Labyrinth aus Gängen, Rolltreppen und Hinweistafeln nicht alleine durchqueren zu müssen. Zumal sie bessere Augen zu haben schien als er.

»Rechts«, keuchte sie und bog ab.

Hektisch überflog er den Wald aus Schildern und Anzeigentafeln. Tatsächlich, da war der Pfeil. Er hatte ihn schon wieder übersehen.

»Da drüben, Jerome, siehst du? Da ist unsere Sicherheitskontrolle. Terminal A/B 1. Wir haben es gleich geschafft.«

»Alles klar«, schnaufte er zurück. »Aber bitte sag *Jem* zu mir. Nur mein Vater nennt mich Jerome.«

»Alles grün. Ich werd's mir merken.«

Alles grün? Farben schienen es ihr irgendwie angetan zu haben. Seit sie sich heute Morgen kennengelernt hatten, waren schon einige Sätze gefallen, in denen sie irgendwas von Rot, Grün, Blau oder Gelb geredet hatte – als lebte sie in einer kunterbunten Regenbogenwelt.

»Oh, da vorne ist Connie von der Agentur.« Lucie deutete in Richtung der Magnetschranke, hinter der eine zierliche Frau mit blondem Pferdeschwanz stand und hektisch winkte.

Jem kannte Connie bislang nur vom Telefon, sie gehörte zur Reiseorganisation *Travel-Exchange,* die sich auf Schüleraufenthalte in den USA spezialisiert hatte. Connie würde die Jugendlichen auf ihrem Flug nach Los Angeles begleiten und vor Ort dafür sorgen, dass jeder in die richtige Gastfamilie kam.

Jetzt redete sie auf einen Angestellten der Security ein, der immer wieder den Kopf schüttelte. Wahrscheinlich kein gutes Zeichen.

»Das schaffen wir doch nie«, murmelte Jem. »Sieh dir mal die Warteschlange an. Das sind mindestens fünfzig Leute und die müssen alle noch durchgecheckt werden.«

Connie deutete jetzt heftig gestikulierend in ihre Richtung. Der Beamte reckte den Hals, sah zu ihnen herüber und winkte dann eine Kollegin herbei. Die schwarz uniformierte Frau öffnete ein Absperrband.

»Ich glaube, die wollen uns durchlassen«, sagte Lucie. »Beeilen wir uns. Sie wirkt furchtbar gelb ...«

Gelb? Jem runzelte die Stirn. Die Frau sah eigentlich ganz normal aus. Abgesehen davon, dass sie ein bisschen dicklich war und einen mürrischen Zug um den Mund hatte.

»Kommen Sie, Herrschaften, wir haben nicht den ganzen Tag Zeit«, rief sie und wedelte ungeduldig mit der Hand. Lucie und Jem hielten auf sie zu.

Doch ihre Aktion erregte die Aufmerksamkeit anderer Fluggäste. Einige von ihnen machten sich ebenfalls auf den Weg.

»Dieser Schalter ist geschlossen«, rief die Beamtin. »Bitte bleiben Sie in der Schlange.«

»Und was ist mit denen da?« Ein älterer Herr deutete auf Lucie und Jem. »Die dürfen doch auch durch.«

»Ist ein Notfall«, erklärte die Beamtin.

Der Mann reckte sein spitzes Kinn vor. »Wir stehen hier schon eine halbe Stunde! Wird man jetzt auch noch fürs Zuspätkommen belohnt? Unerhört, so was!«

Jem versuchte, die Schimpftiraden auszublenden, und konzentrierte sich auf die Sicherheitskontrolle. Zu Connie hatten sich inzwischen ein Junge und zwei Mädels in Jems Alter gesellt, wahrscheinlich andere Teilnehmer des Schüleraustauschs. Sie sahen ziemlich genervt aus. Jem spürte, dass sie ihm die Schuld für die Verzögerung gaben. Dabei konnte er gar nichts dafür! Signalstörung auf der Strecke Köln–Frankfurt. Eine halbe Stunde hatte sie das gekostet. Allerdings schien er der einzige Dunkelhäutige in der Gruppe zu sein. Jem hatte diese abschätzigen Blicke schon häufig spüren müssen. *Gib dem Neger die Schuld.* Na klar. Noch nicht mal richtig angekommen, *war* er mal wieder der Schwarze Peter. Haha.

»Metallgegenstände, Schlüssel und Geldbeutel hier in die Wanne legen. Tablets und Notebooks daneben.«

Mit raschen Bewegungen leistete Jem den Anweisungen der Beamtin Folge.

»Haben Sie irgendwelche Flüssigkeiten dabei?«

»Nein.«

»Schuhe ausziehen.«

Er runzelte die Stirn. Lucie war bereits durch das Tor hindurch und wurde abgetastet. Sie hatte ihre Schuhe anbehalten dürfen.

»Beeilung, junger Mann, wir haben nicht den ganzen Tag Zeit.« Die Beamtin wippte mit dem Fuß.

Jem beugte sich vor, um die Schnürbänder seiner Chucks zu lösen. Dabei fiel ihm die Sonnenbrille runter.

»Brille und Gürtel ebenfalls in die Wanne.«

Ihm wurde warm. Schweiß trat auf seine Stirn. Kaum hatte

er seinen Gürtel rausgezogen, merkte er, wie seine Hose zu rutschen anfing. Er trug seine Jeans gerne ein paar Nummern zu groß. Aber in diesem Moment hätte er viel lieber eine eng sitzende Hose angehabt. Den Bund mit der einen Hand festhaltend, watschelte er in Richtung Schranke.

»Durchgehen, bitte.«

PIEEEP!

Na toll.

»Bitte kommen Sie zu mir.« Ein Beamter hielt ihm ein kellenförmiges Gerät entgegen. »Arme ausbreiten.«

Jem streckte seinen Bauch raus und versuchte, seine Hose oben zu behalten – vergeblich. Wie in Zeitlupe rutschte das verdammte Ding dem Erdmittelpunkt entgegen. Und mit ihm sein letzter Rest von Würde. Von der anderen Seite der Sicherheitskontrolle ertönte Gelächter. »Schicke Unterhose, Alter.«

Der da rief, war schätzungsweise eins achtzig groß, muskulös und mit blondem Strubbelkopf. Eine echte Kante. Er trug ein Muscleshirt mit der Aufschrift *UCLA – Westwood Los Angeles.* Zwei hübsche Mädchen standen neben ihm, eine blond, die andere dunkelhaarig. Die Blonde hatte sich ziemlich aufgestylt.

»In Ordnung und jetzt umdrehen.«

Jem zog die Hose bis zum Anschlag. Doch kaum wurde er aufgefordert, die Beine zu spreizen und die Arme vom Körper wegzustrecken, fing das Spiel von Neuem an.

Er stieß einen Seufzer aus. So hatte er sich die erste Begegnung mit seinen Mitreisenden nicht vorgestellt. Lucie war die Einzige, die Mitleid mit ihm zu haben schien, und warf ihm ein aufmunterndes Lächeln zu. Er wäre vor Scham am liebsten im Erdboden versunken.

»In Ordnung, junger Mann. Sie dürfen jetzt weitergehen.«

Danach ging alles ganz schnell: anziehen, packen, rennen – er hatte nicht mal Gelegenheit, den anderen Hallo zu sagen.

Der Wartebereich vor ihrem Gate hatte sich bereits geleert. Die anderen Passagiere befanden sich sicher längst alle im Flugzeug. Am Boardingschalter saß eine Stewardess und trommelte mit den Fingern auf das Pult. Kaum standen sie vor ihr, setzte sie ein maskenhaftes Lächeln auf.

»Herzlich willkommen bei der Lufthansa.«

Rechts neben ihr hockten drei Gestalten am Boden und spielten ein Spiel. Das Mädchen trug eine schwarze Nerd-Brille und eine umgedrehte Baseballkappe, unter der sich braune Locken hervorkringelten. Die beiden Jungs waren noch seltsamer. Der eine war winzig und trug eine Nickelbrille, dazu ein Minions-T-Shirt mit der Aufschrift *Banana.* Seine dunkelblonden Haare standen wirr vom Kopf ab. Der andere war ziemlich pummelig und wirkte, als wäre er aus der Zeit gefallen. Wer bitte schön trug denn heute noch Weste, Cordhose und Lederschuhe? Und war das etwa eine Taschenuhr, die da an einem Goldkettchen in der Westentasche verschwand?

Die drei nahmen keinerlei Notiz von ihnen. Sie schienen vollkommen in ihr Kartenspiel vertieft.

Jem trat näher und warf einen Blick auf die Karten. Irgendwelche Monster, Zaubersprüche und Fantasyländer. Er selbst fand sich mit seinen fünfzehn Jahren schon lange zu alt für so etwas, aber in seiner Klasse gab es einige, die sich dafür interessierten.

Connie hatte hektische rote Flecken im Gesicht, als sie in die Hände klatschte und rief: »Zusammenpacken, ihr drei. Lucie und Jem sind eingetroffen, *finally!*« Ihr amerikanischer Akzent klang, als hätte sie ein Kaugummi im Mund.

Die drei schenkten ihr keinerlei Aufmerksamkeit. Das Spiel beanspruchte sie voll und ganz.

»Na los, Beeilung«, sagte Connie nachdrücklich. »Und seht zu, dass ihr nichts vergesst!«

»Gleich«, rief der Winzling mit der Brille. »Olivia versucht gerade einen Großangriff mit ihren Goblins. Wenn ich nicht aufpasse …«

Das Muscleshirt trat vor. »Habt ihr nicht gehört, ihr Hobbits? Steckt euch eure Goblins dahin, wo die Sonne nicht scheint, und steht auf. Oder soll ich euch Beine machen?« Er griff nach einem ihrer Rucksäcke und trat dabei versehentlich auf ein paar Karten.

Jem hätte beinahe laut aufgelacht, als das Mädchen mit der Baseballkappe aufsprang und wie eine Furie auf den Blonden losging. Dass der sie um mehr als einen Kopf überragte, schien sie nicht im Mindesten zu beeindrucken.

»Runter von meinen Karten«, zischte sie. »Du stehst da auf einem *Tarmogoyf.*«

»So what?«

»Die Karte ist über fünfzig Euro wert.«

Der Blonde schnaubte verächtlich. »Glaubst du, das interessiert mich?« Vorsichtshalber machte er aber doch einen Schritt zurück. Diese kleine Furie schien ihm nicht geheuer zu sein. »Eins sage ich euch. Wenn ich wegen euch Kröten meinen Flieger verpasse, gibt's Ärger, verstanden?« Er warf Jem einen finsteren Blick zu. »Das Gleiche gilt auch für dich, Compadre. So ein Rumgetrödel will ich nicht noch mal sehen! Und jetzt los.« Mit diesen Worten machte er sich mit den beiden Mädchen im Schlepptau auf den Weg zum Schalter. Jem schüttelte amüsiert den Kopf. Das schien noch eine lustige Reise zu werden.

»Rot«, murmelte Lucie so leise, dass nur er es hören konnte. »Einfach nur rot.«

»Stimmt!« Jem grinste. »Aber einer muss halt das Alphamännchen spielen. Scheint so eine Art Naturgesetz zu sein.«

Der Flieger war voll besetzt und bereit zum Abheben. Als sie eintraten, erklang vereinzelt ironischer Applaus, was Jem aber total egal war. Er war einfach nur froh, dass sie es doch noch geschafft hatten.

»Hier drüben«, rief Connie und deutete auf zwei Sitzreihen in der Mitte. Auf ihrer hellblauen Bluse zeichneten sich kreisrunde Schweißflecken ab. Sie machte wahrscheinlich drei Kreuze, wenn alle saßen und der Flieger endlich startete. »Da sind unsere Plätze. Macht's euch bequem und dann geht's los.«

Lucie, die bereits auf einem Platz in der vorderen Reihe saß, winkte Jem zu sich. Er freute sich, dass sie an ihn gedacht hatte, schob seinen Rucksack ins Gepäckfach und wollte gerade Platz nehmen, als er eine mächtige Pranke auf seiner Schulter spürte. »Nicht hier, Compadre.«

Er drehte sich um und starrte auf das Muscleshirt. Der Typ

grinste ihn fett an. »Das ist unsere Reihe. Setz du dich zu den anderen Freaks.« Er deutete auf die Dreiergruppe in der Reihe dahinter. Das Mädchen und die beiden Jungs saßen über ihre Gameboys gebeugt und waren bereits in ihr Spiel vertieft.

Jem hob sein Kinn. Was bildete der Kerl sich eigentlich ein?

»Na, was ist jetzt, brauchst du eine Extraeinladung?« Ein gefährliches Lächeln strahlte ihm entgegen.

Jem überlegte, ob er es auf einen Streit ankommen lassen wollte, entschied sich aber dagegen. Er hatte schon genug andere Probleme, da konnte er sich so etwas nicht leisten. Und außerdem – sobald sie gelandet waren, würde er den Typen vermutlich sowieso nicht wiedersehen.

Wortlos packte er seinen Rucksack und verzog sich eine Reihe nach hinten. Das überhebliche Grinsen brannte sich in seinen Hinterkopf. Er drehte sich um, stopfte seine Tasche ins Gepäckfach und nahm Platz.

»Halt, warte.« Lucie griff nach ihrer Tasche und wollte ihm folgen, als sie von dem Großen zurückgehalten wurde. »Du doch nicht«, sagte er. »So eine hübsche Lady darf natürlich bei uns bleiben. Mein Name ist übrigens Marek. Und wie heißt du?« Sein Lächeln wurde so breit wie in der Zahnpasta-Werbung. Jem verdrehte die Augen.

»Lucie.«

»Cooler Name. Ist das die Kurzform von irgendwas?«

»Lucinde. Lucinde von Winterstein.«

Mareks Begleiterinnen kicherten. Jem fand, dass die Blonde gar nicht mal so schlecht aussah, soweit sich das unter der dicken Schicht Schminke beurteilen ließ. Sie hatte blaue Augen und einen silbernen Nasenstecker. Als sie allerdings ihren Mund aufmachte, musste Jem wieder mal feststellen, dass gutes Aussehen einfach nicht alles war. »Klingt wie aus einem Gruselfilm«, sagte sie. »War Viktor Frankenstein vielleicht dein Urgroßvater?«

»Lasst gut sein, Katta«, fuhr Marek ihr über den Mund. »Ich finde den Namen schön. Wofür steht das *von?* Bist du adelig oder was?«

»Schon möglich. Ich glaube, mein Urgroßvater war tatsächlich ein Baron.«

Jem grinste in sich hinein. Er fand Lucie ziemlich schlagfertig.

»Cool«, sagte Marek. »Dann hat deine Familie doch bestimmt Geld, oder?«

Auf Lucies Gesicht erschien ein misstrauischer Ausdruck. »Warum willst du das wissen?«

»Nur so.« Marek ließ sich breit grinsend auf seinen Platz gleiten. »Ich interessiere mich halt für meine Mitmenschen, du nicht?«

Den Rest des Gesprächs bekam Jem nicht mehr mit. In diesem Moment liefen die Triebwerke an und ein Rütteln ging durch die Maschine.

Er setzte seine Ohrhörer auf und blendete die Welt ringsherum aus.

2

Schüleraustausch USA
Das erste Mal weit weg von zu Hause. Der Duft von Freiheit und Abenteuer. Erlebe die Vereinigten Staaten von Amerika hautnah und wage den Schritt über den großen Teich! Besuche das Land der unbegrenzten Möglichkeiten, in dem Tellerwäscher zu Millionären werden und Verteiler von Werbeflyern wie Brad Pitt zu Filmstars. Bewirb dich noch heute und lerne den Spirit of America kennen!

Lucie legte die Werbebroschüre zur Seite und blickte auf ihre Uhr. Die Stunden vergingen schleppend. In Deutschland war es jetzt kurz nach dreiundzwanzig Uhr, doch draußen war es immer noch hell. Das lag daran, dass sie gegen die Erddrehung flogen. Verrückt.

Die Geräusche im Flugzeug waren gedämpft. Lucie bemerkte, dass viele die Rollos heruntergezogen hatten und zu schlafen versuchten. Um sie herum lagen die Leute mit zurückgestellten Lehnen und dösten. Manche hatten Schlafmasken vor den Augen. Die ganz Erfahrenen verfügten sogar über aufblasbare Nackenpolster.

Leises Schnarchen drang an ihre Ohren. Sie beugte sich vor und spähte ihre Reihe entlang. Marek röchelte leise vor sich hin. Ein Speichelfaden tröpfelte aus seinem geöffneten Mund. Katta, die seitlich an seine Schulter gelehnt vor sich hin döste, lief Gefahr, davon getroffen zu werden. Ob sie sie warnen sollte? Och nö, lieber nicht. Sie lächelte und freute sich jetzt schon darauf, wenn die blonde Zicke erwachte.

Ihre direkte Sitznachbarin hatte sich als Zoe vorgestellt und schien ganz nett zu sein. Sie war zierlich und trug ihre dunklen Haare als Pagenschnitt. Bis vor ein paar Minuten hatte sie noch gelesen, aber jetzt schlief sie ebenfalls.

Lucie wunderte sich, dass sie selbst noch so wach war. Sie hatte versucht, die Augen zuzumachen, aber es geisterte einfach viel zu viel in ihrem Kopf herum. Sie war noch nie in den USA gewesen und wusste nicht, was sie erwartete. Auf dem Foto, das Connie ihr vor ein paar Wochen geschickt hatte, wirkte ihre Gastfamilie sehr nett, neben ihren Gasteltern William und Rose gab es noch ein Mädchen in ihrem Alter namens Kate und einen großen schwarzen Hund. Aber ob sie sich mit Kate verstehen und in ihrem neuen Zuhause wohlfühlen würde? Und ob ihr Englisch ausreichte, um sich zu verständigen?

Wieder blickte sie auf die Uhr. Noch eine halbe Stunde bis Mitternacht. Sie drehte sich um und sah, dass in der Reihe hinter ihr auch noch alle wach waren. Alle bis auf Connie, die wahrscheinlich fix und fertig war nach der Aufregung.

Lucie stand auf und streckte sich.

»Na, kannst du auch nicht schlafen?«, fragte Jem.

»Kein Stück«, erwiderte sie. »Ich fühle mich, als hätte ich drei Tassen Kaffee getrunken.«

»Geht mir genauso.« Er blinzelte in Richtung Fenster. »Verrückt, dass es immer noch hell ist, oder? Kommt mir so vor wie im Polarsommer, wenn die Sonne niemals untergeht.«

»Warst du schon mal so weit nördlich?«

»Nö, du?«

Sie schüttelte den Kopf. »Schottland war bisher das weiteste.«

»Schottland? Das ist witzig.«

»Wieso?«

»Ach nur so. Als ich dich heute Morgen das erste Mal gesehen habe, dachte ich, du könntest vielleicht aus Irland stammen.«

»Wegen meiner roten Haare?«

»Und deiner grünen Augen.«

»Gibt viele, die mich das fragen«, sagte sie. »Meine Familie kommt aber nur ganz langweilig aus der Eifel. Verarmter Landadel, sozusagen.« Sie lächelte. Jem schien ein ziemlich netter Typ zu sein. Seine dunklen Augen sahen sie aufmerksam an, genau wie heute Morgen im Zug. »Und du? Wo kommen deine Eltern her?«

»Wie man sieht, nicht aus der Eifel.« Er schob den Ärmel seines dunkelblauen Kapuzenpullis hoch und hielt ihr lachend seinen schwarzen Arm entgegen. »Meine Mutter ist Kölnerin, mein Dad kommt aus den USA. Allerdings leben sie nicht mehr zusammen. Er wohnt jetzt wieder in San Diego, gar nicht weit von meiner Gastfamilie. Nach zwei Jahren werde ich ihn das erste Mal wieder treffen …«

»Haben sie sich getrennt?«

Er nickte.

»Oh.« Sie schluckte und ließ sich auf den freien Platz neben ihm fallen. »Und warum zwei Jahre?«

»Hat sich halt nicht ergeben«, sagte er schulterzuckend. »Wir hatten nie viel Geld und meiner Mutter war der Flug zu teuer. Den Schüleraustausch kann ich nur machen, weil ich dafür ein Stipendium bekommen habe. Da hatte ich echt Glück.«

»Was macht dein Vater denn?«

»Er arbeitet auf dem Marinestützpunkt von San Diego. Schiffe beladen und so …« Seine Stimme wurde leiser.

Lucie merkte, dass es ihm nicht leichtfiel, darüber zu sprechen. Wie schlimm musste es sein, den eigenen Vater so lange nicht zu sehen? Sie wurde ja schon bei dem Gedanken traurig, dass sie die nächsten zehn Monate Tausende von Kilometern von ihren Eltern entfernt war. Und dass die sich jemals trennen würden, war für Lucie unvorstellbar.

»Hey, soll ich dir mal was Tolles zeigen?« Jem deutete auf seine Sitznachbarn. Die drei waren ganz in ihre Videospiele vertieft. »Schau mal, das ist total spannend.« Er rutschte ein bisschen zur Seite, damit sie einen besseren Blick hatte. Das Mädchen und der kleine Junge mit der Nickelbrille bearbeiteten ihre Gameboys mit schnellen Tastenkombinationen.

Sie runzelte die Stirn. »Was spielen die da?«

»Pokémon«, sagte Jem. »Das ist übrigens Olivia. Daneben sitzt Arthur und ganz außen Paul.«

Paul schien ein ganz spezieller Typ zu sein mit seinen altmodischen Klamotten. Aber Lucie fand es eigentlich cool, wenn Leute ihren eigenen Stil hatten und sich etwas trauten. Sie selbst trug am liebsten Jeans und irgendein bequemes Oberteil – meistens Hoodies –, ziemlich unspektakulär also.

»Hi«, sagte Lucie in die Runde.

»Hi«, antworteten die drei wie aus einem Mund und ohne ihren Blick von den Daddelkisten abzuwenden. Obwohl sie schräg aussahen, wirkten sie irgendwie sympathisch. Dass sie Gamer waren, passte zu ihnen. Sie selbst hatte ein paarmal kleinere Spiele auf dem Smartphone gespielt, aber schnell festgestellt, dass es nichts für sie war. Zu laut, zu bunt, zu hektisch.

»Irre, oder?«, sagte Jem. »Kommt mir vor wie ein Duell der Titanen.«

»Was ist denn daran so besonders?« Lucie runzelte die Stirn. »Pokémon ist doch ein Spiel für Kinder.«

»Habe ich auch gedacht. Aber es scheint doch ziemlich komplex zu sein. Ich bin normalerweise eher der Typ für Shooter und Flugsimulationen, aber ich glaube, das könnte mir auch gefallen.«

»Ich habe keine Ahnung, wie so was geht.«

»Also normalerweise fängst du dir irgendwo ein Pokémon«, sagte Olivia. »Oder du gewinnst es im Kampf, ist ja auch egal. Jedenfalls sind das dann deine Kämpfer. Jedes Monster hat besondere Stärken und Schwächen, sodass du gut überlegen musst, wen du in den Kampf schickst. Aber man kann die kleinen Biester auch züchten und sie so seinen ganz speziellen Bedürfnissen anpassen.«

»Das ist Evolution«, ergänzte Paul. »Um es richtig zu machen, brauchst du vor allem Zeit. Manchmal bis zu einem Monat. Aber dafür bekommst du dann ein Pokémon, das praktisch unbesiegbar ist.«

»Züchten?«, fragte Lucie verwirrt. So ganz konnte sie dem Gespräch nicht folgen.

»Na ja, so mit Männchen und Weibchen«, sagte Arthur. »Die paaren sich dann, bekommen Eier, brüten sie aus. Wie im richtigen Leben halt …«

»Wie im richtigen Leben halt.« Auf Olivias Gesicht erschien ein breites Grinsen. »Im Aufklärungsunterricht hast du aber nicht besonders gut aufgepasst, Arthur.«

»Lass ihm doch seine Illusionen«, sagte Paul lachend. »Er hält sich immer noch für was Besseres. Mensch 2.0 oder so. Vermutlich hofft er, an seiner neuen Schule ein hübsches Alienweibchen zu finden, das gemeinsam mit ihm ein Nest baut und Eier legt.«

Olivia kicherte und schob ihre Brille hoch. »Das produziert dann viele kuschelige *Facehugger,* die dich anspringen und aus deinem Bauch kriechen.«

»Ihr schaut definitiv die falschen Filme«, stellte Arthur kopfschüttelnd fest.

Lucie hatte keine Ahnung, wovon die drei da redeten. Andererseits auch interessant, worüber sich andere Leute so Gedanken machten.

»Aber von Sex hast du schon gehört, oder?«, hakte Olivia nach.

»Wird überschätzt«, entgegnete Arthur. »Dieses ganze Tamtam mit den Geschlechtern, das verbraucht doch viel zu viel Energie. Maschinen sind da viel effizienter.«

»Oje, jetzt kommt er wieder damit.« Paul verdrehte die Augen. »Terminatoren und so …«

»Na klar«, sagte Arthur. »Maschinen sind so viel besser als wir. Sie können sich selbst erschaffen und ihren Bestand immer genauso groß halten wie nötig. Sie können sich selbst modifizieren und an spezielle Umgebungen anpassen. Nicht der Mensch wird den Weltraum erobern, sondern die Maschinen – hört auf meine Worte. So, und was unser kleines Duell hier betrifft, liebste Olivia: Ich bin mal gespannt, was du zu meinem Ditto hier sagst …«

Es funkte und sprühte auf den Bildschirmen.

»Du machst mir keine Angst«, entgegnete Olivia. »Dein Ditto ist doch nur eine blöde Kopie. Ich werfe dafür meinen Quabbel ins Rennen.«

Lucie konnte nicht länger auf die kleinen Bildschirme starren – zu viele Farben und nervige Musik.

»Scheiße«, fluchte Arthur. »Du hast mich gekillt. Dabei war ich genauso stark wie du …«

»Das Original ist halt immer besser als die Kopie. *Quabbel rocks!«* Sie reckte ihre Faust in den Himmel.

Lucie musste sich abwenden. Ihr Mund schmeckte plötzlich, als wäre er mit Säure gefüllt.

Jem sah sie fragend an. »Alles okay bei dir? Ist dir irgendwie schlecht oder so?«

»Ist schon in Ordnung«, stieß Lucie aus. »Ich kann bloß nicht so gut …«

»Was denn?«

Sie verstummte. Ihr Blick bohrte sich in die grau gemusterte Rückenlehne des Vordermanns. Sie spürte Übelkeit in sich aufsteigen.

Es dauerte einen Moment, dann wurde es besser.

Sie atmete langsam und gleichmäßig. Jem war sichtlich besorgt.

»Was ist denn los? Du bist ja ganz blass.«

»Ach, das ist nichts weiter. Geht schon wieder«, sagte sie.

»Nichts? Du hast ausgesehen, als würdest du gleich umkippen.«

Lucie überlegte, ob sie ihm erklären sollte, was mit ihr los war, entschied sich dann aber dagegen. Sie sprach nicht gerne darüber. Außerdem kannten sie sich ja gerade erst ein paar Stunden. »Nur der Kreislauf.« Sie atmete noch ein paarmal tief durch, dann wurde es besser. »Nichts Dramatisches.«

Er nickte, obwohl sie ihm ansah, dass er ihr nicht glaubte. Arthur rettete sie vor weiteren unangenehmen Fragen. Schimpfend gestand er seine Niederlage ein und forderte Olivia zu einer Revanche heraus.

»Herausforderung angenommen«, rief sie lachend und schon machten sich die beiden für eine neue Runde bereit.

Lucie stand auf. Ihre Beine waren ziemlich wackelig.

»Ich versuche noch mal, ein bisschen die Augen zuzumachen. Vielleicht klappt es ja jetzt mit dem Schlafen.«

»Na klar. Hoffentlich geht es dir danach wieder besser.«

Lucie lächelte gequält und kehrte zurück an ihren Platz. Ihr war immer noch schwindelig. Kein Wunder, dass sie Videogames nicht mochte. Wenn sie selbst bei einem so harmlosen Spiel das große Flimmern bekam, sollte sie besser darauf verzichten. Der einzig positive Nebeneffekt war, dass sie jetzt tatsächlich hundemüde war. Ein bisschen dösen, dann würde die Welt schon wieder ganz anders aussehen.

3

Ein heftiger Schlag riss sie aus ihren Träumen.

Lange konnte sie nicht weg gewesen sein. Eine halbe Stunde oder so. Auch andere Passagiere waren aus dem Schlaf gefahren und sahen sich irritiert um. Wo man hinblickte, erschrockene Gesichter.

Eine weitere starke Böe erschütterte das Flugzeug.

Kattas Augen leuchteten glasig. »Sind wir schon da?«

Marek wischte sich den Speichel aus dem Mundwinkel. Mit tranigem Blick schaute er auf seine Uhr. »Nee. Noch vier Stunden bis zur Ankunft.«

»Ach so«, murmelte Katta, während Zoe sich nach unten beugte, um ihr heruntergefallenes Buch aufzuheben.

Ein weiteres Beben, das Flugzeug erzitterte vom Bug bis zum Leitwerk. Lucies Magen begann schon wieder zu rebellieren. Hörte das denn nie auf?

Sie war schon ein paarmal geflogen, aber noch nie allein. Geschweige denn bis ans andere Ende der Welt. Hoffentlich ging alles glatt.

Als sie nach hinten blickte, schaute sie in die aufgerissenen Augen von Olivia, Arthur und Paul. Auch Jem sah irgendwie beunruhigt aus. Ausgerechnet er, der so wirkte, als könne ihn so leicht nichts aus der Ruhe bringen. Das machte die Situation noch beklemmender.

»Hat jemand eine Ahnung, wo wir gerade sind?«, fragte sie.

»Ich glaube, in der Nähe des Nordpols«, antwortete Arthur. »Allerdings lässt sich das nicht mit Bestimmtheit sagen, die Monitore sind eingefahren.« Er deutete nach oben. Er war so klein, dass er selbst in aufrechter Haltung kaum über die Rückenlehne ragte.

In diesem Moment hörte Lucie einen Gong, eine blecherne Stimme meldete sich aus den Lautsprechern: *»Meine sehr verehrten Damen und Herren, hier spricht Kapitän Bennett. Wir durchqueren gerade eine turbulente Luftströmung. Es besteht kein Grund zur Sorge. Trotzdem möchten wir Sie bitten, sich auf Ihre Plätze zu begeben, sich anzuschnallen und die Notfallzeichen zu beachten. Sollten Sie Unwohlsein verspüren, wenden Sie sich bitte an unser Bordpersonal. Sobald die Warnzeichen über Ihren Köpfen erloschen sind, können Sie die Gurte wieder lösen. Ich danke Ihnen für Ihr Verständnis.«*

Eine erneute Turbulenz ließ das Flugzeug erzittern. Lucie krallte ihre Hände in die Armlehnen. Die Flugkabine verfärbte sich blau. *Blau?* Das konnte nichts Gutes bedeuten. Ihr Blick fiel auf die Armbanduhr. Was war *das* denn? Die Zeiger spielten völlig verrückt. Rasten sie mit irrer Geschwindigkeit im Kreis? Lucie klopfte auf das Gehäuse, aber die Zeiger drehten sich immer weiter.

Sie überlegte, ob sie es den anderen zeigen sollte, als ein Schlag – heftiger als alle anderen – das Flugzeug erschütterte. Zum Glück war sie nicht auf die Idee gekommen, den Sicherheitsgurt zu lösen. Hätte sie es getan, sie wäre vermutlich in hohem Bogen durch die Luft geflogen.

Die Turbinen heulten und jaulten, als würden sie mit doppelter Leistung arbeiten. Ein scharfer Geruch durchströmte die Kabine. *Was war das?*

Der Geruch raubte ihr den Atem. Sie musste husten.

»Ruhig bleiben, bleibt ruhig!«, wiederholte Connie gebetsmühlenartig, als müsse sie es sich selbst immer wieder einreden.

Aus den Lautsprechern drang ein ohrenbetäubendes Knacken und Rauschen. *»Sehr ... Pass...te ... auf Ihren Plätz...«*

Offenbar versuchte der Pilot, mit ihnen zu sprechen, doch irgendwas störte die Übertragung. *»...queren ... schweres Sturm...«*, hörte sie. Und dann: *»... keine Sorge. Atmen Sie ruhig und gleichmäß... werden bald wieder ...«*

Die Verbindung brach erneut ab. Diesmal dauerhaft.

Vom Flugpersonal war keiner zu sehen. Vermutlich waren sie ebenfalls alle angeschnallt und warteten die heftigen Turbulenzen ab.

Die Turbinen der Maschine arbeiteten immer noch auf Hochtouren. Lucie zählte die Abstände zwischen den Erschütterungen.

»Eins ... zwei ... drei ... vier ...«

Bumm!

»Eins ... zwei ... drei ... vier ... fünf ...«

Krawumm!

»Eins ... zwei ... drei ... vier ... fünf ... sechs ... sieben ...«

Sie hielt inne.

Nichts passierte.

Es hatte aufgehört. Kein Rumpeln, kein Poltern, ja nicht einmal die Triebwerksgeräusche waren mehr zu hören. Von einer auf die andere Sekunde herrschte absolute Ruhe. Es war still.

Zu still.

Der Geruch war zwar immer noch da, aber er war erträglicher geworden.

Die Maschine glitt dahin wie ein fliegender Teppich. Lucie kam es vor, als befände sie sich in absoluter Schwerelosigkeit. Warum konnte sie nichts hören? Sie tippte an ihre Ohren und räusperte sich. Nein, mit denen war alles in Ordnung.

Vorsichtig hob sie den Kopf.

Das Rauschen in den Lautsprechern war verklungen. Stattdessen vernahm sie ein feines Wispern. Wie Hunderte von Stimmen, die durcheinanderflüsterten.

Und dann – mit einem Mal – wurde es hell. Als würde von einem Moment auf den anderen die Sonne aufgehen. Nicht außerhalb des Flugzeugs, sondern im Inneren. Eine gleißende, alles durchdringende Form von Helligkeit, die unmöglich von den Lampen stammen konnte.

Lucie schloss die Augen. Mitternacht. *Geisterstunde*, schoss es ihr völlig unsinnig durch den Kopf.

Sie fühlte, wie die Helligkeit ihre Augenlider durchdrang. Sie atmete ein, sie atmete aus, doch das Leuchten nahm unaufhörlich zu. Gleichzeitig wurde das Flüstern lauter. Sterne zuckten über die Innenseiten ihrer Augenlider. Lucie war, als würde jede Zelle ihres Körpers von Helligkeit durchdrungen. Sie holte noch einmal tief Atem, dann wurde sie ohnmächtig.

4

Jem schlug die Augen auf.

Die Sonne schien durch die Fenster und streifte einzelne Gesichter. Einige der Passagiere schliefen noch, viele andere aber waren wach und unterhielten sich leise. Ihr Flüstern erinnerte ihn an das Rauschen einer Fernstraße.

Die Turbinen arbeiteten leise und gleichmäßig. Auch der seltsame Geruch nach verschmorter Elektrik war verschwunden. Stattdessen wehte Kaffeeduft durch die Kabine.

Verwundert richtete er sich auf. Was um alles in der Welt war geschehen? Er hatte Lichter gesehen, seltsame Geräusche gehört und diesen stechenden Geruch wahrgenommen. Doch von alldem war lediglich ein hämmernder Kopfschmerz geblieben. Hatte er sich das nur eingebildet? Er schaute zur Seite.

Von seinen drei Sitznachbarn war nur Olivia wach. Sie bemerkte ihn, tippte kurz mit dem Finger an den Rand ihrer Kappe und widmete sich dann wieder ihrem Buch. In der Reihe vor ihm schliefen noch alle, auch Lucie.

Jem musste mal und richtete sich stöhnend auf. Verdammte Kopfschmerzen. Er wühlte in seiner Tasche, holte ein Ibuprofen raus und machte sich auf den Weg.

Vor der Toilette hatte sich eine kleine Schlange gebildet.

Er blickte auf die Uhr. Nach deutscher Zeit war es jetzt kurz vor zwei Uhr morgens. Was bedeutete, dass es nur noch zweieinhalb Stunden bis zu ihrer Ankunft waren! Er freute sich auf die zehn Monate fernab der Heimat, vielleicht konnte er den Scheiß der letzten Monate einfach hinter sich lassen. Angst, dass er sich nicht zurechtfinden könnte, hatte er keine, er hoffte nur, dass er Glück mit seiner Gastfamilie hatte. Und er würde seinen Vater wiedersehen. Und seine kleine Schwester! Der Gedanke ließ ihn schlagartig munter werden.

Um sich die Wartezeit zu verkürzen, blickte er aus dem Fenster. Zwischen den Wolkenlücken konnte er einzelne grüne Flecken erkennen. Offenbar hatten sie den Atlantik bereits hinter sich gelassen und flogen jetzt über Festland. Aber über welches? Dummerweise waren die Monitore immer noch eingeklappt.

Als er zurück an seinen Platz kam, sah er, dass auch Lucie wach war. Sie wirkte allerdings ziemlich verpennt.

»Na, du Frühaufsteherin«, begrüßte er sie. »Hast du auch ein bisschen Schlaf abbekommen?«

»Ein bisschen, ja«, erwiderte sie. »Aber ich habe lauter wirres Zeug geträumt.«

»Was denn?« Er suchte ihren Blick.

Sie senkte ihre Stimme, als wollte sie verhindern, dass die anderen etwas mitbekamen. »Ach, das war alles ziemlich verworren«, sagte sie. »Ich weiß nur noch, dass wir in eine Art Sturm gekommen sind. Es hat mich fast aus dem Sitz gehoben. Danach hatte ich so einen komischen Geruch in der Nase und es wurde furchtbar hell.« Sie lächelte entschuldigend. »Blöd, oder?«

»Nee, überhaupt nicht ...« Das konnte doch gar nicht sein. »Also entweder haben wir beide das Gleiche geträumt oder ...« Er verstummte.

»Oder was?«

»Oder es war gar kein Traum.« Er schüttelte verwirrt den Kopf. »Ich erinnere mich nämlich an haargenau dasselbe.«

»Redet ihr gerade über die Sache mit den Turbulenzen?«, schaltete Olivia sich ein.

»Tun wir.« Jem setzte sich wieder hin. »Hast du davon auch etwas mitbekommen?«

»Allerdings«, stieß sie aus und sah sie dabei mit weit aufgerissenen Augen an. »Der Pilot hat noch versucht, uns etwas mitzuteilen, aber die Verbindung war gestört. Ich kann mich nur noch an Rauschen und Knacken erinnern.«

»Das Knacken, stimmt, das hatte ich total vergessen.« Lucie hatte sich auf ihren Sitz gekniet und blickte Jem über die Rückenlehne hinweg an. »Und da war noch was: Meine Uhr hat gesponnen. Sie hat sich wie verrückt vorwärtsgedreht, so, als ob man das Uhrwerk unter Starkstrom gesetzt hätte. Jetzt läuft sie allerdings wieder ganz normal.«

Paul und Arthur waren inzwischen ebenfalls wach und lauschten der Unterhaltung. Paul hatte hektische rote Flecken auf den Wangen. »Meine Taschenuhr funktioniert auch nicht mehr!« Wie zum Beweis schwenkte er sie hin und her. »Und dann dieses Flüstern. Daran kann ich mich besonders gut erinnern. Habt ihr das auch gehört ...?«

»Und ob.« Jem war inzwischen überzeugt, dass sie es hier nicht mit einem Zufall zu tun hatten. Und ein Traum war das schon gar nicht gewesen. Irgendetwas Merkwürdiges war hier im Gange. *Geradezu unheimlich.*

»Ich sag euch, da ist was faul.« Paul senkte verschwörerisch die Stimme. »Irgendetwas geht hier vor, das spüre ich. Dazu passt auch, dass die Monitore noch nicht ausgeklappt sind und uns niemand sagt, was hier los ist.«

»Nun macht euch mal nicht gleich ins Höschen, ihr Süßen.« Vor Arthurs Platz tauchte plötzlich Mareks blonder Strubbelkopf auf. Ein überheblicher Ausdruck lag auf seinem Gesicht. »Nur wegen ein paar Luftlöchern sind wir noch nicht gleich von Aliens entführt worden. Alles ganz normal. Trinkt ein Glas Milch, esst einen Keks, dann wird alles wieder gut.«

Arschloch, dachte Jem. Aber was hatte er schon anderes erwartet?

Arthur warf Marek einen giftigen Blick zu. »Und dass es hier null Empfang gibt, findest du auch normal?« Er hielt ihm sein Gerät entgegen. »Kein Netz, kein GPS, nichts.«

»Bei mir auch nicht«, sagte Paul und tippte auf sein Smartphone. »Absolut tote Hose.«

»Keine Ahnung, was mit euren Apparaten los ist«, erwiderte Marek schnippisch. »Wieso sind eure Smartphones überhaupt auf Empfang gestellt? Das ist doch verboten ...«

In diesem Moment ertönte ein Knacken in den Lautsprechern.

»Meine sehr verehrten Damen und Herren, hier spricht Ihr Kapitän. Aufgrund unvorhergesehener technischer Probleme sind wir leider gezwungen, unseren gegenwärtigen Kurs zu verlassen und einen Zwischenstopp auf dem Denver International Airport

einzulegen. Wir werden dort in voraussichtlich dreißig Minuten eintreffen. Es besteht kein Grund zur Sorge, trotzdem möchten wir Sie bitten, Ihre Plätze einzunehmen …«

Den Rest der Durchsage hörte Jem kaum noch. Er war viel zu sehr mit seinen Gedanken beschäftigt.

Was ging hier vor? Was hatten sie da erlebt? Und warum nur glaubte er dem Kapitän nicht?

Er hatte ein unmittelbares Gefühl von Bedrohung, das er aber nicht richtig fassen konnte.

Er war inzwischen überzeugt, dass Paul recht hatte. Irgendetwas stimmte hier nicht, man wollte ihnen nur nicht sagen, was.

5

Das Knacken der Lautsprecher ließ Lucie hochschrecken. »*Meine sehr verehrten Damen und Herren, wir befinden uns nun im Anflug auf den Denver International Airport. Wenn Sie rechts aus dem Fenster sehen, können Sie die Berggipfel der Rocky Mountains erkennen. Aufgrund unserer gegenwärtigen technischen Probleme sind wir leider nicht in der Lage, Funkkontakt mit dem Tower aufzunehmen. Da der Landeanflug manuell erfolgt, möchten wir Sie dringend ermahnen, Ihre Plätze nicht zu verlassen und Ihre Gurte geschlossen zu halten. Ich melde mich wieder, sobald wir sicher gelandet sind. Danke für Ihre Aufmerksamkeit.*«

Einen Moment lang herrschte Stille im Flugzeug, dann fingen die Leute in der Reihe vor Lucie an zu spekulieren. Von Entführung war die Rede, von einem ärztlichen Notfall, von vergifteten Lebensmitteln, der junge Mann ganz außen sprach sogar von einem Ausfall der Turbinen. Zumindest das konnte Lucie ausschließen, immerhin war das Motorengeräusch noch zu hören.

»Wissen die in Denver überhaupt, dass wir kommen?«, rief Connie von hinten. »Wie lange wird die Verzögerung dauern?« Niemand gab ihr eine Antwort.

»Ich habe wichtige Termine in Los Angeles«, beklagte sich ein Mann mit Schnauzbart und kariertem Hemd, der rechts von Lucie am Fenster saß. »Wer informiert die Leute vor Ort? Wer kommt für die Kosten auf?«

Lucie wünschte, sie könnte sich zurück nach Hause beamen, in ihr kleines Zimmer direkt unter dem Dach, das bis oben hin vollgestopft war mit Büchern. Wie gerne hätte sie jetzt mit einem dicken Schmöker auf dem Bett gelegen, anstatt hier zu sitzen und nicht zu wissen, was mit ihr passierte. Die Welt um sie herum schien aus den Fugen geraten zu sein. Die Stewardessen hetzten durch die Reihen, sammelten die letzten Tabletts und den Müll ein und versuchten, den aufgeregten Fragen zu entgehen.

Denver? Das lag doch in Colorado. Wie sollte sie denn von dort aus weiter nach L. A. kommen? Ihr Smartphone war genauso tot wie das von Arthur und Paul. Niemand hatte Empfang. Wie sollte sie denn jetzt ihre Gasteltern erreichen?

Lucie wusste, dass die Familie in Pasadena, ein paar Kilometer außerhalb des Zentrums, wohnte. Sie waren bestimmt schon in Richtung Flughafen unterwegs, um sie abzuholen. Aber das war vermutlich gerade das kleinste Problem.

Viel wichtiger war erst mal, dass sie heil runterkamen. Sie wollte sich gar nicht vorstellen, was beim Landeanflug alles schiefgehen konnte.

»He, da unten ist Denver«, rief ein kleiner Junge. »Ich kann den Airport sehen.«

Lucie reckte den Hals, konnte aber nicht wirklich viel erkennen. Ihre Sitze waren alle in der mittleren Reihe, sodass die Entfernung zum nächsten Fenster recht groß war. Sie hielt es nicht länger aus. Sie löste ihren Gurt, stand auf und beugte sich über die fensterseitigen Sitze. Sie fühlte sich magisch angezogen.

Zwischen den Wolkenlücken erkannte sie Bäume, Wiesen und Wasserflächen. Das Land unter ihr sah wunderschön aus. Ruhig, beschaulich und grün. *Verdammt grün.*

Die Sonne war bereits hinter den Bergen versunken und der Himmel flammte orangerot auf. Plötzlich tauchten ein paar Hochhäuser auf, deren obere Hälften vom letzten Licht des Abends spektakulär beleuchtet wurden.

Lucie spürte ein Kribbeln im Nacken. Irgendetwas stimmte nicht. Als würde sie ein Bild betrachten, das ein verborgenes Geheimnis enthielt. Geradezu hypnotisch.

Plötzlich wusste sie, was es war. Sie beugte sich noch ein Stück weiter vor.

Der Mann mit dem Schnauzbart lehnte sich höflicherweise nach hinten, sodass sie mehr Platz hatte. Sie war viel zu verblüfft, um sich zu bedanken. »Das ist ja ein Ding«, murmelte sie. »Sehen Sie das auch?«

»Was meinen Sie?«

Lucie deutete hinaus. »Fällt Ihnen nichts auf? Da unten brennt kein einziges Licht.«

6

Jem machte es wahnsinnig, dass Lucie sich nicht hinsetzte. Hatte sie die Warnungen des Kapitäns nicht gehört? Was gab es da draußen so Spannendes zu sehen?

Ohne groß nachzudenken, löste er seinen Gurt und sprang auf. »Bitte komm jetzt endlich, Lucie«, sagte er und packte sie am Arm. »Setz dich wieder hin!«

»Keine Lichter«, murmelte sie. »Wie ein Garten Eden.«

»Was?«

Außer den dunklen Wolken und vorbeifegenden Baumwipfeln war nicht viel zu erkennen. Die Erdoberfläche war jetzt sehr nahe.

»Höchstens noch eine Minute«, sagte er mit einem Anflug von Panik. »Es wird uns die Füße unterm Hintern wegfegen, wenn wir nicht angeschnallt sind. Willst du, dass wir durch den Gang segeln?«

Doch Lucie schien sich der Gefahr gar nicht bewusst zu sein. Hatte sie ihm überhaupt zugehört?

»Wieso brennen da keine Lichter?«

»Scheiße, Lucie, komm endlich.« Er riss sie herum und zog sie auf ihren Sitz zurück, wo er ihren Gurt zuschnappen ließ. Keinen Moment zu früh war er wieder an seinem Platz. Kaum war sein Gurt eingerastet, setzte die Maschine krachend auf.

Jem wurde nach vorne geschleudert, wieder zurück und hin

und her. Er packte die Vorderlehne, beugte seinen Kopf vor und schloss die Augen. Die Angst schürte ihm die Kehle zu. Er spürte, wie das Flugzeug ein paar Meter in die Luft stieg, nur um dann mit noch größerer Heftigkeit auf dem Boden aufzusetzen. Die Erschütterungen fuhren ihm durch Mark und Bein.

Der Lärm war ohrenbetäubend. Gepäckfächer sprangen auf und ließen einen Hagel aus schweren Gegenständen auf die Köpfe der Passagiere niederregnen. Die Leute fingen an zu schreien, die Geräusche waren so furchtbar, dass Jem sich am liebsten die Ohren zugehalten hätte. Rote Lichter flammten auf und ein nervenzerfetzendes Alarmsignal erklang. Als die Klappen aufgingen und die Sauerstoffmasken herauspurzelten, brach Panik aus.

Und auch Jem hatte keinen Zweifel: Das war das Ende. Noch nie in seinem Leben war er sich so hilflos und ausgeliefert vorgekommen. Was immer hier vorging, eine normale Landung war das gewiss nicht.

Noch immer polterte die Maschine mit einem Affenzahn über die Landebahn. Ein heftiger Schlag ließ das Flugzeug erzittern. Es brach seitlich aus, kam vom Runway ab und pflügte über eine Wiese. Durch die Fenster sah Jem Laub und Zweige an ihnen vorbeifegen. Dann kippte die Maschine seitlich weg. Die einseitige Belastung ließ sie auf eine Tragfläche sacken und schleuderte sie herum wie ein wild gewordenes Karussell.

Knirschend rutschte das stählerne Ungetüm über den Runway, wo es endlich zur Ruhe kam. Ein ersterbendes Winseln, ein letztes Rumpeln, dann wurde es still.

Die Luft stank entsetzlich verbrannt. Der Rauch reizte Jems

Atemwege, sodass er husten musste. Er wollte raus, nur weg hier, und da war er nicht der Einzige. Die Leute lösten ihre Gurte und drängten nach vorne, in kürzester Zeit waren die Gänge verstopft. *Ruhig bleiben,* ermahnte Jem sich selbst. Sein Herz raste, in seinem ganzen Leben hatte er noch nie eine solche Angst gehabt. Todesangst. Auch er hatte den Impuls aufzuspringen, um dieser Hölle so schnell wie möglich zu entkommen.

»Ich will hier raus!«, kreischte eine Frau, die an einem der Notausgänge gesessen hatte. Sie hämmerte so lange mit den Fäusten gegen die Tür, bis die Frau neben ihr sie wieder zurück auf ihren Platz zog.

»Meine Damen und Herren, ich bitte um Ihre Aufmerksamkeit!«, ertönte plötzlich wieder die Stimme des Kapitäns durch den Lautsprecher. Jem verstand kaum ein Wort, da jetzt neben ihm ein Mann mit einem Kind auf dem Arm stand, das wie am Spieß schrie.

»Das Bordpersonal wird nun die Notausgänge öffnen«, fuhr der Kapitän fort. *»Bitte kümmern Sie sich um Ihre Nachbarn und helfen Sie anderen beim Aussteigen. Durch das Ausfahren der Türen werden sich automatisch die aufblasbaren Notrutschen entfalten. Sollten Ärzte an Bord sein, bitte ich diese, mit der Behandlung der Verletzten zu beginnen, sobald wir den vorgeschriebenen Sicherheitsabstand zum Flugzeug erreicht haben.«*

In ebendiesem Moment öffnete das Bordpersonal die Notausstiege. »Ich darf Sie nun bitten …«, rief einer der Stewards, doch weiter kam er nicht, da er von den Passagieren zur Seite gedrängt wurde.

Jem berührte Lucie am Arm. »Alles okay bei dir?«

Sie sah ihn nur kurz an, dann wandte sie sich ohne ein Wort ab und reihte sich zwischen die anderen Passagiere ein.

»Kommt jetzt, raus«, sagte Olivia und schob sich an ihm vorbei. »Ich habe keinen Bock, dass uns diese Kiste noch unterm Hintern explodiert.«

Ein paar Minuten später standen sie auf dem Runway. Jem war erleichtert, dass er es einigermaßen unbeschadet aus dem Flugzeug geschafft hatte. Als er jetzt einen Blick zurückwarf, wunderte er sich, dass nichts Schlimmeres passiert war. Überall stieg Rauch auf und der linke Flügel wirkte, als wäre er in der Mitte durchgebrochen.

Instinktiv hielt Jem Ausschau nach einem roten Zopf, doch er konnte Lucie zwischen den vielen Passagieren nirgends ausmachen. Es fiel ihm jedoch etwas anderes auf. Das Flugfeld schien stillgelegt zu sein. Der Beton war rissig und hohes Gras wucherte aus den Spalten. Pfützen ließen darauf schließen, dass es hier vor Kurzem heftig geregnet hatte. Jem konnte sich kaum vorstellen, dass das hier der Denver International Airport sein sollte, auf dem jeden Tag Hunderte von Flieger landeten. Vereinzelt lag Müll herum. Uralte Dosen, ein Eimer, sogar ein Einkaufswagen, dessen Rahmen nur mehr aus dünnen, rostigen Streben bestand.

Der Jumbo lag wie ein totes Tier auf der Seite. Den würde so bald niemand in die Luft bringen. Jem entdeckte Olivia und Paul und ging zu ihnen hinüber.

Inzwischen hatte sich die Sonne endgültig verabschiedet.

Über ihren Köpfen leuchteten die ersten Sterne. Die schreckensbleichen Gesichter der anderen Austauschschüler glommen wie Sumpflichter in der Dämmerung.

»Das war ja was«, sagte Paul. »Ich habe echt geglaubt, jetzt ist es vorbei. *Finito, sayonara, hasta la vista,* Baby.« Er lachte nervös und zog seine Weste zurecht.

Jem nickte nur, dann sah er sich wieder um. »Wisst ihr zufällig, wo Lucie steckt?« Irgendwie hatte er das Gefühl, dass sie sauer auf ihn war. Aber warum? Weil er sie vorhin vielleicht eine Spur zu grob auf ihren Sitz zurückbugsiert hatte?

Olivia deutete mit dem Kopf nach links. Ein paar Meter weiter stand Lucie bei Marek und den anderen Mädchen. Jem spürte einen kleinen Stich, denn offensichtlich legte Lucie keinen besonderen Wert auf seine Gesellschaft.

Er wandte seinen Blick wieder ab. »Wo sind wir hier eigentlich? Wieso sind hier keine Lichter?«

»Wenn ich das wüsste«, sagte Paul. »Der Runway sieht aus, als wäre er hundert Jahre alt. Schaut euch mal den Beton an, der ist total bröselig. Ist echt ein Wunder, dass wir überhaupt heil runtergekommen sind. Ich frage mich, wie der Kapitän auf die Idee gekommen ist, ausgerechnet hier zu landen.«

»Das würde mich auch interessieren«, sagte Olivia. »Der Denver International Airport ist ja nun nicht gerade ein Provinzflughafen. Der strahlt doch wie ein Weihnachtsbaum. Wie kann man den bitte verpassen?«

»Jedenfalls ist es hier verdammt düster.« Jem reckte den Hals. »Vermutlich sind wir meilenweit vom Kurs abgekommen.«

»Dahinten sind einige Gebäude«, sagte Paul. »Scheinen aber leer zu stehen, jedenfalls ist dort auch alles dunkel.«

Jem fiel plötzlich Lucies Bemerkung ein, als sie sich wie hypnotisiert zum Fenster hinübergebeugt hatte. *Keine Lichter.*

»Der Form nach könnten es Flughafengebäude sein«, murmelte er. »Allerdings vermute ich, dass der richtige Flughafen ganz woanders liegt.«

Plötzlich erschien Arthurs bleiches Gesicht in der Dunkelheit. Er hatte seine Nickelbrille abgenommen, weshalb Jem ihn fast nicht erkannt hatte. »Ich kann mich nicht erinnern, jemals eine so sternklare Nacht gesehen zu haben«, sagte Arthur.

Jem blickte nach oben. »Schön ...«

»Schön, ja. Aber auch sehr ungewöhnlich.«

»Wieso?«

»Du interessierst dich wohl nicht sehr für Astronomie, was?«

»Nicht weiter als bis zum nächsten *Star Wars*-Film. Warum?«

»Städte strahlen Licht ab. Und Wärme. Das bringt die Sterne zum Flimmern.« Arthur deutete nach oben. »Da oben flimmert nichts. Die Sterne sehen aus, als wären sie mit der Nadel gestochen.«

Das stimmte. Der Himmel war wirklich außergewöhnlich klar. »Du hast recht«, murmelte Jem. »Und ist euch aufgefallen, wie still es hier eigentlich ist? Also mal abgesehen von dem Gerede der Leute. Aber hört ihr irgendwo einen Highway oder so?«

Alle lauschten.

»Nada«, sagte Olivia. »Nicht ein Motor. Dafür jede Menge Grillen und Ochsenfrösche.«

»Gespenstisch«, murmelte Paul. »Und das in der Nähe einer Millionenmetropole. Wie viele Einwohner hat Denver noch mal?«

Den Rest des Gesprächs bekam Jem nicht mehr mit. Er war viel zu sehr damit beschäftigt herauszubekommen, was hier los war. Er war normalerweise kein Schisser, aber das hier war schon sehr seltsam. Beklemmend irgendwie.

»Da steckt ihr ja.« Connie trat zu ihnen. »Was steht ihr denn hier im Dunkeln rum? Ich habe euch schon überall gesucht! Die Passagiere versammeln sich gerade alle auf der anderen Seite bei dem Bugscheinwerfer. Ich glaube, der Kapitän will uns etwas sagen. Kommt mit.«

»Warte mal«, rief Jem. »Findest du nicht, dass hier einige Dinge ziemlich seltsam sind? «

In wenigen Worten erklärte er, was sie beobachtet hatten. Doch Connie winkte nur ab. »Ich habe schon so einige seltsame Dinge erlebt, das könnt ihr mir glauben. Es gibt kein Austauschjahr, in dem alles glattläuft. Macht euch mal keine Sorgen. Ich bin sicher, es gibt für alles eine Erklärung. Der Kapitän hat versucht, über Funk Hilfe anzufordern. Keine Ahnung, ob das geklappt hat, aber ich bin sicher, es wird nicht lange dauern, dann wird man uns abholen. Ihr solltet froh und dankbar sein, dass wir sicher am Boden sind.«

»Sind wir auch«, sagte Olivia.

»Gut. Dann kommt mit. Und beeilt euch ein bisschen.«

Als sie weg war, flüsterte Arthur mit verschwörerischer Stimme: »Connies Optimismus in allen Ehren, aber ich habe kein gutes Gefühl bei der Sache. Hier gibt's keinen Funk. Und Licht gibt's auch keines. Irgendetwas läuft hier völlig falsch. Wenn ich's nicht besser wüsste, würde ich sagen, wir befinden uns hier im absoluten Niemandsland.«

7

Es war noch dämmerig, als Lucie am nächsten Morgen die Augen aufschlug. Fern hinter den Baumwipfeln wurde der Himmel von einem rosigen Schimmer erhellt. Die ersten Vögel zwitscherten, es versprach, ein herrlicher Tag zu werden. Sie schlang die Wolldecke enger um sich.

Überall unter dem Rumpf und den Tragflächen lagen Passagiere, die die Nacht in kleinen Grüppchen verbracht hatten. Gestern Nacht war es zu dunkel gewesen, um noch nach irgendeiner Unterkunft Ausschau zu halten, weswegen Bennet entschieden hatte hierzubleiben. Ein Glück, dass die Temperaturen so mild waren.

Lucie beobachtete eine Gruppe von Vögeln, die auf der Suche nach Nahrung über den zerborstenen Asphalt hüpften. Ihr grün-rot getupftes Gefieder schimmerte farbenfroh im ersten Licht des Tages. Einige von ihnen flatterten fröhlich zwischen den Passagieren hindurch. Sie schienen überhaupt keine Angst zu haben.

Lucie reckte ihre Arme und gähnte. Angesichts der Umstände und des unbequemen Untergrunds hatte sie erstaunlich gut geschlafen.

»Guten Morgen«, erklang eine leise Stimme ganz in ihrer Nähe. Es war Jem. Er saß an einen der riesigen Reifen gelehnt und sah zu ihr herüber.

»Morgen«, antwortete sie knapp.

»Hast du gut geschlafen?«

»Schon okay.« Sie hatte ein schlechtes Gewissen, weil sie ihn gestern links liegen lassen und sich so offensichtlich an Marek gehängt hatte. Dabei fand sie diesen Typen eigentlich ganz schön daneben mit seinem Machogehabe …

»Ich nicht.« Jem zuckte die Schultern. »Blöder Jetlag. Mein Körper denkt, es wäre halb zwei am Nachmittag, dabei ist es früh um halb sechs. Ich fürchte, das wird noch ein paar Nächte so weitergehen.«

Sie wusste nicht, was sie sagen sollte. Entschuldigungen waren nicht so ihr Ding.

»Hör mal, es tut mir leid«, sagte Jem leise. »Ich habe dich gestern ziemlich grob angepackt, das wollte ich nicht.«

»Nein, ich muss mich entschuldigen«, erwiderte sie, erleichtert darüber, dass er den Anfang gemacht hatte. »Ich hätte ja nicht gleich die beleidigte Leberwurst spielen müssen. Du hast es schließlich nur gut gemeint. Ich war einfach nur so erschrocken.«

»Weswegen?«

»Na, über diese völlige Dunkelheit. Das Land sah aus, als wäre es ausgestorben. Ich wollte es dir zeigen, aber dann hast du mich weggerissen und auf meinen Platz befördert. Es ging so schnell …«

»Wie gesagt: sorry.«

Sie sah ihn interessiert an. »Du warst gestern so anders. So kannte ich dich gar nicht. Deine Farbe …«

»Meine Farbe?«

Sie nickte. »Du hast rot und orange gelodert – wie ein Buschfeuer. Da war eine Wut in dir, die mich total überrascht hat.« Sie senkte den Kopf.

»Schwamm drüber.«

»Du hast mir das Leben gerettet ...«

»Ach Quatsch.« Er lächelte. »Und wenn, dann würde ich das jederzeit wieder machen.«

Sie lächelte. Als sie merkte, dass eine Frau nebenan ihrem Gespräch lauschte, stand sie auf, ging zu Jem hinüber und nahm neben ihm Platz. »Gibt es schon etwas Neues?«, flüsterte sie.

»Seit gestern Abend?« Er schüttelte den Kopf. »Nicht, dass ich wüsste. Wie es aussieht, sind wir hier wohl erst mal ganz auf uns allein gestellt.«

»Seltsam«, sagte sie. »Wenn du mich fragst: Die Angelegenheit wird immer merkwürdiger.«

»Höchste Zeit, dass wir uns ein paar Antworten besorgen, findest du nicht?« Er lächelte und fuhr sich mit der Hand über die kurz rasierten schwarzen Haare.

»Ich habe gehört, dass ein paar Passagiere nachher zu den Gebäuden da drüben gehen wollen. Da bin ich auf jeden Fall dabei. Kommst du auch mit?«

»Klar.« Sie spürte, dass sie rot wurde. Jem schien ihr das blöde Getue von gestern wirklich nicht übel zu nehmen. »Alles besser, als hier nur rumzusitzen und Däumchen zu drehen.«

Eine knappe Stunde später hatte sie sich auf den Weg gemacht. Von den dreihundert Passagieren hatten sich acht Erwachsene und zehn Jugendliche eingefunden, allen voran Kapitän

Bennett. Vom Aussehen her erinnerte er Lucie ein kleines bisschen an ihren Vater, er war groß gewachsen und hatte helle Haut. Die rotblonden Haare, die er sich sonst wahrscheinlich immer zu einem ordentlichen Scheitel kämmte, standen wirr vom Kopf ab. Lucie verbot sich einen Gedanken an zu Hause, sie wollte sich gar nicht vorstellen, wie ihre Eltern durchdrehten vor Angst, wenn sie von ihrer Notlandung erfuhren.

Marek hatte sich natürlich direkt an Bennetts Fersen geheftet, der ein ordentliches Tempo vorlegte. Mit einem Stock bewaffnet, kämpften sie sich durch das schulterhohe Gras. Katta und Zoe waren beim Flugzeug geblieben. *Mädchen haben da nichts verloren,* so Mareks lapidare Begründung. Da aber weder Zoe noch Katta auf Lucie den Eindruck machten, als würden sie sich von einem Jungen etwas sagen lassen, vermutete sie, dass sie ohnehin keine Lust hatten mitzukommen.

Während Jem sich ein paar Meter weiter vorne mit einem kräftigen Mann unterhielt, lief Lucie neben Olivia her, die sich wahnsinnig über Marek aufregte.

»Macho«, brummte sie. »Der glaubt wohl, Frauen gehörten an den Herd.«

»Ach, der will sich doch nur ein bisschen aufspielen«, sagte Lucie lächelnd. »Ich nehme das nicht so ernst.«

»Es ist aber ernst«, erwiderte Olivia giftig. »Es kann doch echt nicht sein, dass es heutzutage immer noch Leute gibt, die so einen Stuss von sich geben. Als hätte es die Frauenbewegung und Emanzipation nie gegeben. Für Typen wie Marek sind Frauen nur ein Besitz. Hübsch müssen sie aussehen, fleißig sollen sie sein und ansonsten sollen sie möglichst die Klappe halten. Und das Schlimmste: Es gibt Frauen, die darauf abfahren.« Sie schüttelte mürrisch den Kopf. *»Steinzeit.«*

Lucie wusste nicht, was sie sagen sollte. Olivia hatte sich richtig in Rage geredet, dieses Thema schien sie sehr zu beschäftigen. Es klang fast so, als hätte sie selbst schon mal schlechte Erfahrungen mit so jemandem gemacht.

Lucie hingegen konnte keinerlei Erfahrungen mit Jungs vorweisen. Dass sie mit ihren fünfzehn Jahren noch nie einen Freund gehabt hatte, fand ihre beste Freundin Anna einen Skandal, aber Lucie störte das nicht. Klar war sie schon mal verliebt gewesen, allerdings hatten die Betreffenden das niemals erfahren.

Gedankenverloren spähte sie geradeaus. Die aufgehende Sonne überzog die Flanken des Gebäudekomplexes mit warmem Licht. Die zunehmende Helligkeit förderte immer neue Details zutage.

Die Fassade wirkte ziemlich heruntergekommen. Ein Haufen Chrom, Glas und Stahl, der früher bestimmt mal sehr beeindruckend ausgesehen hatte, aber mittlerweile eher ein Fall für die Abrissbirne war. Hinter einer Gruppe von Bäumen rankten sich Efeu und wilder Wein an den Fassaden empor. Auf den kegeligen Dächern wuchs dichtes Buschwerk.

Doch gab es auch einige Stellen, die sehr gepflegt aussahen. Zum Beispiel der Eingangsbereich. Dort, wo die großen Schiebetüren waren, hatte jemand die Pflanzen gestutzt und die Glasflächen gereinigt. Das obere Drittel des Gebäudes war mit Solarpaneelen gepflastert, die ebenfalls sauber und funktionstüchtig aussahen. Und was das bedeutete, war klar: Es musste irgendjemanden geben, der sich um all das kümmerte. Und dieser Jemand konnte ihnen bestimmt sagen, wo sie hier gelandet waren. Und Hilfe holen. Lucie spürte, wie sich ihre Anspannung zumindest ein kleines bisschen löste, immerhin war dies der erste Hoffnungsschimmer seit ihrer Bruchlandung.

Die großen Drehtüren funktionierten zwar nicht, aber es gab seitlich ein paar kleinere Schiebetüren, die unverschlossen waren. Bennett gab die Anweisung zu warten, bis er, Marek und ein paar der anderen Erwachsenen die Lage sondiert hatten.

Lucie hatte dagegen nichts einzuwenden. Die Sonne schien gerade so schön und die Wärme und das Licht halfen dabei, die Erinnerungen an den gestrigen Abend zu vertreiben. Sie setzte sich auf den warmen Asphalt, beobachtete die exotisch aussehenden Schmetterlinge und wartete.

8

Jem hasste es, tatenlos rumzustehen. Zehn Minuten waren vergangen und noch immer kein Zeichen von innen. Er stand auf.

»Also mir ist das jetzt echt zu blöd. Ich gehe jetzt rein. Wer kommt mit?«

Olivia war sofort dabei.

Arthur zögerte. »Ich weiß nicht«, sagte er. »Bennett hat doch gesagt, wir sollen draußen warten.«

»Bennett hat gesagt«, spottete Olivia. »Was soll er denn machen? Uns den Kopf abreißen oder was?«

Beleidigt stand Arthur auf, stopfte die Hände in die Hosentaschen und trabte hinter Olivia her.

Jem konnte sich ein Lächeln nicht verkneifen. Die beiden waren echt ein Traumpaar. Er wollte gerade die Tür aufdrücken, als Marek ihm von innen entgegenkam. Durch den Spalt sah er ihn herausfordernd an. »Na, Compadre, schlechte Ohren?«

»Nö, wieso?«

»Es hieß doch ausdrücklich, ihr sollt warten.«

Jem reckte sein Kinn vor. »Befehle sind nicht so mein Ding. Schon gar nicht von Typen wie dir. Und jetzt geh zur Seite.«

»Oder was?« Marek hob amüsiert seine Brauen. Er blockierte die Tür mit seinem Fuß. »Glaubst du, eine halbe Portion wie du könnte mir Angst einjagen?«

Lucie war aufgestanden und stellte sich jetzt neben Jem vor die Tür. »Hört auf, ihr beiden. Erzähl uns lieber, was es Neues gibt. Habt ihr jemanden getroffen?«

Marek nahm seinen Fuß weg. »Das nicht«, sagte er und öffnete für sie. »Es gibt aber trotzdem einiges zu sehen. Bennett meinte, ich soll euch holen kommen. Das ist echt alles ziemlich krass.«

Ohne Marek eines Blickes zu würdigen, ging Jem an ihm vorbei und betrat die Eingangshalle.

Was er sah, verschlug ihm die Sprache. Er wusste nicht, womit er gerechnet hatte, aber ganz bestimmt nicht mit einem Gewächshaus. Zumindest kam es ihm auf den ersten Blick so vor.

Die Halle wurde von einem Dach überspannt, das entfernt an die Kuppel einer Kathedrale erinnerte. Dünne Stahlstreben hielten Glasscheiben, durch die das goldene Morgenlicht hereinströmte. Pflanzen rankten sich über Schalter, Läden, Rolltreppen und Aufzüge, krochen hinauf ins Obergeschoss und von dort aus bis unters Dach. Kaum ein Quadratmeter, der nicht irgendwie überwuchert war.

Schwerer Blütenduft durchströmte die Halle und das Zirpen und Zwitschern winziger Vögel war zu hören. Jem konnte ein paar von ihnen erkennen. Wie kleine blaue Blitze zischten sie hierhin und dorthin und tauchten in die weißen und rosafarbenen Blüten, um dort nach Nektar zu saugen.

Bio gehörte nicht unbedingt zu seinen Lieblingsfächern, aber er wusste sicher, dass solche Tiere und Pflanzen nicht in diese Breitengrade gehörten. Zumal sie nicht den Eindruck machten, als wären sie künstlich angesiedelt worden. Es wirkte alles ziemlich natürlich. Aber dies war doch eine Flughafenhalle.

Oder nicht?

Er wedelte eine pinkfarbene Hummel beiseite und ging weiter. Moment mal! Pink? So etwas hatte er noch nie gesehen!

Vor ihm erhob sich etwas, das früher mal ein Springbrunnen gewesen sein mochte. Er schien schon lange nicht mehr in Betrieb zu sein. Pflanzen wucherten wie Unkraut daraus hervor. In ihrer Mitte stand ein Gewächs, an dem unzählige türkisfarbene Früchte und rote Blüten hingen. Kolibris umschwirrten ihn wie aufgeregte Bienen.

Jem klappte der Unterkiefer runter. »Alter, was ist denn hier los?«, entfuhr es ihm. »Ist das ein botanischer Garten oder was?«

»Das, Herrschaften, ist der Denver International Airport.« Kapitän Bennett winkte sie zu sich herüber. Neben ihm standen zwei Männer, die beide ziemlich verwirrt aussahen.

»Oder das, was davon übrig ist.« Er stand zu Füßen einer Bronzestatue, die einen Raumfahrer darstellte. Auch sie war ziemlich überwuchert. An dem Sockel prangte ein uraltes, fleckiges Messingschild. Jem trat näher, um lesen zu können, was dort stand.

»John L. ›Jack‹ Swigert Jr. 1931–1982. Astronaut Apollo 13«, murmelte er und runzelte die Stirn. »Woher wissen Sie, dass wir hier in Denver sind? Dieses überdimensionierte Gewächshaus könnte doch an jedem Ort der Welt stehen.«

»Weil ich erst vor Kurzem hier war«, entgegnete Bennett. »Dies ist Halle B, eine der Haupthallen. Allerdings sah sie vor einem Monat noch ein bisschen anders aus.«

»Aber ich verstehe das nicht«, sagte der eine seiner Begleiter.

Der Mann mit dem karierten Hemd und dem Schnauzbart. »Es ist doch offensichtlich, dass dieses Gebäude seit Jahren nicht mehr in Betrieb ist. Wie kommen Sie dazu zu behaupten, dies wäre der Flughafen?«

»Weil es so ist. Ich weiß, wie das klingt, aber Sie sollten diese Tatsache akzeptieren.«

Inzwischen waren die restlichen Mitglieder der Gruppe eingetroffen, darunter auch Lucie. Sie warf Jem einen fragenden Blick zu und die Verwirrung stand ihr genauso ins Gesicht geschrieben wie den anderen. Jem zuckte nur mit den Schultern, er hoffte, dass sie bald herausfanden, was hier los war.

»Der Kapitän hat recht«, sagte der kräftige Mann, der sich Jem vorhin als Martin Jaeger vorgestellt und ihm in einem Halfter unter seiner Schulter eine Automatikpistole präsentiert hatte. Jaeger meinte, es wäre immer sicherer, mit einer Waffe in unbekannte Gefilde vorzudringen. Damit hatte er wahrscheinlich recht, trotzdem war Jem bei dem Anblick etwas unwohl zumute gewesen.

»Als Sky Marshall bin ich viel unterwegs und kenne den Flughafen«, fuhr Jaeger jetzt fort. »Die Statue von Colonel Swigert hat mir immer viel Freude bereitet. Er war an Bord der Apollo-Kapsel, die damals wegen einer Fehlfunktion nicht auf dem Mond landen konnte und beinahe in der Erdatmosphäre verglüht wäre.«

»Was ist bitte schön ein Sky Marshall?«, flüsterte Jem an Paul gewandt. Wenn jemand so etwas wusste, dann mit Sicherheit er.

Paul steckte die Taschenuhr zurück in seine Westentasche.

»Ein Regierungsbeauftragter, der für die Sicherheit langer Flüge zuständig ist«, flüsterte er zurück. »Er darf als Einziger eine Waffe an Bord tragen.«

So was hatte Jem noch nie gehört. Aber wahrscheinlich schadete es nicht, so jemanden dabeizuhaben.

Arthur sah sich argwöhnisch um. »Ich verstehe nicht ganz, was das hier soll. Wo sind die Menschen?«

»Hier ist niemand, das ist ja das Rätselhafte«, sagte Bennett. »Es hat fast den Anschein, als ob dieser Flughafen bereits vor Jahrzehnten aufgegeben wurde. Alles hier ist uralt. Sehen Sie sich nur mal den Kunststoff hier an ...« Er ging hinüber zu den Sitzbänken und rüttelte an einem der Plastiktische. Das Material war so spröde, dass es sofort zerbröselte. »Plastik ist normalerweise sehr haltbar. Das Gleiche gilt für Kunstleder.« Er drückte gegen eines der Sitzpolster. Sein Finger bohrte sich hindurch, als bestünde es aus Esspapier. »Auch hier erhebliche Spuren von Alterung.«

»Aber eben meinten Sie doch, Sie wären vor knapp einem Monat hier gewesen«, sagte Olivia. »Jetzt wiederum vermuten Sie, all das wurde bereits vor Jahrzehnten aufgegeben. Wie passt das zusammen?«

Bennett zuckte die Schultern. »Wenn ich es wüsste, würden wir hier nicht so ratlos herumstehen. Ich versichere Ihnen, mir ist das ebenso unerklärlich wie Ihnen. Wir müssen dringend irgendjemanden finden, der unsere Fragen beantworten kann.«

»Aber irgendwo müssen hier doch Menschen sein«, warf Paul ein. »Wer kümmert sich sonst um den gepflegten Eingangsbereich und stutzt die Pflanzen?«

»So sieht's aus, junger Mann.«

»Was stehen wir dann noch hier rum?«, fragte Jem. »Machen wir uns auf die Suche.«

Bennett teilte die Gruppe in vier Teams ein, die das Gebäude systematisch durchkämmen sollten. Jem wäre gerne mit Lucie in einem Team gewesen, aber weil die blöderweise genau neben Marek gestanden hatte, musste sie jetzt mit ihm sowie einem älteren Ehepaar losziehen. Ausgerechnet Marek.

Jem war zusammen mit Olivia, Paul und Arthur in einem Team und sie hatten die Aufgabe, die Läden und Duty-free-Shops auf der linken Gebäudeseite zu untersuchen. Obwohl die Sonne inzwischen höher gestiegen war, reichte das flach hereinströmende Licht nicht aus, um auch die hintersten Winkel zu beleuchten, sodass die Shoppingmall im Halbdunkel lag.

»Mann, ist das unheimlich«, sagte Paul. »Wie in *Dawn of the Dead.* Der Angriff in der Shopping Mall, erinnert ihr euch?«

»Würde mich nicht wundern, wenn hier gleich irgendwo Zombies rausgewankt kämen«, ergänzte Arthur.

»Vielleicht nicht unbedingt Zombies«, warf Jem ein und konnte nicht leugnen, dass ihm das alles hier ein wenig Unbehagen bereitete, »aber Ratten gibt's auf jeden Fall. Hab eben ein paar gesehen. Ganz schön dicke Biester mit Streifen auf dem Rücken.«

»Na toll«, murmelte Paul.

»Die Läden sehen aus, als wären sie erst gestern verlassen worden«, sagte Olivia. »Seht euch nur mal das viele Zeug hier an. Parfüms, Whiskys, Souvenirs – alles noch da.«

»Aber die Sachen sind uralt«, entgegnete Jem, während er

mit dem Finger über die dicke Staubschicht auf einer Packung Pralinen fuhr.

»Wenn wir bloß ein bisschen Licht hätten«, murmelte Arthur. »Ein paar Taschenlampen wären nicht schlecht. Und Batterien.« Jem nickte. »Vielleicht finden wir hier ja etwas.« Er ging ein Stück weit in den Laden, blieb dann aber stehen, weil er merkte, dass keiner ihm folgte. »Was ist los?«

»Also mich bringen da keine zehn Pferde rein.« Arthur schüttelte entschieden den Kopf. »Zwischen den Regalen könnte sich alles Mögliche verstecken.«

»Schisser«, murmelte Olivia.

»Du gehst doch selbst nicht rein!«, protestierte Arthur. »Außerdem hat Paul mit *Dawn of the Dead* angefangen.«

Jem kroch es kalt den Rücken hoch. Alleine würde er das Innere dieses Ladens bestimmt nicht durchforsten. Plötzlich hob Paul den Finger. »Wartet mal«, sagte er. »Hört ihr das?«

Jem spitzte die Ohren. Tatsächlich, da war etwas.

Ein Klang, der so gar nicht in diese befremdliche Atmosphäre passen wollte. *Musik.*

»Das kommt von da vorne.« Er deutete geradeaus. Der Gang mündete dort in eine zweite Halle.

Sie rüsteten sich noch schnell mit ein paar Spazierstöcken und Regenschirmen aus, dann folgten sie den Klängen. Das Gefühl, etwas in der Hand zu haben, mit dem er sich im Notfall verteidigen konnte, beruhigte Jem. Es waren zwar keine richtigen Waffen, aber auf jeden Fall besser als gar nichts.

Die Musik wurde lauter.

Jem konnte nicht behaupten, dass er sich sonderlich wohl in

seiner Haut fühlte. Zumal er auch noch an vorderster Position war. Die anderen hielten sich im Hintergrund, so, als hätten sie ihn in stiller Wahl zum Anführer gewählt.

Da er nicht wie ein Angsthase aussehen wollte, packte er seinen Stock fester und ging voran.

Er wurde das Gefühl nicht los, dass es diesen Ort eigentlich nicht geben durfte. Alles wirkte so falsch, so verkehrt. Als hätte irgendein fehlgesteuerter Teleporter ihn in eine alternative Realität geschleudert.

Die zweite Halle sah ähnlich aus wie die erste. Auch hier wucherten überall Pflanzen. Auf verblichenen Schildern prangten Namen wie *Delta* oder *United Airlines,* versehen mit blauen und gelben Flugzeugsymbolen. Offenbar die Halle für Inlandsflüge.

Die Musik wurde immer lauter. Sie schien keinen klaren Ursprung zu haben, sondern durchwehte den Saal wie ein unbestimmbarer Duft. Jem vernahm eine melancholische Frauenstimme, die von Streichern und Bläsern untermalt wurde. Auch ein Akkordeon schien beteiligt zu sein. Eingängige Beats trieben den Song voran, wobei die sanfte Stimme und die treibenden Drums seltsamerweise gut zusammenpassten.

»Was ist denn das für ein Song?«, murmelte Olivia. »Habe ich noch nie gehört.«

»Ich auch nicht«, sagte Jem. »Klingt wie ein komplett neuer Musikstil.« Er deutete in die Ecken der Halle. »Die Musik kommt übrigens vom Band, seht ihr? Die Flughafenlautsprecher sind überall.«

»Umso verwunderlicher, dass wir vorhin nichts gehört haben«, sagte Arthur. In diesem Moment gingen überall flackernd die Lichter an. Im Gang, den sie soeben durchquert hatten, wurde es schlagartig hell.

»Meine Güte, das ist ja wie im Horrorfilm hier«, sagte Olivia und zog sich ihre Baseballkappe vor die Augen.

Auch Jem musste sich erst mal an das grelle Licht gewöhnen. Wenn die Lage nicht so ernst gewesen wäre, hätte man meinen können, irgendjemand wolle ihnen einen ganz üblen Streich spielen. Aus dem dunklen Loch von eben war plötzlich eine einladende Einkaufslandschaft entstanden. In einigen der Shops flimmerten Werbe-Filmchen auf Videowänden und die Hinweistafeln über den Gates erwachten ratternd zum Leben.

»Haben wir das etwa ausgelöst?«, murmelte er. »Ich komme mir vor wie in der Twilight Zone.«

»Eher Akte X«, sagte Paul, der wirklich jede Fernsehserie zu kennen schien. »Also, wenn ihr mich fragt, ich würde jetzt wirklich gerne zurückgehen.«

»Kommt nicht infrage«, wiegelte Jem ab, obwohl er es Paul nicht verübeln konnte. Auch er hätte am liebsten die Beine in die Hand genommen und diesen Ort so schnell wie möglich verlassen. Doch was hätte das gebracht? Draußen warteten nur ein Flugzeug-Wrack und die anderen Passagiere, hier drinnen konnten sie vielleicht eine Antwort auf ihre Fragen finden. Vielleicht trafen sie auch auf jemanden, der sie aufklärte, der ihnen erklärte, wo sie hier waren und wie sie wieder von hier verschwinden konnten.

»Wir müssen erst herausfinden, was hier los ist«, sagte Jem. Er fasste all seinen Mut zusammen, als er die Hände an den Mund legte und rief: »Hallo, ist da jemand? *Anybody there?*«

Ein Scheppern und Poltern erklang von der hinteren Hallenseite. Jem zuckte zusammen. Olivia griff panisch nach seiner Hand und bohrte ihre Fingernägel in seine Haut. »Was war das?«, flüsterte sie.

»Ich glaube, da ist jemand«, entgegnete Jem und deutete nach links. »Hallo, wer ist denn da?«

»Hallo?«, meldete sich eine komische Stimme auf Englisch. Sie klang nach einem Kind mit einer ziemlich dicken Erkältung. Jem spürte, wie sich seine Nackenhaare aufstellten. Was sie hier gerade erlebten, hätte sich kein Drehbuchautor besser ausdenken können.

Doch sosehr ihm noch der Schreck in den Gliedern steckte, so aufgeregt war er, endlich jemanden gefunden zu haben, mit dem sie reden konnten. Darauf hatten sie seit ihrer Landung gestern gehofft.

Er räusperte sich. »Bitte verzeihen Sie die Störung, wir hätten da ein paar Fragen.«

»Hallo«, erklang die Stimme erneut.

Jem runzelte die Stirn. *»Where are you* – wo sind Sie? Wer spricht denn da?«

Eine kurze Pause, dann hörte er die Stimme wieder.

»Hallo?«

Merkwürdig. Die Stimme klang irgendwie nicht menschlich. Jem wusste nicht, was er davon halten sollte. Hinzu kam, dass das Gespräch ziemlich einseitig verlief. »Kommt«, flüsterte er. »Lasst uns mal nachsehen.«

Die Büsche und Sträucher wuchsen in diesem Teil der Halle besonders dicht. Vorsichtig wie ein scheues Tier bewegte sich Jem entlang der helleren Bereiche. Jeder Meter kostete ihn Überwindung.

Er war etwa auf zehn Meter an die verdächtige Stelle herangekommen, als er ein erneutes Rappeln vernahm. Hinter einem der Schalter bewegte sich etwas.

Wie eingefroren blieb Jem stehen. »Ha... hallo?«

Ein runder Kopf erschien. Ein einzelnes gelbes Auge in der Mitte der Stirn leuchtete ihm unfreundlich entgegen. Der Mund war nicht mehr als ein langgezogener Schlitz.

»Hallo.«

Jem sprang einen Meter zurück. Seine Kehle war wie zugeschnürt. Was zum Geier war das?

Sein Gegenüber sah ihn erwartungsvoll an.

Jem musste etwas sagen, er wusste nur nicht, was. Olivia trat vor und fragte in makellosem Englisch: »Wer sind Sie und warum verstecken Sie sich?«

Keine Antwort.

»Würde es Ihnen etwas ausmachen, herauszukommen und mit uns zu reden?« Sie schien in diesem Moment die besseren Nerven zu haben.

»Ist das eine dienstliche Anweisung?«

Jem runzelte die Stirn. Was für eine seltsame Frage. »Natürlich nicht. Wir wollten nur ...«

»Dem Befehl wird nicht Folge geleistet.« Der Kopf tauchte wieder ab.

Die Jugendlichen warfen sich verdutzte Blicke zu. Olivias Augen wurden zu schmalen Schlitzen. »He, du da, komm sofort da raus! Wir haben Fragen an dich.«

Erneut erschien der Kopf. Das gelbe Auge rollte hierhin und dorthin. *»Ist das eine dienstliche …«*

»Ja, verdammt noch mal.« Jem trat einen Schritt vor. Der anfängliche Schrecken war verblasst und er fing jetzt langsam an, echt ungeduldig zu werden. »Das ist ein Befehl.«

Umgehend entstand Bewegung. Die Blechabdeckung glitt zur Seite und das seltsamste Wesen, das Jem jemals gesehen hatte, kam hinter dem Schalter hervor.

9

Lucie hielt sich dicht hinter Marek. Sie konnte nicht leugnen, dass sie lieber mit Jem in einer Gruppe gewesen wäre, aber entgegen ihrer Erwartung zeigte sich Marek von einer ziemlich netten Seite. Irgendwie schaffte er es, ihr ein Gefühl von Sicherheit zu vermitteln, und das konnte sie im Moment gut brauchen.

Zusammen mit dem älteren Ehepaar befanden sie sich auf dem Weg ins Untergeschoss. Die Aufzüge waren allesamt außer Betrieb, weswegen sie nach einem Treppenhaus suchen mussten.

Dass es dort drinnen stockfinster sein könnte, daran hatten sie nicht gedacht. Nachdem sie etliche Shops nach Lampen durchkämmt hatten, fand Marek endlich ein paar kleine Schlüsselanhänger, die für ihre Zwecke geeignet waren. Sie schienen sich durch Handwärme aufzuladen und funktionierten einwandfrei.

Neben Souvenirartikeln und kleineren Mitbringseln fanden sie in dem schmutzigen, verwahrlosten Laden auch ein paar Zeitschriften. Sie fühlten sich seltsam an, nicht wie Papier. Lucie nahm eine davon mit, in der Hoffnung, später ein paar Informationen zu erhalten. Mit ihren vier LEDs erzeugten sie so viel Licht, dass sie sich auf den Weg ins Untergeschoss machen konnten.

Die Luft im Treppenhaus war stickig. Der Staub auf den Treppenstufen war zentimeterdick und wies keinerlei Fußabdrücke auf.

»Fast wie ein Dornröschenschloss«, flüsterte sie. »Als wären hier alle durch einen Zauber in Tiefschlaf gefallen.«

»Wenn sie wenigstens schlafen würden«, sagte Marek. »Aber es sieht aus, als hätten die Leute alles stehen und liegen gelassen und wären einfach verschwunden ...«

»Wäre nicht das erste Mal«, meinte der Mann mit dem dunkelblauen Poloshirt. Lucie runzelte die Stirn. »Wie meinen Sie das?«

»Nun, darüber gab es neulich mal einen Bericht im Fernsehen. Ich rede von den Maya. Sie verfügten über den besten Kalender der Welt und bauten wunderbare Städte. Ihre Hauptstadt Tikal wurde zu ihrer Blütezeit von fünfundvierzigtausend Menschen bewohnt. Bis sie eines Tages aufbrachen und auf Nimmerwiedersehen verschwanden.«

»Und wohin?«, fragte Marek.

»Das weiß niemand«, antwortete der Mann. »Ein ganzes Volk verließ einfach seine Häuser. Die Menschen wanderten aus und niemand von ihnen kam je wieder zurück. Die Städte verödeten, der Dschungel fraß sich in die Straßen. Bis nur noch Ruinen übrig blieben. Es ist eines der größten ungelösten Rätsel der Menschheitsgeschichte.«

Lucie schluckte. Der Abschied aus Deutschland und von ihren Eltern war ihr ohnehin schwer genug gefallen. Aber trotz aller Aufregung hatte sie sich sehr auf die Reise gefreut. Auf ihre Gasteltern, den neuen Ort und all das, was er Spannendes mit sich bringen würde. Schließlich war immer klar gewesen, dass sie nach zehn Monaten wieder nach Hause durfte. Doch jetzt? Jetzt auf einmal war alles anders. Plötzlich war hier von untergegangenen Zivilisationen die Rede.

Die Frau stupste ihren Mann an. »Hermann, du machst den Kindern Angst.«

Marek legte Lucie den Arm um die Schulter. »So schnell bekommen wir keine Angst, nicht wahr, Lucie?« Er zwinkerte ihr zu. »Ich kann Sie gut verstehen. In diesem Moment macht sich wahrscheinlich jeder von uns so seine Gedanken ...« Weiter kam er nicht, denn wie durch ein Wunder war plötzlich das Licht angegangen. Marek blinzelte ein paarmal überrascht, dann lächelte er: »Sehen Sie, manche Probleme lösen sich von ganz allein.« Er ließ den Schlüsselanhänger in seiner Tasche verschwinden und öffnete die Tür, auf der mit abblätternden Buchstaben *Deck 1* zu lesen stand. Lucie folgte ihm.

Es war ein Parkhaus. Unzählige Fahrzeuge standen hier sauber geparkt auf ihren Plätzen.

Schweigend wanderten sie zwischen den Autos umher, spähten ins Innere und suchten nach Anhaltspunkten. In Lucie wuchs das Gefühl, dass sie die letzten Menschen auf dem Planeten waren.

»Schaut euch mal die Autos an«, sagte der Mann nach einer Weile. »Eigenartig, oder?«

Lucie verstand zuerst nicht, worauf er hinauswollte, doch dann fiel es ihr auf. »Einige von ihnen haben keine Lenkräder«, murmelte sie.

»Ich kann auch keine Schaltknüppel oder Pedale erkennen. Dafür sind überall riesengroße Displays angebracht.«

»Elektrofahrzeuge«, sagte Marek. »Jeder Stellplatz verfügt über eine eigene Ladestation, seht ihr?«

»Aber wieso fehlen die Lenkräder?«, hakte Lucie nach. Sie konnte sich nicht vorstellen, wie man sich mit diesen Dingern von A nach B bewegen sollte.

»Sind vermutlich Selbstfahrer«, entgegnete Marek. »Die Dinger werden komplett über Navigationsgeräte gesteuert. Ich habe darüber mal einen Bericht gesehen. Man gibt einfach den Zielort ein, drückt auf Start und das Auto bringt einen dorthin, wo man will. Ich glaube, Google experimentiert gerade mit so etwas.«

»Und wozu sollte das gut sein?«

Marek zuckte mit den Schultern. »Vermeidung von Staus und Verkehrsunfällen, intelligentes Verkehrsleitsystem und so weiter.« Er fuhr mit dem Finger über die Oberfläche eines Wagens, der offensichtlich mal Silber gewesen war. Jetzt wurde er von einer dicken Staubschicht bedeckt. »Meine Eltern haben ein Autohaus, deswegen kenne ich mich ein bisschen mit dem Thema aus. Und eines kann ich euch sagen: So weit wie hier sind wir in Deutschland noch lange nicht. Mit solchen Autos ist frühestens in den nächsten fünf bis zehn Jahren zu rechnen.«

»Denver scheint da schon weiter zu sein«, überlegte Lucie. »Oder das hier ist eine Art Testgelände.«

»Aber es ist alt«, entgegnete Marek und wischte sich die staubigen Finger an seiner Jeans ab. »Alles hier ist alt.«

Womit er natürlich recht hatte. Lucie vergaß immer wieder, dass dieser Ort ja verlassen war. Seit mindestens zehn Jahren. Je öfter sie darüber nachdachte, desto verwirrter war sie.

Ihr Blick streifte den Umschlag ihrer Zeitschrift. Einer Eingebung folgend, warf sie einen Blick auf das Datum. Die Zahlen waren wie eine Melodie. Eine höchst fremdartige und bedrohlich wirkende Melodie. Sie erstarrte.

»Das gibt's doch nicht«, flüsterte sie.

10

Jem kniff die Augen zusammen. Das Wesen mochte etwa ein Meter fünfzig groß sein und sah aus wie eine Zapfsäule, der man einen Staubsauger auf den Rücken geschnallt hatte. In seinem mürrisch dreinblickenden Gesicht prangte ein einziges gelbes Auge, das nervös hin und her zuckte. Seine kräftigen Arme reichten bis zum Boden, während die stummelartigen Beine recht kurz waren und in eckigen Plattfüßen endeten. Die Grundfarbe der Kreatur mochte einmal Violett gewesen sein, doch inzwischen war sie überall abgeblättert und der Rost kam zum Vorschein. Irgendjemand hatte mit gelber Farbe eine sich rekelnde, halb nackte Frau sowie ein paar Buchstaben auf den Torso des Roboters gemalt. *(MOD)Erator.* Was immer das bedeuten mochte.

»Ein Roboter«, stieß Jem aus. Er ließ seinen Stock sinken und wich zurück. Gegen so eine Eisenkreatur würde er sowieso nichts nutzen.

Dieses Ding war ihm nicht geheuer.

Arthur hingegen schien völlig fasziniert zu sein. »Wie heißt du, mein Freund? Wie ist dein Name?«

»Name?«, ertönte die nasale Kinderstimme.

»Deine Bezeichnung. Wie wirst du angeredet?«

»Servicedrohne M.A.R.S.-327 zu Ihren Diensten.«

»Servicedrohne? Was bedeutet das?«, fragte Arthur.

Das Ding glotzte ihn ausdruckslos an.

Arthur präzisierte. »Was sind deine Aufgaben?«

»Meine Parameter umfassen die Pflege und Erhaltung des Betriebsgeländes, einschließlich der angrenzenden Waschräume.«

Olivia schüttelte den Kopf. »Das ist ein wandelnder Staubsauger. Eine gottverdammte eiserne Klofrau.«

»Sag doch so was nicht.« Arthur grinste. »Du könntest seine Gefühle verletzen.« Er ging auf die Maschine zu und strich mit den Fingern über die rostige Außenhaut. »Künstliche Intelligenz ist mein Spezialgebiet«, sagte er. »Ich verfolge die Forschung daran seit Jahren. Es gibt erste Versuche mit menschenähnlichen Robotern, aber sie sind bei Weitem nicht so fortgeschritten wie der hier. Allein schon, wie er geht! Wie er steht, uns beobachtet und beim Reden gestikuliert! Dass irgendein Flughafen so einen hoch entwickelten Roboter als einfache Servicekraft einstellt, hätte ich bestimmt mitgekriegt.«

»Und wenn du es einfach überlesen hast?«, fragte Olivia.

Arthur schüttelte energisch den Kopf. »Ausgeschlossen. Ich habe sämtliche Fachzeitschriften zu dem Thema abonniert. Abgesehen davon: Seht ihn euch doch an. Den Rost, die verharzte Ölschmiere in seinen Gelenken. Dieser Roboter ist alt. *Uralt.* Der wurde seit Jahrzehnten nicht mehr gewartet. Wie erklärt ihr euch das?«

»Können wir nicht«, sagte Jem. »Die Liste mit Rätseln und Ungereimtheiten wird nur noch ein Stück länger.« Er wandte sich der mechanischen Kreatur zu. »Du brauchst einen Namen. Wie wäre es, wenn wir dich einfach *M.A.R.S.* nennen? Klingt doch ganz nett.«

»M.A.R.S.? Gute Idee.« Arthur sah den Roboter an. »Bist du damit einverstanden?«

Das gelbe Auge zuckte von links nach rechts. *»Positiv.«*

Jem musste sich ein Lächeln verkneifen. Wie Arthur und der Roboter sich so gegenüberstanden, waren sie beinahe gleich groß.

»Sehr schön«, fuhr Arthur fort. »Dann können wir ja endlich ein paar Fragen klären. Wo sind wir hier? Wie heißt die nächstgelegene Stadt?«

»Denver.«

»Aha.« Arthur kratzte sich am Kopf. »Und ist das hier wirklich ein Flughafen?«

M.A.R.S. rollte das Auge einmal im Kreis. *»Dies ist der Denver International Airport.«*

»Und wie heißt dein Eigentümer?«

»Die Stadt und das County von Denver. Unterbereich Luftfahrtministerium.«

Jem und die anderen sahen einander an. Dann prasselten die Fragen wie Hagelkörner auf den Roboter ein.

»Welches Jahr haben wir?«

»Wann wurde dieser Flughafenbereich stillgelegt?«

»Wieso sind hier nirgendwo Menschen?«

»Wieso können wir mit niemandem Kontakt aufnehmen?«

»Gibt es hier irgendwo funktionierende Telefone?«

Der Blechmann glotzte sie stumpfsinnig an. Ein Geräusch drang aus seinem Mundschlitz. Es klang wie das Rauschen eines schlecht eingestellten Radiosenders.

Olivia runzelte die Stirn. »Vielleicht waren das zu viele Fragen auf einmal. Besser, es redet nur einer mit ihm.« Sie sah den Serviceroboter streng an. »Welches Datum haben wir?«

»Information nicht abrufbar.«

Ihre Brauen wanderten in die Höhe. »Nicht abrufbar? Aber wie kann das sein? Gibt es denn hier keinen Kalender oder so? Wem gehörst du? Wo sind all die anderen Menschen geblieben?«

»Bzzz ...«

Arthur strich über sein Kinn. »Das war jetzt aber auch nicht viel besser.«

Olivia warf ihm durch ihre dicke Brille einen giftigen Blick zu.

»Ich glaube, dass er mit unseren Fragen hoffnungslos überfordert ist. Als einfache Drohne ist er vermutlich auf ein höhergestelltes System angewiesen, einen Zentralcomputer oder so. Wenn der seinen Dienst eingestellt hat, ist er völlig auf sich gestellt. Wo soll er denn Informationen herbekommen?«

Jem nickte. »Bei dem Zustand, in dem das Gebäude ist, würde mich das nicht wundern. Aber eine Frage kannst du uns vielleicht doch beantworten, M.A.R.S. Warum war gestern Nacht alles dunkel? Und wieso brennen jetzt die Lichter? Hast du den Strom wieder eingeschaltet?«

»Energiezufuhr nur temporär verfügbar. Betrieb nur bei Tageslicht möglich.«

»Bei Tageslicht«, murmelte Arthur. »Aber natürlich: die Sonne. Das hätte ich mir auch gleich denken können. Die Solarzellen sind draußen am Gebäude befestigt. Sie versorgen den Komplex mit Elektrizität. Keine Sonne, kein Strom.« Er wandte sich dem Roboter zu. »Gibt es denn einen Speicher hier unten? Batterien, Akkus, irgendetwas?«

M.A.R.S. senkte den Kopf, was ihn irgendwie betrübt aussehen ließ. Jem musste Arthur beipflichten. Da waren echt gute Programmierer am Werk gewesen. Die Körpersprache des Roboters glich der eines Menschen bis ins Detail. Vielleicht hatte er sich ja getäuscht und M.A.R.S. hatte doch Gefühle.

Da hatte Jem plötzlich einen Geistesblitz: »Gibt es hier noch mehr von deiner Sorte? Irgendwelche Kollegen, die man vielleicht einschalten kann?«

»Ich bin die letzte funktionstüchtige Serviceeinheit.«

»Oh.« Obwohl es sich nur um eine Maschine handelte, empfand Jem doch so etwas wie Mitgefühl.

»Kein Wunder, dass er mit der Arbeit nicht hinterherkommt«, stellte Paul fest. »Vermutlich kann auch er sich nur dann bewegen, wenn der Strom über die Solarzellen kommt. Das würde bedeuten, dass er nachts ausfällt.«

Jem wippte ungeduldig mit dem Fuß. »Mag alles sein. Allerdings sind wir der Lösung des Problems damit noch keinen Schritt näher gekommen. Menschen gibt es hier wohl keine, oder?«

»Menschen?«

»Na, so wie wir«, sagte Arthur. »Bipede Kohlenstoffeinheiten.«

Das ausdruckslose Glotzen des Roboters sprach Bände.

Jem konnte es ihm nicht verübeln, er selbst verstand auch nur die Hälfte von dem, was Arthur von sich gab. »Jetzt rede doch nicht so geschwollen, das ist doch kein Science-Fiction-

Film hier«, sagte er genervt. Es ärgerte ihn, dass M.A.R.S. ihnen keine Hilfe war und sie kein Stück weiterbrachte.

»Wollen wir zurückgehen und den anderen zeigen, was wir gefunden haben?«

»Absolut«, rief Paul. »Bin schon gespannt, was sie zu unserer Entdeckung sagen.«

11

Was soll das heißen, das Jahr 2035?« Jem starrte sie dermaßen ungläubig an, dass er Lucie fast schon wieder ein bisschen leidtat. »Das kann unmöglich dein Ernst sein.«

»Sorry, ich habe mir das nicht ausgedacht. Es steht hier drin.« Sie reichte ihm die Zeitschrift. Während er darin herumblätterte, blickte sie schweigend über das Rollfeld. Etwa hundert Meter entfernt versammelte Bennett die Passagiere im Schatten des Jumbojets, um sie über die Neuigkeiten zu informieren. Aber egal, was die anderen gefunden hatten, eins war jetzt schon klar: Ihre Zeitschrift würde die Bombe zum Platzen bringen.

»Das ist doch nicht möglich«, murmelte Jem. »Es muss sich um einen Irrtum handeln. Jemand will uns hinters Licht führen. Versteckte Kamera oder so.«

»Ich dachte auch erst an einen schlechten Witz, aber es scheint die Wahrheit zu sein«, sagte Lucie.

»Unmöglich.« Jem kam aus dem Kopfschütteln gar nicht mehr raus. »So was gibt es doch nur in Filmen! Ich meine, das würde ja bedeuten ...«

»... dass wir einen Zeitsprung unternommen haben. Stimmt«, führte Arthur ihren Satz zu Ende.

»Das glaubt ihr doch nicht im Ernst. Zeitsprünge sind doch gar nicht möglich.«

»Woher willst du das wissen?«, fragte Arthur herausfordernd.

»Die Forschung daran steckt noch in den Kinderschuhen. Aber erinnert euch, dass erst kürzlich das Gottesteilchen entdeckt wurde. Und auch die Gravitationswellen sind brandneu. Es gibt noch so viel, von dem wir keine Ahnung haben. Das heißt aber nicht, dass es nicht existiert.« Er zuckte die Schultern. »Wer weiß, was da oben im Flugzeug passiert ist.«

Lucie konnte sich nur wundern. Arthur schien zu jedem Thema eine wissenschaftliche Erklärung parat zu haben.

»Vielleicht war das nur ein dummer Zufall«, überlegte Paul. »Eine kosmische Fügung, ein Zeitloch – nennt es, wie ihr wollt. Tatsache ist doch, dass wir uns alle an das erinnern, was auf dem Flug geschehen ist. An das Licht, die seltsamen Geräusche, unsere Ohnmacht ...«

Lucie nickte. Bei dem Gedanken daran lief es ihr kalt den Rücken runter.

»Man hört doch immer wieder von verschwundenen Flugzeugen«, fuhr Paul fort. »Die meisten werden irgendwann gefunden, aber es gibt auch Maschinen, die für immer verschollen bleiben. Keiner kann mit Sicherheit sagen, was aus ihnen geworden ist.«

»Eben«, rief Arthur. »Vielleicht haben sie das gleiche Schicksal wie wir erlitten? Vielleicht gibt es ja so etwas wie Risse im Raum-Zeit-Kontinuum. Ich bin kein Experte, aber fest steht, wir befinden uns nicht mehr in derselben Zeit wie bei unserem Abflug.«

Lucie presste die Lippen zusammen. So, wie sie das sagten,

klang es ziemlich logisch. Trotzdem fiel es auch ihr schwer, das zu glauben. Genau wie Jem.

»Und, wenn das alles nur ein Test ist?«, fragte er. »Eine Fälschung, eine Art Filmset? Ich frage mich, ob man so etwas nicht fälschen könnte.«

»Natürlich könnte man das«, sagte Arthur. »Aber zu welchem Zweck? Abgesehen davon: Was ist mit all den anderen Dingen, die wir gesehen haben? Das Rollfeld, das Flughafengebäude, die Gegenstände, M.A.R.S. Wisst ihr, was es kosten würde, so etwas zu inszenieren? Niemand betreibt so einen Aufwand, nicht mal, um einen millionenteuren Film zu drehen. Wenn diese Zeitschrift der einzige Hinweis wäre, würde ich dir ja recht geben, aber da ist so viel mehr. Die Dinge, die in den Stores aufbewahrt werden. Die Wartehallen, die Autos ...«

»Nicht zu vergessen die seltsamen Pflanzen und Tiere«, ergänzte Lucie. Es stimmte, was Arthur sagte, es gab da so viel mehr, was mysteriös war. »Wisst ihr, ich habe eine ganze Weile dagesessen und die Tiere beobachtet. Es gibt hier Vögel und Insekten, die ich noch nie in meinem Leben gesehen habe. Sie sind vollkommen friedlich und haben nicht die geringste Angst vor uns. Und denkt nur an diese tropischen Pflanzen und die pinkfarbenen Hummeln.«

»Und diese seltsamen gestreiften Riesenratten«, warf Marek ein. »Das wäre viel zu aufwendig, das alles zu faken.«

»Arthur hat vorhin übrigens mit seinem Laptop Zugang zur Festplatte des Roboters bekommen«, berichtete Olivia. »Er hat herausgefunden, dass das Datum der letzten Wartungssoftware mit dem auf der Zeitschrift übereinstimmt ...«

»M.A.R.S. läuft mit einer Linux-basierten Software«, erklärte Arthur. »Was ein großes Glück ist, sonst wäre ich da nicht drangekommen. Auch USB-Ports scheinen in der Zukunft noch Verwendung zu finden. Auf die Art konnten wir ein paar Informationen herausziehen. M.A.R.S.' Name leitet sich übrigens von seiner Typenbezeichnung ab und steht für *Multifunctional Armoured Robot System.* Vermutlich ein Basistyp, der auch für andere Zwecke eingesetzt wird. Vielleicht sogar für militärische. Seine Inbetriebnahme erfolgte am 23. Februar 2033.«

»2033? Wie kommt es dann, dass er so ramponiert aussieht?«, fragte Jem.

»Darauf kommen wir gleich«, sagte Arthur. »Leider ist es mir nicht gelungen, Zugang zum Mainframe des Airports zu erlangen. Die Verbindung wurde offenbar bereits vor vielen Jahren unterbrochen. M.A.R.S. wurde niemals aktualisiert und läuft immer noch auf der Werkseinstellung.«

»Soll heißen?«

»Dass er keine Ahnung hat, was vorgefallen ist. Weder, in welchem Jahr wir uns befinden, noch, was in all der Zeit passiert ist. Er ist genauso ahnungslos wie wir.«

»Scheiße«, stieß Marek aus. »Dann ist er genauso nützlich wie ein Abfalleimer.«

»So etwas kann nur jemand von sich geben, der absolut keine Ahnung von Computertechnologie hat«, erwiderte Arthur mit einem Kopfschütteln. »Wenn wir irgendwo einen funktionierenden Großrechner fänden, könnte M.A.R.S. als Schnittstelle fungieren. Wir könnten ihn anschließen, ihn aktualisieren und so eine Menge Informationen gewinnen. Mit einem Abfalleimer dürfte dir das ziemlich schwerfallen.«

Lucie grinste. *Gut gemacht, Arthur.*

Mareks Augen funkelten, aber er schien nicht zu wissen, was er dem entgegensetzen konnte.

»So viel also zu den technischen Details«, sagte Paul. »Die Sache ist nur die: Unsere Entdeckung hat weitreichende Konsequenzen. Viel weitreichender, als es manchem von euch klar sein dürfte.«

»Inwiefern?«, fragte Lucie.

Paul nahm die Mütze vom Kopf, strich sich die braunen Haare glatt und setzte sie wieder auf. »Ich fürchte, die meisten von euch haben die Tragweite unseres Problems noch nicht ganz erfasst. Die Antwort auf die Frage nämlich, warum der Flughafen in so einem schlechten Allgemeinzustand ist. Sie dürfte recht niederschmetternd ausfallen.«

»Was könnte wohl noch niederschmetternder sein als die Erkenntnis, dass wir im Jahr 2035 gelandet sind?«, fragte Lucie.

Paul knabberte an seiner Unterlippe. »Nun, zum Beispiel die Tatsache, dass dies *nicht* das Jahr 2035 ist.«

Lucie zog die Augenbrauen zusammen. »Aber eben hast du doch gesagt …«

»Auf der Zeitschrift steht als Erscheinungstermin der 8.3.2035. Sie ist aber in Wirklichkeit viel älter. Vermutlich ist sie nur deshalb so gut erhalten, weil sie nicht aus Papier, sondern aus einem besonders dauerhaften Material hergestellt wurde.« Lucie wusste, was er meinte. Das Zeug war zäh wie Kunststoff. Sie hatte versucht, es zu zerreißen, mehr als einen kleinen Riss hatte sie aber nicht zustande gebracht. Ein leichter silbriger Schimmer lag auf dem Material.

»Wir tippen auf beschichtete Metallfolie«, sagte Paul.

»Oh Mann ...« Lucies Blick streifte die rostige Außenhülle des Roboters. »Und welches Jahr haben wir nun?«

»Wenn man die Größe mancher Bäume und den allgemeinen Verfall des Geländes mit einbezieht, tippe ich auf weitere zweihundert Jahre.« Arthur lächelte entschuldigend. »Vermutlich mehr.«

Lucie hatte plötzlich einen trockenen Hals. »Das würde ja bedeuten, dass das ...«

Paul nickte »... das Jahr 2235 wäre. Genau.«

12

Es war Nacht, als der Schauer aufhörte und die ersten Sterne und der Mond herauskamen. Lucie blickte durch die großen Scheiben nach draußen. Ein merkwürdiges Wetter war das hier. Mal war es warm, dann wieder kalt. Mal regnete es, dann schien wieder die Sonne. Die Luft roch feucht. Umso besser, dass sie ins Flughafengebäude umgezogen waren und jetzt ein schützendes Dach über dem Kopf hatten.

Die Nachricht, dass sie allem Anschein nach in der Zukunft gelandet waren, hatte sich wie ein Lauffeuer verbreitet. Die meisten hatten es nicht glauben können, waren kopfschüttelnd umhergelaufen und wollten sich vergewissern, ob das alles nicht doch irgendein schlechter Scherz war. Einige der Passagiere standen kurz vorm Nervenzusammenbruch, die schmächtige Frau mit dem Pferdeschwanz, die ein paar Meter von Lucie entfernt am Boden kauerte, wimmerte schon seit Stunden leise vor sich hin und ließ sich von niemandem ansprechen. Eine ältere Dame, die Lucie gestern noch erzählt hatte, dass sie ihren Enkelsohn in den USA besuchen wollte, war sogar in Ohnmacht gefallen. Lucie selbst versuchte, nicht so viel darüber nachzudenken und sich irgendwie abzulenken. Das Buch, das sie sich für den Flug mitgenommen hatte, war schon lange ausgelesen, jetzt starrte sie in den sternenklaren Himmel. Sie spürte eine Leere in sich und war unendlich erschöpft, doch schlafen konnte sie nicht. Eine nervöse Unruhe hatte sie ergriffen und ließ sie einfach nicht los.

Bereits am Nachmittag hatten die Passagiere damit begonnen, ihre Sachen ins Flughafengebäude zu schleppen. Das betraf nicht nur das Gepäck und die Vorräte, sondern vor allem Dinge wie Decken, Kissen, Erste-Hilfe-Koffer, Signalpistolen und vieles mehr.

Den meisten schien klar geworden zu sein, dass sie so bald keine Hilfe zu erwarten hatten und dass sie vermutlich noch eine ganze Weile hier ausharren mussten.

Mit M.A.R.S.' Hilfe waren einzelne Gebäudeabschnitte von Pflanzen gesäubert und sanitäre Einrichtungen in Betrieb genommen worden. Wasser gab es im Überfluss, auch wenn die Pumpen wegen des Stroms nur tagsüber arbeiteten.

Um zusätzliche Elektrizität zu erhalten, wurden weitere Sonnenkollektoren von Pflanzenwuchs befreit und an das Energienetz angeschlossen.

Immerhin hatten sie genug zu essen. Zu Lucies Überraschung waren viele der Nahrungsmittel in den Shops und Supermärkten noch genießbar – was schon fast an ein Wunder grenzte, angesichts der langen Zeit, die inzwischen vergangen war. Kandierte Erdnüsse und Chips waren offenbar länger haltbar, als sie vermutet hätte, ebenso Konserven und Dinge wie Haferflocken, Müsli oder Trockenobst. Das würde für Tage oder Wochen reichen. Und für frisches Obst oder Gemüse mussten sie nur nach draußen gehen. Das Land um sie herum war wie ein Garten Eden. Man brauchte nur die Hand ausstrecken und sich bedienen.

Allein, was die Einheimischen betraf, waren die ausgeschickten Spähtrupps ohne greifbare Ergebnisse wiedergekommen. Menschen schienen in dieser seltsamen Welt nicht zu existieren.

Lucie stand auf und schlenderte durch die Halle. Etwas weiter drüben, neben einem Schalter der Air France, sah Lucie das Feuer, das Marek entfacht hatte. Dort sah sie auch die restlichen Mitglieder der Austauschgruppe. Kreisförmig saßen sie um das Feuer und starrten in die knisternden Flammen. Der Geruch von Gebratenem lag in der Luft. Unter dem Kommando von Martin Jaeger – einem totalen Unsympath, wie Lucie fand – waren vorhin ein paar Leute ausgeschwärmt, um auf Jagd zu gehen. Offenbar hatten sie Erfolg gehabt.

»Darf ich mich zu euch setzen?«, fragte Lucie, als sie die anderen erreicht hatte. Sie wollte lieber in Gesellschaft sein, als allein ihren Gedanken nachzuhängen.

»Mach's dir bequem«, sagte Marek grinsend und lüpfte den Cowboyhut, den er irgendwo gefunden haben musste. »Ist noch reichlich Platz da.«

»Woher kannst du das?«, fragte sie.

»Was, Feuer machen?« Er winkte großspurig ab. »Das ist nun wirklich keine Kunst, hier liegen doch überall Feuerzeuge rum. Aber versuch das mal nur mit Steinen und Holzstücken, dann wird's interessant.«

»Kannst du das auch?«

»Na, und ob. Pfadfinder. Fünf Jahre lang, dreimal die Woche«, erklärte Marek. »Da lernt man schon so einiges. Wasser finden, Unterstände bauen, sich in der Natur orientieren und natürlich Nahrungsmittel besorgen.«

»Aha«, sagte Lucie. Pfadfinder passte irgendwie überhaupt nicht zu Marek. Das zeigte mal wieder, dass man nicht immer etwas auf den ersten Eindruck geben sollte. Vielleicht kamen noch ganz andere Seiten an ihm zum Vorschein, die man nicht vermutet hatte. »Und welche Nahrungsmittel waren das zum Beispiel?«, erkundigte sie sich.

»Na ja, vor allem Fische. Entweder mit Speeren oder mit selbst gebauten Angeln. Fische bekommt man eigentlich überall und sie sind eine gute Nahrungsquelle«, erklärte Marek und Lucie bemerkte Jems genervten Blick. Im Gegensatz zu Marek war er kein Typ, der sich in den Vordergrund spielte, obwohl er wahrscheinlich auch jede Menge zu erzählen gehabt hätte.

»Aber wenn kein Fluss oder Teich in der Nähe ist«, fuhr Marek fort, »tut's auch mal ein Kaninchen oder Eichhörnchen. Die bekommt man am besten mit Schlingen.«

»Und du nimmst sie auch aus?«

»Häuten, ausnehmen, das ganze Programm. Nur, was das Jagen betrifft, ist unsere liebe Zoe hier besser als ich.«

»Wieso?«

»Na, zum Beispiel, weil sie in der Bundesauswahl der Jugendsportschützen ist. Sie hat vorhin drei Kaninchen erlegt.«

Lucie war verblüfft, das zu hören. Sie stellte gerade fest, dass sie eigentlich so gut wie nichts über ihre Mitreisenden wusste. Sie blickte auf die Tasche, die neben Zoe lag und von der sie sich nie zu trennen schien.

»Hast du da deinen Bogen drin?«

Zoe erwiderte ihren Blick. »Jep.«

»Darf ich ihn sehen?«

»Klar.« Sie öffnete den Reißverschluss und zog etwas heraus, was Lucie nur mit Mühe erkennen konnte. Das Ding hatte keinerlei Ähnlichkeit mit den Holzstäben, mit denen sie früher Cowboy und Indianer gespielt hatten.

Jem schien zu wissen, was das war. Er pfiff durch die Zähne. »Ein *Recurve.* Tolles Gerät. Wie weit kannst du damit schießen?«

»Zielgenau etwa neunzig Meter. Aber wenn es nur nach Weite geht, etwa dreihundert.«

»Was, echt?« Lucie klappte der Unterkiefer runter.

»Echt.« Zoe nickte.

»Sie ist so gut, dass sie auf fünfzig Meter einer Fliege das Auge rausschießen könnte«, sagte Marek grinsend und warf ein kleines Stöckchen ins Feuer, das neben ihm gelegen hatte.

»Was du immer so redest ...« Zoe lächelte.

Lucie sah auf die Pfeile und war beeindruckt. Die Vorstellung, aus hundert Metern Entfernung von so einem Ding durchbohrt zu werden, war nicht gerade angenehm.

Etwas summte an ihrem Ohr. Sie wedelte es mit der Hand weg, doch es kam wieder. Als es sich niederließ, klatschte sie es mit der Hand tot.

»Was ist los?«, fragte Jem.

Sie zeigte ihm das Exemplar. Groß und grünlich schimmernd. So etwas hatte sie noch nie gesehen.

Doch Jem nickte. »Ich tippe auf Mücken. Auch wenn sie nicht so aussehen. Auf jeden Fall ziemlich aggressiv, die Viecher. Musste auch schon ein paar von ihnen erschlagen. Morgen sollten wir damit anfangen, sie auszuräuchern.«

»Mücken, pinke Hummeln und gestreifte Ratten sind nicht das Einzige, was hier seltsam ist«, warf Olivia ein. »Irgendwie scheinen die Tiere überhaupt keine Angst vor uns zu haben. Arthur, Paul und ich sind vorhin an einem Strauch vorbeigegangen, der voller Vögel war. Glaubst du, sie wären weggeflogen? Sind einfach hocken geblieben und haben uns angeschaut.«

»Man hätte sie mit der Hand pflücken können«, berichtete Paul. »Richtig unheimlich.«

Katta warf Lucie ein Fläschchen rüber. »Jedenfalls hast du hier was zum Einreiben. Habe ich vorhin in einer der Apotheken gefunden.«

»Eigentlich kein Wunder bei den vielen Wasserflächen«, überlegte Jem. »Als ich Lucie auf ihren Sitz verfrachtet habe, konnte ich es für einen kurzen Moment durchs Fenster sehen. Überall Sümpfe, ringsherum.«

»Sehr ungewöhnlich«, sagte Arthur. »Diese Schwüle und diese Sümpfe. Denver liegt eigentlich recht hoch. Sein Spitzname lautet *Mile High City.* Kommt daher, weil das Kapitol genau eine Meile über Meereshöhe liegt.«

»Was du alles weißt.« Olivia stupste ihn in die Seite.

Er errötete. »Hat eigentlich einer von euch Netz? Bei meinem Smartphone ist immer noch völlig tote Hose.«

»Niemand hat hier Empfang, auch der Kapitän nicht. Hat er vorhin eingestanden«, erzählte Paul. »An den Geräten liegt es nicht. Es gibt einfach kein Netz. Kein Handynetz, kein Funknetz, nichts.«

»Hoffen wir mal, dass unsere Geräte einfach nur zu veraltet

sind«, sagte Arthur. »Die andere Möglichkeit wäre nämlich ein bisschen gruselig.«

Lucie runzelte die Stirn. »Wovon sprichst du?«

»Na, zum Beispiel, dass niemand mehr hier ist, um zu senden. Weder Radio noch Fernsehen, keine Mittelwelle oder Langwelle oder andere Frequenzen.«

»Oh.«

»Stimmt, das *ist* gruselig«, sagte Jem.

»Unsinn«, stieß Marek aus. »Jetzt geht das schon wieder los. Warum seht ihr denn alle so schwarz? Was wir hier brauchen, ist ein bisschen Optimismus.« Er reckte sich. »Morgen früh werden wir es uns hier so richtig gemütlich machen. Was wollt ihr denn? Wir haben ein Dach über dem Kopf und genügend zu essen und trinken.«

»Also ich werde nicht hier rumsitzen und darauf warten, dass Hilfe kommt.«

»Was hast du denn stattdessen vor?« Der Spott in Mareks Stimme war unüberhörbar.

Lucie bemerkte den herausfordernden Ausdruck in Jems Gesicht. Als er antwortete, klang seine Stimme betont beiläufig, viel zu beiläufig.

»Ich werde in die Stadt fahren«, verkündete er. »Rauskriegen, was los ist. Informationen sammeln – darüber, was hier vor sich geht, warum sich niemand blicken lässt und warum keiner auf unsere Hilferufe reagiert.«

Lucie blickte ihn überrascht an. »Der Flughafen liegt vierzig Kilometer von der Innenstadt entfernt. Wie willst du es bis dahin schaffen?«

Jem lächelte wissend. »Tja, du hast mich da auf eine Idee gebracht!«

»Was, ich? Wie?« Sie hatte keine Ahnung, wovon er sprach.

»Ich habe mir da etwas überlegt. Lasst euch überraschen. Wer Lust hat, kann mich morgen früh in der Tiefgarage besuchen kommen. Dann werdet ihr es sehen.«

13

Jem war schon eine gefühlte Ewigkeit wach, als am nächsten Morgen endlich überall die Lichter angingen. Er hatte ziemlich schlecht geschlafen und war immer wieder hochgeschreckt. Was, wenn sein Plan schiefging? Was, wenn die anderen ihn auslachten? Er hatte noch keine Gelegenheit gehabt, sein Vorgehen genauer zu durchdenken, und hoffte, dass er sich nicht blamieren würde.

Lucie kam als Erste zum vereinbarten Treffpunkt. »Na, da bin ich ja mal gespannt«, sagte sie nur und grinste. Sie trug Jeans-Shorts und ein weißes T-Shirt mit einem Flamingo darauf. *Passt irgendwie zu unserem aktuellen Aufenthaltsort,* dachte Jem und sah Arthur, Paul und Olivia näher kommen. Sie wirkten alle ziemlich verpennt.

»Na, dann los«, sagte er, nachdem sie noch kurz gewartet hatten. »Dann sind wir jetzt ja wohl komplett.«

Insgeheim war er froh, dass Marek offenbar Wichtigeres zu tun hatte, doch kaum hatte er diesen Gedanken zu Ende gedacht, hörte er eine Stimme rufen: »Hey, ihr wollt doch wohl nicht ohne uns los, oder?«

Na toll, dachte Jem. War ja klar, dass Marek sich die Gelegenheit nicht entgehen lassen konnte. Wahrscheinlich hofft er darauf, sich an passender Stelle wieder aufspielen zu können. Katta und Zoe ließen sich davon scheinbar wirklich beeindrucken.

»Na, dann schieß mal los, *Compadre.* Wie sieht er denn nun aus, dein toller Plan?«

»Wart's ab«, antwortete Jem und führte die Gruppe in die Tiefgarage.

»Da bin ich aber wirklich mal gespannt«, flüsterte Katta in Zoes Richtung, während Arthur und Paul schon wieder über irgendwelche technischen Details redeten, die Jem nicht verstand.

Als sie das Parkdeck erreicht hatten, deutete Jem auf einen gelben Schulbus am hinteren Ende. »Ich werde dieses Ding da flottmachen und mit ihm Richtung Denver fahren.« Er versuchte, möglichst selbstbewusst zu wirken. »Mit ein bisschen Glück bekommen wir ihn so weit wiederhergerichtet, dass wir die Reise antreten können. Wie gesagt, es sind nur vierzig Kilometer. Eigentlich ist das binnen eines Tages zu schaffen.« Es war ihm unangenehm, dass die anderen ihn so anstarrten, aber da musste er jetzt wohl durch. »In Denver werden wir hoffentlich ein paar Leute finden, die uns erklären können, was hier los ist.« Er hielt kurz inne. »Wer mitwill, ist herzlich eingeladen.«

Marek schien ausnahmsweise mal nicht zu wissen, was er sagen sollte. »Du willst ... einen Schulbus kapern?«

»Aber klar.« In wenigen Worten erläuterte er ihnen sein Vorhaben. Gemeinsam begutachteten sie das Fahrzeug. Nachdem sie den Bus einmal umrundet hatten, blieben sie stehen.

»Ausgeschlossen«, sagte Marek. »Das kann nicht funktionieren.«

»Und warum nicht?«, fragte Jem.

»Da weiß ich ja gar nicht, wo ich anfangen soll.« Er strich über den gelben Lack. »Zuerst mal: Warum ein Schulbus? Geht es nicht auch eine Nummer kleiner?«

»Wir brauchen Platz«, entgegnete Jem. »Vor allem natürlich für M.A.R.S., der irgendwo untergebracht werden muss. Und vielleicht wollen ja auch noch andere mitkommen.«

»M.A.R.S.? Warum der?« Marek runzelte die Stirn.

»Wir brauchen ihn, um ihn an einen funktionierenden Mainframe anzuschließen«, erklärte Jem. »Er ist der Einzige, der mit den aktuellen Computersystemen kommunizieren kann. Zumindest habe ich Arthur so verstanden.«

»Das stimmt«, erwiderte Arthur. »Vorausgesetzt natürlich, wir finden einen Rechner, der noch nicht seinen Geist aufgegeben hat.«

Marek verschränkte die Arme vor der Brust. »Na schön. Nehmen wir mal für einen Moment an, ich verstünde deinen Plan – was nicht der Fall ist –, wie willst du den Bus überhaupt in Gang bringen? Das ist ein Elektrofahrzeug, genau wie alle anderen.«

»Dieser Bus ist eine fahrbare Solarzelle«, erläuterte Jem. »Wenn ihr ganz nah herantretet, seht ihr unter dem Lack ein feines Netzwerk unzähliger Leiterbahnen. Es sieht aus wie ein Muster aus Fischgräten. Bei den anderen Autos ist das genauso. Hab ich in Lucies Zeitschrift gelesen.«

»Das heißt also, der Bus wird sich selbst aufladen, wenn er draußen in der Sonne steht«, schlussfolgerte Arthur.

»Ja, und?« Marek schien immer noch nicht zu verstehen. War er wirklich so langsam oder stellte er sich absichtlich dumm?

»Wenn es uns gelänge, diesen Bus ins Freie zu befördern, wäre unser Problem gelöst«, erklärte Jem. »Der Bus würde sich praktisch von alleine aufladen.«

»Ah, jetzt verstehe ich«, sagte Marek. »Nette Idee. Leider hat sie einen Haken.«

Warum konnte dieser Typ seine Meinung nicht einfach mal für sich behalten? »Und der wäre?«, fragte Jem genervt.

Marek zerrte an der Tür. »Er ist verriegelt. Ohne Schlüssel kommen wir da bestimmt nicht so einfach rein. Von der Zündung und dem Anlasser will ich gar nicht reden …«

»Lass das mal meine Sorge sein«, unterbrach ihn Jem. »Ich habe Übung in so was.«

»Ist das so?« Marek verzog spöttisch den Mund.

»Allerdings.«

Lucies Blicke brannten sich in sein Gesicht. Ihm fiel gerade auf, dass es vor allem sie war, die er beeindrucken wollte.

Er ging nach vorne und zog sein Spezialmesser aus der Hosentasche. Ein Werkzeug, das ihm in der Vergangenheit viele gute Dienste geleistet hatte. Eine Vergangenheit, auf die Jem nicht besonders stolz war. Eigentlich hatte er geschworen, damit aufzuhören, aber das Schicksal schien andere Pläne mit ihm zu haben. Wenn er sich nur auf diese Weise Respekt verschaffen konnte, dann sollte es eben so sein.

Er setzte die Klinge an die entsprechende Stelle und drückte zu.

*

Lucie beobachtete, wie er in die Tasche griff und ein merkwürdig aussehendes Werkzeug herauszog. Fast wie ein Taschenmesser, aber zusätzlich mit seltsam geformten Klingen und Haken. Neugierig trat sie näher.

Jem hatte ein schmales rechteckiges Metallblatt gewählt, steckte es in das Schloss, und ehe sie mitbekam, was genau er da tat, machte es *Klick* und die Tür sprang auf.

Sie sah ihn erstaunt an. »Na, das ging ja fix.«

»Jahrelange Übung«, erwiderte er knapp. Er schob die Türen auseinander und stieg ein. Die Federung ließ den Bus leicht wippen.

»Woher kannst du solche Sachen?«, flüsterte sie, als sie ihm folgte.

»Ich habe dir doch gesagt, dass du vieles von mir noch nicht weißt.« Ihr fiel auf, dass er es vermied, ihr in die Augen zu sehen. Schämte er sich etwa?

»Bist du ein Spezialist im Aufbrechen von Autos?«

»Nur ein kleines Hobby von mir. Na ja, zugegebenermaßen nicht gerade das tollste ...« Jem setzte sich hinter das Lenkrad und schien nach der Zündung zu suchen. Doch anscheinend war da keine. Lucie sah weder Schloss noch Startknopf oder Ähnliches. Was umso kniffliger war, als Jem versuchte, die Handbremse zu lösen. Offenbar war sie mit der Zündung gekoppelt. Jem rüttelte daran herum, dann stieß er einen leisen Fluch aus.

»Was ist los?« Sie konnte seine Nervosität beinahe körperlich spüren. Es sah aus, als würden kleine orangefarbene Blitze über seine Haut huschen.

»Nichts zu machen. Sitzt völlig fest.«

»Ich wusste doch gleich, dass das eine Schwachsinnsidee ist«, rief Marek von draußen. »Der Plan war von Anfang an zum Scheitern verurteilt.«

»Sei doch mal still«, fuhr Lucie ihn an.

Jem tauchte unter der Lenksäule ab, um dort die Kunststoffverkleidung zu lösen und den dahinterliegenden Kabelstrang freizulegen. *Nicht schlecht,* dachte Lucie. Sie war sich sicher, dass er das nicht zum ersten Mal machte. Hoffentlich hatte er Erfolg. Wenn auch nur, damit Marek endlich den Mund hielt.

Nach einer Weile tauchte Jem wieder auf.

»Ich glaube, ich hab's«, sagte er mit Blick auf das Display. »Verbindung steht, Zündung ist kurzgeschlossen.«

Lucie sah schwach leuchtende Ziffernfolgen über die gläserne Oberfläche huschen. Er schien es tatsächlich geschafft zu haben.

Jem nickte zufrieden. »Glück im Unglück«, sagte er. »Wie es aussieht, sind die Batterien nicht tief entladen. Ein bisschen Saft ist noch drin. Mal schauen, ob er sich bewegen lässt ...«

Er senkte seinen Fuß aufs Gaspedal. Ein sanftes Summen ertönte und der Bus bewegte sich um wenige Zentimeter. Angespornt von diesem ersten Erfolg, gab Jem noch etwas mehr Gas. Und tatsächlich: Der Bus fuhr los. Langsam zwar, aber immerhin.

Jem drehte noch eine Schleife, dann hielt er an. Er wischte sich ein paar Schweißtropfen von der Stirn und lächelte ihr zu. Seine dunklen Augen strahlten und die Anspannung, unter der er gerade noch gestanden hatte, schien langsam von ihm abzufallen. Auch Lucie fiel ein Stein vom Herzen. Wenn sie es mit diesem Bus tatsächlich bis nach Denver schafften, hätte ihr Martyrium sicher bald ein Ende.

»Schlösser knacken, Autos kurzschließen – ich will lieber nicht wissen, woher du das alles kannst«, flüsterte sie. »Aber so etwas ist ja im Zweifelsfall ganz nützlich.«

»Und was jetzt?«, fragte Marek und stieg zu ihnen in den Bus. »Um hier rauszukommen, musst du über diese Rampe da fahren. Schaffst du das?«

»Das werden wir ja gleich sehen.« Jem grinste. »Oder willst du es vielleicht probieren?«

»Ich bin schon Auto gefahren, als ihr noch mit Lego gespielt habt«, entgegnete Marek großspurig. »Kein Problem für mich.«

»Na dann bitte schön!« Jem räumte den Platz und sprang aus dem Bus. Lucie folgte ihm und stellte sich mit ihm zu Arthur, Paul und den Mädchen, die die Aktion aufmerksam verfolgt hatten.

»Genial«, sagte Arthur. »Ich hätte nicht gedacht, dass das klappt.«

»Passt schon«, murmelte Jem und hielt seinen Blick auf den Bus gerichtet.

Lucie hatte den Eindruck, dass es ihm nicht unrecht war, wenn jetzt mal jemand anders die Verantwortung übernahm. Sie beobachteten, wie Marek das Fahrzeug wendete und die Rampe hinauffuhr. Mit leuchtenden Rücklichtern verschwand er hinter der nächsten Biegung.

»Und was weiter?«, fragte Lucie.

»Jetzt werden wir uns alle ein bisschen die Hände schmutzig machen. Putzen, schrauben, basteln. Helft ihr mir?«

Lucie lachte. »Was für eine Frage.«

14

Jem und die anderen hatten lange überlegt, wen sie alles dazuholen sollten, wenn sie den Bus flottgemacht hatten und von ihrem Plan berichten wollten. Sie mussten eine Auswahl treffen, schließlich konnten sie unmöglich alle dreihundert Passagiere zusammentrommeln. Abgesehen davon wollten sie ihr Vorhaben eigentlich auch nicht gleich an die große Glocke hängen. Inzwischen hatten sich mehrere Gruppen gebildet, die unterschiedliche Ansichten vertraten. Ein paar Leute hatten sich offenbar mit ihrem Schicksal abgefunden und vertrauten darauf, dass irgendwann schon Hilfe kommen würde. Andere waren auf eigene Faust losgezogen, um irgendetwas herauszufinden, und bislang nicht zurückgekehrt. Und ein Großteil der Passagiere klammerte sich an Bennett, als wäre er der rettende Fels in der Brandung. Auch wenn der Kapitän mit der Situation genauso überfordert war wie alle anderen, glaubten die Leute offensichtlich, dass er einen Masterplan in der Hinterhand hatte.

Jem dachte, dass es wahrscheinlich normal war, sich in der Not an irgendwem festzuklammern, aber ob dieser Jemand unbedingt Bennett sein musste, bezweifelte er.

Nach einigen Diskussionen hatten sie beschlossen, dass jeder von ihnen drei Leute bestimmen sollte, von denen er glaubte, dass sie ihr Vorhaben interessant finden und auf irgendeine Art unterstützen könnten.

Dass Mareks Wahl auf Bennett fiel, wunderte Jem nicht. Schon bei ihrer ersten Erkundung des Flughafengebäudes war deutlich geworden, dass Marek, der sich sonst von niemandem etwas sagen ließ, in dem Kapitän eine höhere Distanz zu sehen schien.

Jem selbst hatte Connie ausgewählt sowie zwei ältere Herren, mit denen er sich gestern über die solarbetriebenen Autos unterhalten hatte.

Der Nachmittag war bereits fortgeschritten, als Jem Bennett und die anderen kommen sah. Er war gespannt, was sie zu der Idee sagen würden und ob sie sich ihnen vielleicht anschließen wollten. Platz gab es im Bus ja immerhin genug.

Schnell beendete er die Überprüfung der Radmuttern, stand auf und wischte sich die öligen Finger an einem Lappen ab.

In diesem Moment kam Lucie von der anderen Seite des Busses. Sie warf Jem ein aufmunterndes Lächeln zu. »Der Plan ist genial«, sagte sie leise. »Die werden bestimmt gleich Augen machen.«

Arthur, Olivia, Paul, Marek, Katta und Zoe bauten sich ebenfalls neben dem Bus auf.

»Jetzt bin ich aber gespannt«, sagte der Kapitän, als er bei ihnen eintraf. »Was wollt ihr uns denn zeigen?«

Jem räusperte sich. »Wir dachten uns, dass es vielleicht sinnvoll wäre, unseren Aktionsradius etwas zu erweitern. Deswegen haben wir ein Fahrzeug organisiert. Hier ist es.« Er deutete auf den Bus.

Bennett riss die Augen auf. »Wo habt ihr den denn her?«

»Fährt der noch?«, wollte Connie wissen.

»Der stand doch in der Parkgarage, oder?«, fragte der Mann, der am ersten Tag mit Lucie das Untergeschoss erkundet hatte.

»Ja, der Bus stand in der Garage«, antwortete Jem. »Wir haben ihn wieder flottgemacht.«

Die beiden älteren Herren nickten anerkennend. »Dass noch kein anderer auf die Idee gekommen ist! Respekt, Junge!«

Jem spürte, dass er ein kleines bisschen rot wurde. »Na ja, zu Fuß kommen wir hier ja leider nicht weit«, fuhr er fort. »Da wir keinen Funkkontakt haben und bislang von niemandem etwas gehört haben, müssen wir uns die Informationen wohl selbst besorgen.«

»Wir haben vor, damit nach Denver zu fahren«, platzte Marek heraus und blickte schon fast ehrfurchtsvoll zum Kapitän.

»Wir?«, fragte Bennett überrascht.

Jem nickte und deutete auf die anderen. »Wir alle hier. Und der M.A.R.S. natürlich. Wir werden ihn brauchen, um Kontakt zu einem funktionierenden Computersystem herzustellen.«

»Ihr wollt in die Stadt? Mit M.A.R.S.?«, fragte Connie, als hätte sie sich verhört.

»Jawohl«, antwortete Jem.

»In einem Schulbus?«

»So ist es. Wer will, kann gerne mal einsteigen. Das Fahrzeug ist voll funktionsfähig.«

Jem musste zugeben, dass er ganz schön stolz auf sich war. Dass er den Bus tatsächlich zum Laufen gebracht hatte, war wirklich ziemlich genial. Wer hätte gedacht, dass sich die Akkus durch die Sonne tatsächlich sofort wieder aufladen würden?

Der Kapitän umrundete schweigend den Bus, dann erschien ein Lächeln auf seinem Gesicht. »Ich denke, wir nehmen deine Einladung an. Oder, Leute? Eine kleine Abwechslung würde uns allen mal guttun.«

Jem öffnete die Türen. »Nehmen Sie irgendwo Platz, dann kann es losgehen.«

Ein kurzes Zögern der Zuschauer, dann folgten sie der Aufforderung. Bennett und Jem waren die Letzten, die einstiegen.

»Wo sind die Schlüssel, junger Mann?« Jem hatte sich schon gedacht, dass der Kapitän sich ans Steuer setzen wollen würde.

»Brauchen wir nicht«, sagte er. »Ich erkläre Ihnen, wie es funktioniert.«

Er wartete, bis Bennett Platz genommen hatte, und zeigte ihm dann die Armaturen. Der Kapitän legte beide Hände aufs Lenkrad und startete den Motor. Mit einem satten Summen erwachte das Fahrzeug zum Leben.

»Das ist ja großartig!«, rief Connie. »Applaus für unsere Tüftler, würde ich sagen.«

Jem schloss die Türen und die Leute fingen tatsächlich an zu klatschen.

Inzwischen hatte sich der Himmel zugezogen. Ein fernes Grollen ertönte und Blitze zuckten auf. »Ist schon ein verdammt merkwürdiges Wetter hier«, sagte Bennett. »Fast wie in den Tropen. Da fängt es auch im Laufe des Nachmittags immer an zu regnen. Nur dass Denver nicht in den Tropen liegt. Als hätten wir es mit einem massiven Klimawandel zu tun.«

Nachdem sie ein paar Hundert Meter gefahren waren, tauchte plötzlich die Skyline von Denver am Horizont auf.

»Seht mal, dahinten!«, rief Lucie. »Da ist Denver! Sieht doch gar nicht so weit weg aus!« Ihre Stimme überschlug sich fast vor Aufregung und auch Jem musste zweimal hinschauen, bis er es wirklich glaubte. Nach allem, was ihnen in den letzten Tagen widerfahren war, hätte es ihn nicht gewundert, wenn es Denver gar nicht gegeben hätte.

Erste Tropfen fielen vom Himmel. Bennett betätigte die Scheibenwischer und schaltete auch gleich das Abblendlicht ein. Zwei Lichtkegel bohrten sich durch das Unwetter. Der Regen wurde immer heftiger und trommelte auf das Blech.

»Das mit dem Bus habt ihr gut hinbekommen«, rief er über den Lärm hinweg. »Wie soll es jetzt weitergehen?«

Jem tippte auf die Ladeanzeige. »Morgen um diese Zeit dürften die Akkus vollgeladen sein. Dann wären wir startbereit.«

»Einverstanden.« Bennett blickte nach oben. Der Sturm schien jetzt direkt über ihnen zu sein.

»Besser wir ziehen uns wieder ins Flughafengebäude zurück und sprechen dort über die Einzelheiten«, rief er. »Vor allem müssen wir uns um die Verpflegung kümmern.«

»Wir?« Jem sah ihn verwundert an.

»Aber natürlich. Denkst du etwa, wir würden euch alleine auf eine solche Tour lassen? Es wird tatsächlich langsam Zeit, dass wir den Dingen auf den Grund gehen. Allerdings ist keiner von euch qualifiziert, einen solchen Bus zu fahren. Abgesehen davon wäre da ja noch die Sache mit den Waffen ...«

»Waffen?«

Bennetts Ausdruck wurde ernst. »Es wäre viel zu leichtsinnig, ohne entsprechende Verteidigungsmöglichkeiten auf eine solche Tour zu gehen. Wir wissen schließlich nicht, was uns erwartet. Aber ich habe da schon eine Idee.«

Er drehte noch ein paar Schleifen über das Rollfeld, dann wendete er und steuerte auf das Flughafengebäude zu. Inzwischen kübelte es wie aus Eimern. Die pechschwarzen Wolken öffneten ihre Schleusen und ließen eine wahre Sintflut über ihren Köpfen niedergehen. Der Regen prasselte gegen die Scheiben und klatschte auf den Runway, bald stand das gesamte Vorfeld unter Wasser. Blitze zuckten auf und Donner rollten über den Himmel. Es war eine Szene wie bei einem Weltuntergang.

15

Es war mitten in der Nacht, als Lucie aufwachte. Etwas hatte sie in ihrem Schlaf heimgesucht. Ein Geräusch, ein Blick, ein böser Gedanke … Mit pochendem Herzen sah sie sich um.

Sie saß auf ihrer Schlafmatte, die braune Wolldecke bis zu den Schultern hochgezogen. *Ein Traum!* Es war nur ein Traum gewesen. Aber was für einer.

Irgendetwas war hinter ihr her gewesen. Etwas mit scharfen Klauen und noch schärferen Zähnen. In seinen Augen hatte ein böses Funkeln gelegen. Lucie hatte versucht zu entfliehen, aber sie war einfach nicht vom Fleck gekommen. Als wäre sie über weichen Sand gelaufen und permanent eingesunken. *Ekelhaft!*

Und das Ding war nicht alleine gewesen. Sie erinnerte sich an mindestens vier oder fünf dieser bedrohlichen Wesen, die sie unbarmherzig eingekreist und ihr den Fluchtweg abgeschnitten hatten. Gerade in dem Moment, als die Angreifer nahe genug herangekommen waren, um sie zu erkennen, war sie erwacht. Langsam beruhigte sie sich wieder, doch an weiterschlafen war nicht zu denken.

Der Vollmond schien durch die übergroße Fensterfront und spann ein silbernes Netz aus Licht auf dem Boden. Wie üblich hatte der Regen sich verzogen und war einer herrlichen Nacht gewichen.

Nicht weit von ihr entfernt lag Jem auf dem Rücken. Leises Schnarchen drang aus seinem Mund. Er sah so friedlich aus, dass Lucie es nicht übers Herz brachte, ihn zu wecken. Sie schaute auf ihre Uhr.

Halb drei.

Vielleicht würde sie ja wieder einschlafen, wenn sie sich ein bisschen die Beine vertrat. Das wirkte oft Wunder bei ihr.

Rasch streifte sie die Decke zur Seite, schlüpfte in die Schuhe und stand auf. Auf Zehenspitzen schlich sie an dem überwucherten Springbrunnen vorbei in Richtung Haupteingang. Der Vollmond übte eine magische Anziehungskraft auf sie aus. Sie wollte sehen, wie die Welt im Schein der Nacht aussah.

Sie spürte, wie ihre Nerven vor Aufregung förmlich summten – wie die zu straff gespannten Saiten einer Geige.

Das Rollfeld wirkte wie mit Chrom übergossen. Wann hatte sie jemals eine solche Mondnacht erlebt?

Ohne groß nachzudenken, drückte sie den Riegel nach unten und verließ das Gebäude.

Ein kühler, feuchter Windhauch schlug ihr entgegen.

Diese Nacht war von einem Zauber erfüllt, den man erst spüren konnte, wenn man wirklich draußen war. Die Wolken hatten sich fast vollständig verzogen und ein überwältigender Sternenhimmel spannte sich über das Firmament. Lucie hatte das Gefühl, tiefer ins Universum blicken zu können als jemals zuvor. Sie war so fasziniert, dass sie die Bewegung drüben am Rollfeld erst nach einer Weile bemerkte.

Zuerst dachte sie, es wäre der Wind in den Büschen, doch dann sah sie, dass dort etwas stand und sie beobachtete.

Sie kniff die Augen zusammen.

Das Ding mochte hundert oder hundertfünfzig Meter entfernt sein und befand sich an einer Stelle, die dicht bewachsen war. Die Bäume und Büsche kamen dort besonders nah an das Flughafengelände heran. Sie glaubte, eine dunkelrote Aura zu spüren, fast schon auf dem Weg zum Violetten. Ein dunkler Schatten vor einem noch dunkleren Hintergrund.

Jetzt bewegte er sich wieder.

Sie hielt den Atem an.

»He, Lucie.«

Um ein Haar hätte sie laut aufgeschrien. Wie aus dem Nichts war Jem neben ihr aufgetaucht. Wie hatte er sich nur so lautlos nähern können?

»Mann, hast du mich erschreckt«, stöhnte sie. »Willst du, dass ich einen Herzinfarkt bekomme?«

»Ich bin wach geworden, als du aufgestanden bist«, sagte er. »Was gibt es denn da zu sehen?«

»Sssch.« Sie legte den Finger auf ihre Lippen und deutete auf die andere Seite des Rollfeldes. »Siehst du das?«

Das Ding hatte sich in Bewegung gesetzt. Es lief von links nach rechts und wieder zurück, ohne dabei jemals den Schutz der Dunkelheit zu verlassen.

»Ist das ein Hund?« Jem starrte angestrengt in die Dunkelheit. Lucie war beeindruckt. »Du hast ziemlich gute Augen«, flüsterte sie. »Sieht tatsächlich aus wie ein Hund. Ein ziemlich großer. Ich habe das Gefühl, er beobachtet uns.«

»Das Gefühl habe ich auch«, sagte Jem. »Abgesehen davon, ist er nicht allein.«

»Was?«

Er deutete nach links und rechts. »Dort und dort, siehst du? Sie stehen vor dem dichten Blattwerk.«

Lucie war wie versteinert. Schlagartig fiel ihr der Traum wieder ein. *Mein Gott!* Das war es, was sie verfolgt hatte. »Wölfe«, flüsterte sie.

»Glaubst du?«

Sie bekam eine Gänsehaut. Wie konnte es sein, dass ihr Traum plötzlich Realität wurde? »Ich bin mir fast sicher«, sagte sie. »Die Art, wie sie sich bewegen. Siehst du, wie ihre Augen im Mondlicht schimmern? Und diese spitzen Ohren. Es können nur Wölfe sein.«

Jem schwieg.

»Vermutlich sind sie auf der Jagd.« Lucie ergriff seine Hand. Seine Haut fühlte sich warm und trocken an. Beruhigend.

»Wir gehen jetzt lieber zurück«, stammelte sie. »Rein ins Gebäude, da sind wir sicher.«

»Ich glaube nicht, dass uns gerade Gefahr droht«, flüsterte Jem. »Sie beobachten uns nur.«

»Trotzdem. Ich würde es lieber nicht darauf ankommen lassen.«

»Na gut, verdrücken wir uns.« Doch anstatt ihr zu folgen, ließ Jem ihre Hand los und blieb stehen. »Warte kurz.«

»Was ist denn?«

Er beschirmte seine Augen vor dem hellen Mondlicht und starrte angestrengt in die Nacht. »Ich bin mir nicht ganz sicher ...«

»Bitte komm«, flehte sie.

»Da ist noch etwas anderes«, stieß er aus. »Hinter den Wölfen, in den Bäumen.«

»In den Bäumen?« Sie reckte den Hals und kniff die Augen zusammen, konnte aber nichts erkennen. Was meinte er? Da war doch nichts. Nur diese Wölfe. Und die schienen jetzt langsam näher zu kommen.

»Mir reicht's jetzt, ich gehe«, sagte sie bestimmt. »Wenn du unbedingt willst, bleib hier, aber ich bin jetzt weg.«

»Na gut, lass uns gehen. Aber wir sollten den Vorfall morgen unbedingt melden.«

»Muss das sein?«

»Die Leute müssen doch wissen, dass sich hier Wölfe herumtreiben! Immerhin sind auch kleine Kinder dabei.«

Im Moment war ihr alles egal. Hauptsache, sie durfte wieder rein. Sie seufzte. »Also schön. Versuchen wir, noch ein bisschen Schlaf zu bekommen. Obwohl ich nicht glaube, dass ich heute Nacht noch ein Auge zubekommen werde.«

16

Haben sss_sie uns gesehen?

Vermuten nnn_nein.

Woher kommen sss_sie?

Wissen wir nicht.

Beratung. Sss_situation unklar.

Sssie waren vorher nicht hier. Sssie gehören nnn_nicht hierher.

_friedlich?

Mmm_meldung weitertragen. ES muss davon erfahren.

17

Die Sonne stand am höchsten Punkt, als der Bus endlich fertig bepackt und abreisebereit war. Die Expeditionsteilnehmer verabschiedeten sich, dann stiegen sie ein und suchten sich einen Platz. *Hoffentlich klappt alles,* dachte Jem. Auch wenn Bennett den Bus steuern würde, fühlte Jem sich verantwortlich für das Vorhaben. Schließlich war das alles seine Idee gewesen. Und wenn der Bus irgendwann seinen Geist aufgab, würde er wahrscheinlich die Schuld dafür bekommen.

Es war der dritte Tag seit ihrer Ankunft und noch immer hatten sie kein Lebenszeichen vom Rest der Welt empfangen. Mittlerweile zweifelte niemand mehr daran, dass irgendetwas Schreckliches vorgefallen sein musste.

Als es darum gegangen war, wer alles mitfahren würde, hatte Jem befürchtet, dass es vielleicht zu Streitereien kommen würde. Die Platzanzahl im Bus war begrenzt, doch dann hatte sich herausgestellt, dass ein Großteil der Passagiere gar kein Interesse daran hatte, das Flughafengelände zu verlassen. Entweder aus Bequemlichkeit oder aber aus Angst, schließlich wusste niemand, was sie auf ihrer Fahrt erwarten würde.

Jem wollte das Risiko trotzdem eingehen, denn alles war besser, als tatenlos herumzusitzen und auf ein Wunder zu warten.

Und so sahen es auch die anderen Teilnehmer der Austauschgruppe.

»Ich hoffe so, dass wir endlich jemanden finden, der uns sagen kann, was passiert ist«, sagte Lucie. »Oder der uns die Möglichkeit gibt, zu Hause anzurufen und unsere Eltern zu beruhigen. Ich meine, die müssen doch schon verrückt sein vor Sorge!«

»Ich will deine Illusionen ja nicht zerstören«, erwiderte Paul, der heute eine altmodische Kniebundhose und ein weißes Hemd trug. »Aber wenn wir – und darauf deutet ja alles hin – wirklich in der Zukunft gelandet sind …«, er zögerte einen Moment, »… leben unsere Eltern vielleicht gar nicht mehr.«

»Paul, Schluss damit«, schaltete sich Connie ein. »Solange wir dafür keine Beweise haben, denken wir gar nicht daran!«

Jem sah, dass sich ein nachdenklicher Zug auf Lucies Gesicht gelegt hatte. Er wusste, wie sehr sie ihre Eltern vermisste und was es bedeuten würde, wenn sich Pauls Vermutung als wahr herausstellte …

»Wie sieht es aus?«, fragte er deshalb betont fröhlich in die Runde. »Wollen wir los?«

»Wir sind bereit«, rief Bennett, der hinter Jaeger in den Bus stieg. Wäre es nach Jem gegangen, hätten sie auf den übellaunigen Sky Marshal gerne verzichten können, doch der Kapitän hatte darauf bestanden, dass sie ihn mitnahmen.

Mit M.A.R.S. waren sie zu zwölft.

Marek verabschiedete sich noch schnell mit Handschlag von einigen der herumstehenden Passagiere, dann sprang er als Letzter in den Bus und setzte sich nach vorne zu Bennett und Jaeger. Jem fand dieses arschkriecherische Verhalten ziemlich lächerlich, hatte aber beschlossen, sich nicht darüber zu ärgern und lieber bei Lucie zu bleiben. Sie machte einen ziemlich aufgewühlten Eindruck und er wollte versuchen, sie ein kleines bisschen aufzumuntern.

Bennett schloss die Tür, hupte und fuhr über ein paar Bodenschwellen Richtung Highway.

Die Fahrt wurde holperiger.

Alle saßen schweigend an den Scheiben und blickten betroffen hinaus. Was sich vor ihren Augen abspielte, war kaum in Worte zu fassen.

Wohin Jem auch blickte, herrschte Zerstörung. Kaum noch ein Stein, der auf dem anderen stand. Nur hin und wieder sah er einige verfallene Gebäude, umgeben von riesigen Wasserflächen und ausufernden Schilfregionen.

Ihm wurde es kalt ums Herz. Der Anblick war so fremdartig, dass er sich vorkam wie in einem Film. All das war zu verrückt, um real zu sein. Er war inzwischen überzeugt, dass sich eine unheimliche – um nicht zu sagen *beispiellose* – Katastrophe während ihrer Abwesenheit ereignet hatte. Während ihrer gesamten Fahrt waren sie nicht einer Menschenseele begegnet, und wie es aussah, würde sich das so schnell nicht ändern.

Der Asphalt war zugewuchert und voller Risse, sodass sie nur langsam vorankamen. Die Fahrt zog sich in die Länge.

Im Bus wurde es immer heißer und Jem spürte, wie ihn Müdigkeit überkam. Er hatte letzte Nacht nur wenig geschlafen. Aber egal, wie müde er war – er konnte jetzt nicht schlafen. Er wollte sich in keinem Fall irgendetwas entgehen lassen, vielleicht war es nur ein winziges Detail, das ihnen am Ende weiterhalf.

Lucie hatte die ganze Fahrt über noch nichts gesagt und starrte regungslos aus dem Fenster. Jem hätte sie gerne auf andere Gedanken gebracht, aber er wusste nicht, was er sagen sollte. Dass sie sich in einer beschissenen Situation befanden, konnte er auch nicht schönreden.

Paul, der eine Reihe vor ihm saß, blätterte versunken in einem Buch herum. Seltsam, dachte Jem. Wie man in einer solchen Situation lesen konnte, war ihm schleierhaft. Aber Paul war einfach anders. Speziell. Wahrscheinlich eignete er sich wieder irgendein unnützes Wissen an, das er später zum Besten geben konnte. Paul war echt ganz okay, aber in Jems Augen der totale Nerd.

»Was siehst du dir da an?«, fragte er trotzdem.

Paul hob das Buch.

»Sightseeing in Denver?« Jem runzelte die Stirn.

»Ein Reiseführer, ja.« Paul grinste. »Habe ihn mir in einem der großen Shops besorgt.«

»Wusste gar nicht, dass es noch Bücher gibt.«

»Oh doch. Allerdings bloß noch bei den Souvenirartikeln. Scheint so etwas wie eine Antiquität zu sein. Sieh mal, es ist aus dem gleichen seltsamen Material hergestellt wie Lucies Zeitschrift.«

Jem hob belustigt eine Braue. »Was hast du vor, willst du dir die Sehenswürdigkeiten anschauen?«

Paul zuckte die Schultern. »Das nicht, aber es kann nicht schaden, wenn man eine Vorstellung von der Umgebung hat. Immerhin sind ein Stadtplan und eine Übersichtskarte von Colorado mit dabei. Für den Fall, dass wir uns verirren. Außerdem gibt es ein Verzeichnis sämtlicher Shops, Läden, Museen und Kaufhäuser in der Innenstadt. Falls wir das eine oder andere organisieren müssen ...«

Jem musste zugeben, dass die Idee nicht schlecht war. »Gut, dass wenigstens einer an so was gedacht hat.« Er klopfte Paul auf die Schulter.

Der erhob sich aus seinem Sitz und deutete mit dem Kopf nach hinten. »Komm mal mit! Ich muss dir unbedingt zeigen, was Arthur und Olivia entdeckt haben.«

Jem warf einen kurzen Blick auf Lucie, die weiter aus dem Fenster starrte. »Bin gleich wieder da«, sagte er, doch sie schien mit ihren Gedanken ganz weit weg zu sein. Also folgte er Paul nach hinten.

Arthur und Olivia saßen neben M.A.R.S. und hielten irgendwelche Geräte in der Hand, die entfernt an Gameboys erinnerten. Eins war pink und eins grün, beide waren über Kabel mit M.A.R.S.' Universalbuchse verbunden.

»Hey«, grüßte Paul. »Jem würde sich gerne mal eure Apparate anschauen.«

»Hier«, sagte Arthur und hielt Jem den grünen Kasten vor die Nase. »Es scheint sich um ein Nachfolgemodell der guten alten Walkie-Talkies zu handeln. *Holotalkies* heißen die Dinger. Wir haben sie in einem Spielzeuggeschäft gefunden.«

»Direkt neben den Superheldenfiguren und Baseballschlägern.« Olivia grinste. »Scheint der neueste Hit zu sein. Schau dir das mal an.« Sie drückte auf einen Knopf und ein Bild erschien. Es war grünlich und halb durchsichtig und schwebte in der Luft. Zu sehen war Arthur, der das eine Gerät in der Hand hielt. Als er ebenfalls einen Knopf drückte, erschien eine verkleinerte Version von Olivia. Sie wirkte ziemlich dreidimensional und redete und bewegte sich exakt so wie das Original. Jem war erstaunt. Mit so etwas spielten die Kids aus der Zukunft also? *Abgefahren.*

»Wie funktioniert das?«, fragte er.

»Hologramme«, sagte Arthur. »Hier oben ist eine Linse, mit der das Bild aufgezeichnet wird, siehst du? Dann wird es übertragen und kann auf dem anderen Gerät abgespielt werden. Wie ein Bildtelefon, nur in dreidimensional.«

»Nicht schlecht«, sagte Jem. Vielleicht würden ihnen die Dinger später noch nützlich sein. »Was haben die denn für eine Reichweite?«

»Keine Ahnung«, erwiderte Olivia. »Haben wir noch nicht ausprobiert. Da unsere Smartphones mangels Netz allesamt unbrauchbar sind, wäre das doch vielleicht eine gute Möglichkeit, sich über Entfernungen hinweg zu verständigen. Wir laden sie gerade auf und werden sie nachher mal testen …«

Bennett trat so plötzlich auf die Bremse, dass Jem und Paul sich gerade noch so an einem Sitz festhalten konnten. Es gab ein kurzes Quietschen, dann stand der Bus. Jem blickte erschrocken nach vorne.

»Was ist denn los? Warum halten wir?«

»Ich schätze, wir haben hier ein Problem«, rief der Kapitän nach hinten. »Am besten, ihr steigt alle aus und seht es euch selbst an.«

Jem und die anderen folgten seiner Aufforderung.

Draußen empfing sie brütende Hitze. Um sie herum wimmelte es von Tieren. Violette und metallisch grüne Vögel zischten umher, in den Tümpeln quakte es und die Luft war erfüllt vom Summen ungewöhnlich großer Insekten. Der Lärm, den sie veranstalteten, war ohrenbetäubend. Schachbrettartig gemusterte Pflanzen wucherten um sie herum. Manche von ihnen trugen Blüten, die bei Berührung leise klingelten. Trompetenartige Gewächse verströmten einen betäubend süßlichen Geruch. Die Fremdartigkeit dieser Welt umfing ihn wie ein klebriges Spinnennetz. Der Flughafen war ja schon seltsam gewesen, aber hier draußen war das Erlebnis noch viel intensiver.

Jem ging nach vorne. Jetzt sah er, was los war.

Die Straße war versperrt. Eine Brücke musste hier vor langer Zeit zusammengekracht sein und Trümmer bedeckten meterhoch den Asphalt. Die Betonblöcke, die sich von einer Seite des Highways zur anderen ersteckten, stellten ein unüberwindliches Hindernis dar. Dazwischen wucherten Bäume, Büsche und meterhohes Gras. Auf der rechten Seite war das Land von undurchdringlichen Sümpfen überflutet, links schien es etwas besser befahrbar zu sein. Aber es war unmöglich, dorthin auszuweichen. Eine doppelte Reihe von Leitplanken versperrte ihnen den Weg.

»Tja, Leute, das war's wohl«, sagte Bennett zerknirscht. »Ich fürchte, unsere Reise ist hier zu Ende.«

»Soll das ein Witz sein?«, rief Jem. »Wir haben es ja noch nicht mal richtig versucht.«

»Und wie gedenkst du weiterzufahren, Junge?«, raunzte Jaeger ihn an. »Lässt du unseren Bus durch einen Zaubertrick über die Barriere fliegen?«

Unter Jaegers Achseln hatten sich mächtige Schweißflecken gebildet. Er war tatsächlich noch übellauniger und miesepetriger als bei ihrer Abfahrt.

»Ich wüsste da vielleicht noch etwas anderes.« Jem borgte sich Pauls Karte aus, verglich die Realität mit der Abbildung und tippte auf die betreffende Stelle.

»Die Brücke vor uns gehört zum Highway E-470«, sagte er. »Er kreuzt an dieser Stelle den Peña Boulevard und verläuft in Richtung Süden weiter. Wenn wir es links die Böschung hochschaffen, können wir weiterfahren, bis wir in etwa zwanzig Kilometern die Interstate 70 schneiden. Dort biegen wir dann rechts ab und wären wieder auf dem richtigen Kurs. Wenn Sie mal schauen wollen …« Er hielt den beiden Männern die Karte entgegen.

Der Sky Marshal griff danach und studierte den Plan. »Mag sein, Junge«, grummelte er. »Allerdings löst das nicht unser Problem. Wie sollen wir auf die linke Seite kommen?«

»Mein Name ist Jem. Und ich werde dafür sorgen, dass wir das schaffen.« Er wandte sich seinen Freunden zu. »Kommt. Und bringt M.A.R.S. mit.«

Arthur gab dem Roboter ein paar Befehle und schon setzte er sich mit schweren Schritten in Bewegung. Jem trat sicherheitshalber ein Stück zur Seite.

Der Roboter hielt an. *»Bereit zur Arbeit.«*

Jem richtete seine Aufmerksamkeit auf die Leitplanken. »Kannst du die aus dem Weg schaffen? Es ist wichtig, dass wir dort durchkommen, verstehst du?«

»Ja.«

»Dann versuch mal dein Glück.«

Ehe Jem sich versah, streckte M.A.R.S. seinen rechten Arm aus, klappte die Hand weg und brachte ein Werkzeug zum Vorschein, das eine gewisse Ähnlichkeit mit einer Kreissäge aufwies.

»Bitte zurücktreten. Es besteht Gefahr.«

Kaum hatte er zu Ende gesprochen, fraß sich die Kreissäge schon ins Metall. Funken stoben umher. In null Komma nichts hatte M.A.R.S. die Leitplanke an zwei Stellen durchgesägt und beiseitegeschafft.

Jem hätte nicht gedacht, dass der Roboter ihnen gleich zu Beginn ihrer Reise eine solche Hilfe sein würde. Es war echt der Wahnsinn, wie schnell er arbeitete und sich bereits an der nächsten Leitplanke zu schaffen machte.

Das Getriebe lief auf Hochtouren. Jem stieg der Geruch von versengten Kabeln in die Nase.

Der Blechmann warf die Zwischenstücke zur Seite und watschelte zur anderen Fahrbahn hinüber. Dort wiederholte er die Prozedur.

Keine fünf Minuten später war der Weg frei. M.A.R.S. räumte die letzten Teilstücke zur Seite, befreite den Untergrund von Gestrüpp und Unterholz und kehrte dann zu ihnen zurück.

»Befehl ausgeführt.«

»Das ... das hast du sehr gut gemacht«, sagte Bennett beeindruckt. »Also gut, vielen Dank euch allen. Wie es aussieht, kann die Fahrt nun doch weitergehen. Nehmt wieder eure Plätze ein.«

Jem wartete, bis M.A.R.S. eingestiegen war, und folgte ihm

dann. Ehe die Tür zuging, warf er noch einen letzten Blick zurück. Eine Gruppe violetter Falter hatte sich auf eine der Trompetenblüten niedergelassen. Sie hatten gerade damit begonnen, nach Nektar zu saugen, als aus dem Inneren der Blüte ein zungenartiger Fortsatz hervorschoss und sie mit einem schmatzenden Geräusch einsaugte.

18

Die Fahrt führte sie tiefer und tiefer in die unheimliche Seenlandschaft. Lucie kam es vor, als wären sie statt in die Zukunft in die Urzeit gereist. Alles war so dicht bewachsen, dass man glauben konnte, hier hätten niemals Menschen gelebt. Bäume, Sträucher und Wasserflächen, soweit das Auge reichte. Hin und wieder lugten die Dächer halb zerfallener Häuser oder verbogene Hochspannungsmasten aus dem Dickicht hervor. Doch das waren Nebensächlichkeiten. Der Großteil des Geländes bestand aus Teichen, Tümpeln oder größeren Seen. Lucie wusste nicht viel über den Bundesstaat Colorado, aber dass er hier wie in den sumpfigen Everglades aussehen sollte, davon hatte sie noch nie gehört.

Sie stellte sich vor, wie es wohl wäre, wenn plötzlich der Hals eines Dinosauriers emporragen würde. Eines *Brachiosaurus* vielleicht oder eines *Diplodocus*. Die Idee erschien ihr gar nicht so abwegig. In einer Welt, die aus den Fugen geraten war, konnte selbst das möglich sein, oder? Die Natur hatte die Erde zurückerobert und schon bald würden auch die letzten Reste menschlicher Errungenschaften zerfallen sein.

Doch statt langer Hälse und tonnenschwerer Leiber erblickte Lucie Vögel. Massen von Vögeln. Sie wurde das Gefühl nicht los, dass die Schwärme umso größer wurden, je weiter sie nach Süden fuhren. Sie hatte sogar den Eindruck, als würden sie dem

Bus folgen und sie beobachten – so wie die Wölfe letzte Nacht. Was natürlich Unsinn war.

»Seltsam, oder?« Jem riss sie aus ihren Gedanken. »Die Vögel, meine ich. Sieht aus, als würden sie uns hinterherfliegen.«

»Bestimmt Einbildung«, murmelte Lucie. Es beunruhigte sie, dass ihm das ebenfalls aufgefallen war.

Er blickte besorgt nach oben. »Einbildung? Na, ich weiß nicht. Ich finde es ziemlich eindeutig, dass ihre Zahl zunimmt.«

»Es sind nur Vögel«, sagte Lucie. »Warum sollten die sich für uns interessieren?«

»Ja, warum ...?« Jem beobachtete den Schwarm noch eine Weile, dann zuckte er die Schultern und wandte sich ab. »Ganz wohl ist mir trotzdem nicht. Ich finde, wir sollten das weiter im Auge behalten.« Er lächelte ihr zu. »Schau mal, es gibt auch gute Nachrichten.« Er deutete auf die Karte auf seinem Schoß. »In der letzten halben Stunde sind wir von hier bis hier gekommen. Wenn das so weitergeht, müssten wir eigentlich bald ... ah, da vorne ist sie schon, siehst du?« Er deutete aus dem Fenster.

Lucie presste die Nase an die Scheibe. Zwischen den Bäumen war eine zweite Autobahn zu erkennen, die ihre kreuzte. Ein paar Schilder kamen in Sicht.

»Hier müssen wir raus«, rief Jem nach vorne.

»Schon gesehen«, antwortete der Kapitän. »Danke für die Erinnerung. Ich ziehe jetzt rüber. Haltet euch fest, es könnte ein bisschen holperig werden.«

Er griff ins Lenkrad und zog den Bus auf die rechte Seite. Rumpelnd fuhr er die Abzweigung hinab.

Diesmal hatten sie Glück, die Fahrbahn schien einigermaßen intakt.

Die Stadt war jetzt nicht mehr weit weg. Lucie konnte die schneebedeckten Gipfel dahinter erkennen. Ein faszinierender Anblick. Er erinnerte sie an einen Ausflug, den sie letzten Winter mit ihren Eltern gemacht hatte. Sie hatte das erste Mal in ihrem Leben auf Skiern gestanden.

Sie war so in Gedanken versunken, dass sie erst nach einer Weile bemerkte, dass Jem sie ansah. Als sie den Blick erwiderte, wandte er sich schnell ab.

»Was ist los?«, fragte sie.

»Ach nichts«, sagte er. War das ein roter Schimmer auf seinen Wangen?

»Komm schon. Du hast mich doch angesehen.«

»Schon, ja …« Er knabberte auf seiner Unterlippe. »Ich habe mich gefragt, woran du wohl gerade denkst.«

»Ich habe mir ausgemalt, was wohl passiert wäre, wenn wir den Flieger tatsächlich verpasst hätten. Wenn die Signalstörung so schlimm gewesen wäre, dass wir mit dem nächsten Flugzeug hätten fliegen müssen.«

»Vermutlich wäre gar nichts passiert«, überlegte er. »Unsere Gastfamilien hätten uns vom Flughafen abgeholt, wir hätten eine interessante Zeit in den USA erlebt und uns wahrscheinlich nie wiedergesehen. Aber sicher kann man sich da natürlich nicht sein.«

Sie nickte. Ähnliche Gedanken waren ihr auch schon durch den Kopf gegangen. »Ich vermisse sie«, sagte sie leise. »Meine Eltern, meine ich. Anna, meine beste Freundin. Die Leute aus meiner Klasse. Na gut, nicht alle, aber doch die meisten.« Sie sah ihn an. »Der einzige Trost ist, dass ich dich kennengelernt habe.«

»Das stimmt ...« Mehr sagte er nicht dazu. Er wirkte plötzlich richtig verlegen.

»Weißt du noch, wie wir aus dem Flugzeug zum ersten Mal die Berge gesehen haben?«

»Und ob«, antwortete er.

»Hätten wir gewusst, was auf uns zukommt, wären wir wahrscheinlich irgendwo anders hingeflogen. Jetzt ist es dafür leider zu spät.«

»Tja, aber ob es da besser gewesen wäre. Vielleicht ist Denver ja kein Einzelfall.«

»Auch wieder wahr ...«

»Ich kann immer noch nicht glauben, dass wir in der Zukunft gelandet sind. Dieser Gedanke ist einfach so was von abwegig! Aber wenn das hier tatsächlich die Zukunft ist, dann muss wohl irgendwas in der Vergangenheit schrecklich schiefgelaufen sein.«

»Oh ja«, sagte sie und spürte, wie es ihr bei dem Gedanken die Kehle zuschnürte. »Was Arthur vorhin gemeint hat ... ich frage mich wirklich, was aus meinen Eltern geworden ist. Die Vorstellung, dass sie nicht mehr am Leben sind ...« Sie konnte nicht weitersprechen. Tränen stiegen ihr in die Augen.

»Hey«, sagte Jem und legte einen Arm um sie. »Nicht traurig sein.«

Sie legte ihren Kopf auf seine Schulter. Es war schön, jemandem zum Anlehnen zu haben.

»Was immer geschehen ist, es ist vor langer Zeit passiert. Vermutlich haben sie davon gar nichts mehr mitbekommen.«

»Glaubst du wirklich?« Sie schniefte.

»Ganz bestimmt.«

Lucie richtete sich wieder auf und sah Jem an. »Du wirkst immer so gefasst – so vernünftig. Gibt es denn niemanden, den du vermisst?«

»Natürlich«, erwiderte er. »Die Jungs aus meiner Gang. Klaus, Kevin, Marc ... Sven. Ein paar meiner Schulkameraden – wobei die Zahl recht überschaubar ist – und natürlich meine Mom.«

Sie wischte eine Träne aus ihrem Augenwinkel. »Und was ist mit deinem Vater? Vermisst du ihn auch?«

An seiner Reaktion merkte sie, dass sie einen wunden Punkt getroffen hatte. Er nahm seinen Arm zurück und beugte sich zu seinem Rucksack runter. Seine Aura wechselte von Blau nach Grau. »Wir sind nicht gerade die besten Freunde«, sagte er knapp.

Ups, dachte Lucie. *Da habe ich wohl in ein Wespennest gestochen.* Wahrscheinlich war es besser, wenn sie nicht weiter nachbohrte. Doch als Jem jetzt mit einer Wasserflasche wieder auftauchte, begann er, von selbst zu erzählen.

»Wir sind im Streit auseinandergegangen. Vor einem halben Jahr hab ich dann erfahren, dass er wieder geheiratet und noch mal ein Kind bekommen hat.«

»Oh«, machte Lucie nur. Sie konnte sich vorstellen, was das für ein Schock gewesen war.

»Das war echt ein Schlag ins Gesicht, als er mir am Telefon davon erzählt hat.« Jem senkte den Kopf. »Ich dachte, *wie kann er mir das antun?* Ich kannte die Kleine ja nicht einmal und habe sie trotzdem gehasst. Bescheuert, oder?«

»Überhaupt nicht«, sagte Lucie. »Das hätte mir den Boden unter den Füßen weggerissen. Der Gedanke, meine Eltern könnten sich trennen und einer von ihnen bekäme noch mal ein Kind ….« Sie schüttelte den Kopf.

»Auf das Wiedersehen mit ihm habe ich mich dann allerdings schon gefreut«, gab Jem zu. Er wurde leiser. »Na ja, aber wie gesagt: Das liegt ja alles in der Vergangenheit …«

Lucie bemerkte einen traurigen Glanz in seinen Augen. So cool, wie er immer tat, war er nicht.

Sie überlegte, wie sie ihn trösten konnte, als sie einen plötzlichen Knall hörte. Der Bus machte einen Satz, als wäre er mit etwas kollidiert. Im selben Moment krachte es erneut. Bennett fluchte.

Lucie wollte sehen, was los war, wurde aber von seinem heftigen Ausweichmanöver wieder auf die Sitzbank geschleudert.

»Himmel, Arsch und Zwirn!«

Der Kapitän trat hart auf die Bremse. Es quietschte und rumpelte, dann schlingerte der Bus und blieb stehen.

Bennett blickte in den Rückspiegel. »Alles in Ordnung, dahinten?«

»Alles okay«, rief Jem. »Was zur Hölle ist denn da los bei euch?«

Statt einer Antwort öffneten die beiden Männer die Tür und hasteten nach draußen. Lucie sah Connie an, die nur mit den Schultern zuckte.

Dann standen sie auf und folgten den Männern nach draußen.

Der Kapitän hatte die Arme in die Seiten gestemmt und starrte auf das rechte Vorderrad. »Das hat uns ja gerade noch gefehlt.« Lucie sah, dass der Reifen der Länge nach aufgerissen war und weißes Zeug daraus hervorquoll. »Ich hatte gehofft, ich hätte mich geirrt.«

»Was ist passiert?«, fragte Lucie.

»Irgendetwas ist vor mir über die Straße gelaufen. Es kam wie aus dem Nichts. Es war so schnell, dass ich nicht rechtzeitig ausweichen konnte.«

»Und was?«

»Wenn ich das wüsste. Ich habe noch versucht, das Lenkrad rumzureißen, und bin dabei offensichtlich in eine Spalte geraten. Dahinten, seht ihr?« Er deutete zurück. Ein paar Meter weiter zog sich ein Riss quer über den Asphalt.

»Verflixt tief«, murmelte Jem.

»Jedenfalls hat es unser Vorderrad erwischt. Müssen mal sehen, ob wir damit überhaupt noch fahren können.« Bennett untersuchte den Radkasten. Dabei schien er auf etwas zu treten, was ihn erschrocken nach hinten springen ließ.

»Himmel, was ist das denn?«

Jaeger trat näher. »Lass mich mal sehen.« Der Sky Marshal blickte vor seine Füße und zuckte ebenfalls zurück. Lucie versuchte zu erkennen, was die beiden so in Aufregung versetzte. Irgendetwas lag da vor ihnen im Gras. Es sah aus wie eine Schlange ohne Kopf. Etwas Glibberiges, Fahles. Es schwoll nach vorne hin dick an, während es hintenheraus immer dünner und länger wurde. Das Ende war zusammengerollt wie eine Schnecke.

Lucie verzog angewidert das Gesicht. »Vielleicht ein Wurm oder ein Aal«, sagte sie.

»Möglich. Es ging alles so schnell.«

»Was es auch ist, jetzt ist es jedenfalls tot«, befand Jaeger und tippte mit der Fußspitze dagegen. »Machen wir, dass wir hier wegkommen. Mir ist nicht wohl in dieser Ecke.«

»Ihhh«, rief Olivia mit angeekeltem Gesichtsausdruck und deutete ins Innere des Radkastens. »Hier sind noch mehr.«

Lucie trat näher und rümpfte die Nase. Was für ein widerlicher Gestank! Sie konnte sich nicht erinnern, so etwas schon mal gerochen zu haben.

Vier oder fünf der Würmer hingen dort drin. Blass und eklig sahen sie aus. Sie waren halb durchsichtig, sodass Adern und Blutgefäße zu sehen waren.

Paul stieß ein würgendes Geräusch aus und Arthur verschwand mit einem Stöhnen im Inneren des Busses.

»Muss ein ganzes Nest gewesen sein«, murmelte Lucie. »Am besten sagen wir M.A.R.S. Bescheid, dass er das Zeug beseitigen soll.«

»Gute Idee«, sagte Bennett und gab dem Roboter den entsprechenden Befehl.

M.A.R.S. machte sich gleich an die Arbeit, zog das Gewürm unter dem Wagen raus, warf es ins nahe gelegene Gebüsch und befreite den Radkasten von den letzten Resten.

Lucie drehte es den Magen um.

Als alles fertig war, ging Jaeger in die Hocke. »Ich bin kein

Mechaniker, aber ich glaube, die Felge hat auch etwas abbekommen. Weit kommen wir damit jedenfalls nicht mehr.«

»Haben wir ein Ersatzrad?«, fragte Connie. »Jem, du kennst dich doch mit diesem Fahrzeug aus. Hast du etwas Entsprechendes gesehen?«

»Leider nein«, erwiderte Jem. »Das sind auch keine normalen Reifen, seht ihr? Sie sind mit irgendeinem Schaum gefüllt. Vermutlich sind sie unter normalen Umständen so gut wie unzerstörbar.«

»Tja, schade, dass wir hier keine normalen Umstände haben«, sagte Bennett. »Aber es hilft ja nichts, fahren wir eben mit beschädigtem Rad weiter. Es sind nur noch ungefähr zehn Kilometer, das müssten wir eigentlich schaffen. Sobald wir in der Stadt sind, kümmern wir uns um ein Ersatzrad. Immerhin ist es ein Schulbus, davon dürfte es mehr als nur einen gegeben haben. Also einsteigen, Herrschaften. Und vergesst nicht, den Roboter mitzunehmen.«

Lucie warf einen letzten Blick auf das Gewürm im Gras, dann stieg sie wieder ein und die Tür schloss sich hinter ihr. Was ging hier nur vor? In was für einem Albtraum waren sie da alle gelandet?

19

Sss_sie getötet. Sss_sie böse.

Was _ tun?

Sss_sie müsss_sen verschwinden.

Was sagt ES?

Nnn_nicht wissen. Bisss_her keine Nnn_nachricht von ES. Müsss_sen Entscheidung abwarten. Müsss_sen beobachten.

Sie sss_steuern auf die grauen Türme zu.

Ss_sagt den anderen Bescheid.

20

Die Nacht verbrachten sie im Bus. Eng nebeneinanderliegend, schliefen sie ein und erwachten nur kurz, als ein nächtliches Gewitter über sie hinwegzog und Donner und heftigen Regen auf sie niederprasseln ließ. Die Blitze, die über ihre Köpfe zuckten, sahen aus, als würde eine mysteriöse Hand Botschaften in den Himmel schreiben.

Am nächsten Morgen war der Spuk vorbei. Sonnenstrahlen glitzerten auf den feuchten Blättern, am Himmel waren nur noch ein paar Wolkenfetzen zu sehen, die sich aber rasch auflösten.

Jem streckte die Arme und gähnte, dann stand er auf und verließ auf Zehenspitzen das Fahrzeug.

Die Stadt präsentierte sich in herrlichem Sonnenschein. Der Anblick war überwältigend – wenn auch nicht unbedingt positiv.

So ziemlich jedes Gebäude war mit Efeu oder anderen Rankengewächsen überwuchert. Das triste Grau der Betonfassaden war von Pflanzen ausgelöscht worden, die ihre üppigen Blätter wie Dächer über ihren Köpfen ausbreiteten. Wo früher Glas und Stahl dominierten, reckten jetzt prächtige Bäume ihre Wipfel in die Höhe. Ein Wind trug den exotischen Duft von Kräutern und Blüten durch die Straßenschluchten. Es roch wie in einem botanischen Garten. Hummeln und Bienen belagerten die üppigen Fruchtstängel. Das Summen unzähliger Insekten erklang und zwischen den Sonnenstrahlen tanzten Schmetterlinge. Jem konnte sich nicht erinnern, jemals so eine atemberaubende Natur gesehen zu haben.

Die Straßen selbst waren mit dichtem Gras und Buschwerk bewachsen, zwischen denen hier und da schmale Pfade verliefen. Wildwechsel vielleicht? Es summte, es zwitscherte; keine Frage: Die Stadt quoll über vor Leben – doch, wo waren die Menschen?

Einen Steinwurf entfernt saß Connie auf einer Mauer und rauchte. Sie war vor ihm wach geworden und nickte ihm beim Näherkommen zu.

»Guten Morgen«, begrüßte sie ihn. »Na, so früh schon auf den Beinen?«

»Ich wache immer mit der Sonne auf«, sagte Jem und versuchte zu lächeln. »Der Fluch des Frühaufstehers.«

»Wem sagst du das?«

Er sah eine Zigarettenschachtel in ihrer Hemdtasche und fragte: »Bekomme ich auch eine?«

Sie dachte kurz nach, dann zog sie eine heraus und hielt sie ihm hin. »Ich schätze mal, deine Eltern können mich deswegen nicht mehr verklagen, oder?«

»Vermutlich nicht.«

Sie wartete, bis er eine genommen hatte, dann reichte sie ihm ihr Feuerzeug. Jem zog zweimal kräftig und inhalierte den Rauch.

»Schöne Scheiße, oder?«, sagte er und versuchte, das Kratzen in der Lunge zu ignorieren.

Sie sah ihn fragend an. »Was meinst du?«

»Na, das hier.« Er deutete ringsherum. »Keine Ahnung, was ich erwartet habe. Aber dagegen sieht es am Airport ja noch richtig zivilisiert aus.«

»Da ist was dran.« Connie machte einen tiefen Zug und blies den Rauch zur Nase wieder raus. »Ich schätze mal, wir alle haben uns hier etwas anderes erhofft, oder?«

»Abwarten. Hast du schon irgendjemanden gesehen?«

»Menschen?«

Er nickte.

»Nein. Ich bin ein paar Meter auf und ab gelaufen und habe gerufen, es hat sich aber niemand gemeldet.«

»Klingt ja nicht gerade Erfolg versprechend«, sagte Jem ernüchtert.

»Na ja, eine Hirschkuh mit zwei Kälbern ist vorbeigekommen. Ein paar Hasen waren da und eine Art Dachs.« Sie nahm einen tiefen Zug und lächelte. »Immerhin habe ich rausbekommen, wo wir sind. War nicht schwer, es steht ja dick und fett obendrüber.« Sie deutete auf das Bauwerk zu ihrer Rechten. Ein altes Gebäude, über dessen drei Fensterbögen ein großes, gewölbtes Schild aufragte.

Jem musste zweimal hinschauen, so überwuchert war das Gestänge mit den einzelnen orangefarbenen Buchstaben.

»Union Station«, las er. »Das ist der Bahnhof, oder?«

»Der Hauptbahnhof, um genau zu sein«, sagte Connie. »Wenn der Bus nicht mehr funktioniert, können wir ja immer noch die Bahn nehmen.« Sie stieß ein ironisches Lachen aus.

Jem schnippte die Asche von der Zigarettenspitze. Das klang

nicht gut. Das klang ganz und gar nicht gut. Der Hauptbahnhof war normalerweise das Herz einer jeden Stadt. Hier liefen wichtige Verkehrsadern zusammen. Der Bahnhof verband die Stadt mit der Umgebung, genau wie ein Flughafen oder ein Autobahnkreuz.

Trotzdem. Irgendwo mussten noch Menschen leben. Jem war überzeugt davon. Und er würde sie finden.

Er tat einen letzten Zug, dann drückte er die Zigarette aus. »Zeit, die anderen zu wecken«, sagte er. »Ich gehe mal rüber.«

Als sie die Stadt gestern Abend endlich erreicht hatten, war es bereits dunkel gewesen. Sie hatten es gerade noch geschafft, vom Highway abzubiegen und in Richtung Zentrum zu fahren. Doch dann war Schluss gewesen. Aufgrund der schlechten Weg- und Sichtverhältnisse hatten sie irgendwann angehalten und ihr Nachtlager bezogen.

In diesem Moment ging die Bustür auf. Jem sah ein paar verschlafene Gesichter. Es waren Olivia, Paul und Arthur.

Die drei sahen aus wie Murmeltiere, die man gewaltsam aus dem Winterschlaf gezerrt hatte.

»Guten Morgen zusammen«, rief er. »Kommt raus und atmet die frische Luft. Es ist herrlich – wenn man auf Grünzeug und Insekten steht.«

»Wüsste nicht, was daran herrlich sein sollte«, brummte Arthur, dessen Haare in einem wilden Schopf vom Kopf abstanden. »Selten so eine beschissene Nacht gehabt. Erst das Gewitter, dann habe ich gefroren, dann wieder geschwitzt ...«

»Lasst uns doch erst mal eine Runde frühstücken«, sagte Jem. »Da drüben bei Connie ist ein guter Platz. Ich hole mal unseren Proviant raus.« Er verscheuchte eine zudringliche Hummel von seinem Ohr.

Jetzt kamen auch Lucie, Marek, Zoe und Katta aus ihren Löchern gekrochen, gefolgt von Bennett und Jaeger.

Als Letzter verließ M.A.R.S. den Bus. Sein Gesicht war mürrisch wie immer, aber dafür konnte er ja nichts. Warum die Erbauer ihm nicht ein etwas freundlicheres Aussehen verpasst hatten, würde Jem ein Rätsel bleiben.

Er trug die Proviantkisten ins Freie und legte ein paar Decken aus. Marek baute einen Campingkocher auf und brühte einen Tee.

Kurz darauf hockten sie alle beisammen. Der Duft von Earl Grey schwebte über dem Lager.

»Und was machen wir jetzt?«, fragte Marek.

»Das sollten wir uns gut überlegen«, antwortete Bennett. »Der Bus ist beschädigt und muss repariert werden. Ich würde sagen, das hat absolute Priorität, schließlich ist das Fahrzeug die einzige Möglichkeit, um wieder zu den anderen zurückzukehren. »Tja, aber ob es hier jemanden gibt, der uns bei der Reparatur behilflich sein kann?«, fragte Jem. »Oder der uns Ersatzteile zur Verfügung stellt?«

»Daran habe ich so meine Zweifel«, schaltete sich Connie ein. »Bislang habe ich jedenfalls noch keine Menschenseele gesehen.«

»Umso wichtiger, dass wir jederzeit schnell von hier verschwinden können«, sagte Bennett. »Die Frage lautet also: Wo bekommen wir ein intaktes Ersatzrad her? Irgendwelche Vorschläge?« Er blickte in die Runde.

»Vielleicht finden wir eine Schule oder ein Busdepot«, überlegte Zoe. Sie war gerade dabei, ihren Bogen zu spannen. »Oder wir sehen in einer Tiefgarage nach.«

Bennett nickte. »Tja, wenn wir nur wüssten, wo wir mit unserer Suche beginnen sollen.«

»Paul hat doch Reiseführer und Karte dabei«, sagte Jem. »Gib mal her, Paul.«

Jem sah, dass Paul rote Ohren bekam. »Klar, hier.«

Bennett breitete den Stadtplan auf dem Boden aus und strich die Ränder glatt. »Wo sind wir denn? Ah, hier, am Hauptbahnhof.« Er tippte auf den Plan. »Die Universität liegt nur ein paar Straßen weiter südlich. Aber ob die Schulbusse haben, ist fraglich.«

»Ich würde es noch weiter südlich versuchen«, schlug Olivia vor. »Wenn ich das richtig sehe, liegt oder lag dort die *Colorado High School.* Das ist ein Gymnasium, die dürften so etwas haben.«

»Und wenn das nichts bringt, befindet sich gleich auf der anderen Flussseite die *Fairview Elementary School«,* warf Arthur ein. »Was auch den Vorteil hätte, dass man auf dem Weg dorthin an der *Atlas Metal & Iron Company* vorbeikäme. Seht ihr, hier. Ich schätze, dort dürfte es Ersatzteile geben.«

Bennett nickte. »Dann versuchen wir es in diese Richtung. Aber wie weit mag das sein? Ein Rad können wir bestimmt nicht so weit schleppen.«

»Aber M.A.R.S.«, sagte Arthur. »Er kann so etwas problemlos transportieren.«

»Hm.« Bennett dachte nach. »Nein«, entschied er nach einer

Weile. »Wir sollten es erst mal ohne seine Hilfe versuchen. Der Roboter ist zu schwerfällig. Er hält uns nur auf. Ich denke, Jaeger und ich bekommen das alleine hin.«

»Und was ist mit uns? Ich finde es nicht okay, dass wir hier tatenlos rumsitzen und warten sollen, dass etwas passiert«, sagte Jem.

Bennett schüttelte den Kopf. »Das verlangt auch keiner. Aber glaub mir, Junge, diese Tour ist für euch zu gefährlich.« Er nickte Jaeger zu. »Außerdem sind zwei Mann für so eine Unternehmung genug.«

Jem spürte Wut in sich aufsteigen. Wenn er eins nicht leiden konnte, dann war es, nicht ernst genommen zu werden. Er musste sich von Bennett doch nicht wie ein kleiner Junge behandeln lassen! Wahrscheinlich wäre es besser gewesen, einfach heimlich aufzubrechen, ohne jemandem davon zu erzählen.

»Also, ich will Ihnen mal was sagen ...«, begann er, als er plötzlich eine Hand an seinem Arm spürte.

»Komm, lass gut sein«, meinte Lucie sanft. »Uns wird hier bestimmt nicht langweilig.«

Er sah sie an und verstummte. Vielleicht hatte sie recht. Vielleicht war es gar nicht so schlecht, wenn Bennett und Jaeger verschwanden. Dann konnten sie sich in Ruhe hier umsehen, ohne dass die beiden sich aufspielten.

Er entspannte sich wieder ein bisschen. »Na, dann viel Erfolg«, entgegnete er schnippisch und stand auf.

Arthur räusperte sich. »Wir haben hier etwas, das uns vielleicht nützlich sein könnte.« Er zog die beiden bunten Holotalkies aus seiner Umhängetasche. Bennett und Jaeger sahen ihn skeptisch an. »Wo habt ihr die denn her, aus dem nächsten *Toys"R"Us?«*

Doch als Arthur ihnen die Geräte erklärt hatte, machten sie einen zufriedenen Eindruck. »Nicht schlecht.« Bennett nickte anerkennend. »Dann sind wir ja gut ausgestattet, würde ich sagen.«

Ohne unsere Hilfe wärt ihr total aufgeschmissen, dachte Jem.

21

Nachdem Bennett und Jaeger aufgebrochen waren, hatte Connie vorgeschlagen, das Bahnhofsgebäude genauer unter die Lupe zu nehmen. Schließlich wusste niemand, wie lange sie hierbleiben würden, und in der Halle hatten sie mehr Platz als im Bus.

Lucie konnte es Jem nicht verübeln, dass er immer noch ziemlich geladen war. Bennett hatte ihn ganz schön blöd dastehen lassen.

»So ein arrogantes Arschloch«, hörte sie Jem fluchen. Sie sah, wie er eine leere Coladose wegkickte. »Wir sind doch keine fünf mehr! *Glaub mir, Junge, diese Tour ist für euch zu gefährlich!«,* äffte er Bennett nach. Er hatte sich richtig in Rage geredet. »Na ja, wir werden ja sehen, wie weit die beiden kommen. Und wir sollten uns von den Idioten nichts verbieten lassen, sondern uns selbst auf die Suche machen. Es kann doch nicht sein, dass es hier nirgendwo Menschen gibt!«

»Eins nach dem anderen«, sagte Connie. »Vielleicht finden wir ja hier im Bahnhof jemanden. Und wenn nicht, überlegen wir uns, wie wir am besten weitermachen.«

Der Bahnhof war in einem akzeptablen Zustand. Die ebenerdige Wartehalle war zwar ziemlich verdreckt und ebenfalls dicht mit Pflanzen überwuchert, dafür war der erste Stock einigermaßen sauber und bot sogar einige Ledersofas, die die

Zeit überraschend gut überdauert hatten. Wenn man die ein bisschen zusammenschob, konnte man hier zur Not auch eine Nacht verbringen. Dass sie heute noch zurückfuhren, hielt Lucie für ziemlich unwahrscheinlich.

Sie blickte über die rundbogige Balustrade nach unten. Im Erdgeschoss sah sie M.A.R.S. in Begleitung seiner drei Betreuer durch die Halle watscheln. Er trug einen Stapel Feuerholz und schichtete es nebenan zu einem Haufen auf. Seine Schritte hallten von den Wänden wieder.

»Kaum vorstellbar, dass hier mal täglich Tausende von Menschen durchgekommen sind, oder?«, sagte sie zu Jem, der vor einem Schaukasten mit einem riesigen Stadtplan stand. »Dabei war das bestimmt mal einer der zentralsten Punkte der Stadt.«

»Hm«, machte er nur und hielt seinen Blick stur auf den Plan gerichtet. Sie musste jetzt vorsichtig sein, seine Aura war gerade hellgelb und brannte lichterloh. Langsam hatte sie das Gefühl, dass noch viel mehr dahintersteckte. Dass Bennetts Worte irgendetwas in ihm ausgelöst oder eine Erinnerung wachgerufen hatten.

»Bennett hat es wahrscheinlich gar nicht so blöd gemeint, wie es rübergekommen ist«, sagte sie vorsichtig. »Wahrscheinlich fühlt er sich irgendwie verantwortlich für uns.«

»Ist er aber nicht!« Jem drehte sich zu Lucie um und sah ihr in die Augen. »Wir sind alle in derselben beschissenen Lage, da ist niemand für irgendwen verantwortlich. Wir sollten zusammenhalten und gemeinsam versuchen, diesem Albtraum hier zu entkommen. Aber nein, der Kapitän, der mit seinem dämlichen Flugmanöver dafür gesorgt hat, dass wir überhaupt hier gelandet sind, spielt sich wie der Oberboss auf. Das ist doch echt ein Witz.«

»Dämliches Flugmanöver? Ich glaube, er hat uns das Leben gerettet. Was, wenn es überall so aussieht wie hier? Hast du dir das mal überlegt?« Sie senkte den Kopf, ließ ihn dabei aber nicht aus den Augen.

Jem schien sich ihre Worte tatsächlich durch den Kopf gehen zu lassen. Zumindest rastete er nicht gleich wieder aus, sondern beruhigte sich und konnte sogar wieder ein bisschen lächeln.

»Vielleicht hast du ja recht«, lenkte er ein.

»Kann es sein, dass es gar nicht um Bennett geht?«

»Wie meinst du das?«

»Ich könnte mich täuschen, aber ich habe den Eindruck, dass dich etwas ganz anderes wurmt. Habe ich recht?«

»Was sollte das sein?«

»Weiß nicht. Deswegen frage ich ja.«

»Na ja ...«

»Magst du es mir erzählen? Wir können uns doch da drüben auf die Bank setzen.«

Er zögerte.

»Ach, komm schon.« Sie nahm seine Hand und zog ihn zu der Bank. »Dann erzähle ich dir auch was von mir.« Sie lächelte schüchtern. Normalerweise redete sie nicht gerne über sich, schon gar nicht über die eine Sache, die ihr das Leben manchmal so schwer machte. Aber sie vertraute Jem und hatte das Gefühl, dass er sich öffnen würde, wenn sie es auch tat.

Offenbar war er neugierig geworden. Mit hochgezogener

Braue sagte er: »Echt jetzt? Du zeigst mir dein Geheimnis, ich zeig dir meins? Hast du dir das so vorgestellt?«

Sie lief rot an. »So ungefähr, ja.«

»Okay, Deal.« Er grinste breit. »Dann schieß mal los.«

Sie schluckte. Sie merkte, dass es ihr immer noch schwerfiel, darüber zu reden. »Na ja, dir ist ja sicher schon aufgefallen, dass ich manchmal etwas … seltsam bin.«

»Du scheinst irgendwie einen Farb-Tick zu haben.«

»Das ist kein Tick«, erklärte sie. »Sondern eine Erbkrankheit. Nennt sich Synästhesie.«

Er runzelte die Stirn. »Noch nie gehört. Und was bewirkt sie?«

»Zum Beispiel, dass ich deinen Namen hellgrün sehe. Nicht deine Person, die ist gelb, nur deinen Namen. Kein leuchtendes Grün, eher so ein verwaschenes Petersiliengrün.«

»Meinen … Namen?« Jetzt sah er völlig verwirrt aus. Kein Wunder. Synästhesie war den wenigsten ein Begriff, obwohl das Phänomen recht verbreitet war. Ungefähr jeder Zwanzigste hatte es.

»Ja«, sagte sie. »Es ist nicht so, dass das Wort jetzt irgendwie grün eingefärbt über deinem Kopf tanzen würde. Es ist mehr so, dass Name und Farbe für mich dasselbe sind. Das gilt übrigens auch für einzelne Buchstaben. J hat für mich die Farbe von Karamellpudding, vor allem, wenn man es weich spricht, so wie bei Jem.«

»Und wie ist es mit anderen Buchstaben?«

Sie zuckte die Schultern. »Ganz unterschiedlich. T zum Beispiel ist schieferfarben. H ist wässrig wie eine Pfütze, das I leuchtet wie eine Kerze. Ich sehe die Farben aber nicht wirklich, ich spüre sie eher. Aus den Farben der Buchstaben setzt sich dann die Farbe eines Wortes zusammen.« Sie lächelte. »Manchmal passen Mensch und Name überhaupt nicht zusammen. Nimm zum Beispiel Justin Bieber. Gut, er ist jetzt auch älter geworden, aber er war immer so ein Sonnyboy, mit blonden Haaren und so einem ansteckenden Lächeln. Dazu so ein dunkler schieferfarbener Name wie Justin – ich finde, das geht gar nicht.«

Jem stand der Mund offen. Es sah aus, als fiele es ihm schwer, sich vorzustellen, in was für einer Welt sie lebte. Dabei hatte sie gerade mal an der Oberfläche gekratzt. Wenn sie ihm jetzt noch erzählte, dass sie bei Tönen unterschiedliche Geschmäcker im Mund verspürte und Zahlen einen bestimmten Klang hatten, dann würden er sie bestimmt für völlig verrückt halten. Aber sie wollte nicht, dass er das tat. Sie wollte, dass er sie mochte.

»Okaaay«, sagte Jem lang gezogen. »Ich weiß zwar nicht, ob ich das alles verstanden habe. Zumindest erklärt das ein paar Dinge, die mir bisher ein bisschen seltsam vorkamen.«

»Sorry.« Lucie senkte schüchtern ihren Blick. »Ich erzähle das normalerweise auch nicht überall herum. Genau genommen gibt es nur ganz wenige, die es wissen.«

»Echt jetzt?«

Sie nickte. »Als ich klein war, dachte ich, dass jeder diese wunderschönen Farben sähe. Die Welt war wie ein Zauberland. Dass ich mich von anderen Menschen unterscheide, wurde mir erst in der Schule klar. Als die Lehrerin in der ersten

Klasse fragte, was denn eins plus eins sei, antwortete ich voller Überzeugung ›*Grün!*‹. Du kannst dir vorstellen, wie sie mich angesehen hat.«

»Die hat sicher gedacht, dass du nicht alle Latten am Zaun hast, oder?«, sagte er grinsend.

»So ähnlich«, erwiderte Lucie. »Allerdings war das anfangs gar nicht witzig. Für mich war klar, dass ich anders war und deshalb habe ich diese Seite vor den anderen geheim gehalten.«

»Und warum erzählst du es mir?«, wollte Jem wissen.

»Nun, ich ...« Lucie schluckte. Sie fühlte, wie ihre Wangen heiß wurden. »Du bist nett und irgendwie bist du ja auch ein bisschen ... anders.« Sie verstummte.

»Wegen meiner Hautfarbe?«

Sie nickte.

»Ah, jetzt kapier ich ...« Er lächelte. »So gesehen hast du vermutlich sogar recht. Na schön, du hast deinen Teil der Abmachung eingehalten, jetzt bin ich wohl dran ...«

Er räusperte sich.

»Na, ihr Turteltäubchen.«

Lucie fuhr herum und sah Marek mit Katta und Zoe im Schlepptau aus dem rechten Seitenflügel auf sich zukommen. Zoe hatte ihren Bogen umgeschnallt und sah aus wie eine Amazone.

Auf Kattas Gesicht erschien ein breites Grinsen. »Ich hoffe, wir stören euch nicht?«

»Keineswegs«, sagte Lucie hastig. Mann, war ihr das peinlich. Sie konnte nur hoffen, dass die drei bald wieder verschwanden. Aber so schnell ließ Katta sich nicht abwimmeln.

»Ihr zwei seht ja so ernst aus. Worüber redet ihr denn? Oder ist das geheim?« Sie lachte affig.

»Lagebesprechung«, gab Jem zur Antwort und Lucie musste grinsen. »Wir wollen gleich mal raus und uns ein bisschen umsehen.«

Auf Mareks Gesicht erschien ein Lächeln. »Das ist das erste vernünftige Wort, das ich aus deinem Mund höre, Jem.«

»Also, worauf warten wir noch?« Jem stand auf. »Wir sagen Connie und den anderen Bescheid und dann geht es los.« Er klopfte Marek auf die Schulter und gemeinsam machten sich die beiden auf den Weg ins Untergeschoss.

Lucie blickte ihnen nach. Und was war jetzt mit ihrer Abmachung? Jem hatte ihr doch etwas versprochen. Sie hatte fast den Eindruck, dass ihm die Unterbrechung gar nicht mal so unrecht war. Enttäuscht schüttelte sie den Kopf. Manchmal wusste sie bei ihm einfach nicht, woran sie war.

22

Gemeinsam verließen sie das stickige Dämmerlicht des Bahnhofs und traten hinaus ins Freie. Jem kniff die Augen zusammen, weil die Sonne so blendete. Die Temperaturen hatten merklich angezogen. Grillen und Zikaden zirpten sich die Seele aus dem Leib. Irgendwo links musste ein Tümpel sein, in dem einige extrem große Frösche hockten. Ihr Quaken warf ein Echo an die gegenüberliegende Häuserwand.

»Also gut«, sagte Marek. »Wohin gehen wir?«

Ehe Jem etwas antworten konnte, meldete sich Paul zu Wort.

»Ich hätte da eine Idee«, sagte er. »Hab ich vorhin im Reiseführer entdeckt. Allerdings müssten wir dafür einen ziemlichen Fußmarsch hinlegen ...«

»Ist doch scheißegal«, sagte Marek. »Hauptsache, es passiert endlich mal was. Also, wohin geht es? Komm schon, lass dir nicht jedes Wort aus der Nase ziehen.«

Jem nervte es, dass Marek sich so aufspielte, aber er hatte keine Lust auf Ärger und hielt lieber die Klappe.

Paul holte den Reiseführer raus und blätterte eine bestimmte Seite auf. Eine kleine Innenstadtkarte war dort zu sehen.

»Also wir sind hier.« Er deutete auf die Stelle, an der der Bahnhof war. »Wenn wir die 16th Street in Richtung Civic Center Park gehen, kommen wir nach knapp einem Kilometer zu einem Park. Das ist sozusagen das Herz der Stadt.«

»Ja und was gibt es dort so Besonderes?«

»Eine Bücherei«, erklärte Olivia und band ihre Locken zu einem Pferdeschwanz zusammen. »Nicht irgendeine Bücherei, die *Public Library.«*

Marek runzelte die Stirn. »Warum sollte ich dahin wollen?«

Jem fragte sich, ob Marek wirklich so blöd war oder nur so tat.

»Ist doch wohl klar, oder?«, sagte er. »Wir brauchen Informationen. Also müssen wir einen Ort finden, an dem solche aufbewahrt werden. Eine Bücherei.«

»Wir könnten natürlich auch Ausschau nach einem Stadtarchiv halten«, ergänzte Olivia, »aber in der Public Library haben wir wahrscheinlich größere Chancen, einen passenden Großcomputer zu finden.«

»Verstehe«, sagte Marek. »Gute Idee. Dann lasst uns mal aufbrechen.«

»Ich komme nicht mit«, verkündete Lucie leise. Sie stand auf der obersten Treppenstufe und hatte die Arme verschränkt.

»Was? Warum denn?«, fragte Jem überrascht.

»Weil ich Connie nicht alleine lassen möchte.«

»Aber ich habe ihr doch angeboten, uns zu begleiten«, warf Katta ein.

Lucie schüttelte den Kopf. »Ist doch egal. Ich bleibe hier. Ihr macht das schon.« Sie warf Jem einen schwer zu deutenden Blick zu. War sie sauer auf ihn?

»Passt gut auf euch auf, okay?« Sie drehte sich um und ging.

»Aber …«

Er blickte ihr hinterher, wie sie zurück ins Bahnhofsgebäude ging. Katta schmiegte sich an Marek und suchte seine Hand. »Da geht sie hin«, säuselte sie übertrieben. »Soll sie doch für Connie das Kindermädchen spielen. Ich glaube eher, dass sie kalte Füße bekommen hat. Kommt schon, lasst uns gehen. Und vergesst nicht, den laufenden Blecheimer mitzunehmen.« Sie warf M.A.R.S. einen herablassenden Blick zu.

Jem beachtete sie gar nicht. Er war einfach nur traurig über Lucies Entscheidung.

Das Buschwerk war ziemlich dicht. Marek hatte einen Pfad entdeckt, der sie tief ins Herz der Stadt führte und der etliche Haken und Wendungen schlug. Jem tippte auf einen Wildwechsel. Vermutlich von Wildschweinen oder Hirschen angelegt – von Tieren also, die groß genug waren, um zu einer Bedrohung zu werden, wenn man ihnen direkt gegenüberstand. Weil ihm etwas mulmig zumute war, klaubte er einen Knüppel aus dem Unterholz. Von denen lagen hier mehr als genug herum. Die anderen folgten seinem Beispiel. Marek lief natürlich wieder vorneweg. Katta und Zoe folgten ihm, während Olivia, Arthur und Paul den Roboter begleiteten. Jem bildete das Schlusslicht.

Als die anderen im dichten Buschwerk verschwunden waren, blieb er noch mal stehen und warf einen letzten Blick zurück.

Lucie war fort. Das Licht der Morgensonne ließ die Bahnhofsfassade wie ein versunkenes Märchenschloss wirken. Warum war sie nicht mitgekommen? Dass Lucie wirklich nur aus Sorge um Connie so gehandelt hatte, glaubte er keine Sekunde. Also doch wegen ihm. Aber warum? Weil sie ihm etwas anvertraut hatte und er ihr im Gegenzug nichts? Hätte er vor den anderen damit anfangen sollen? Es war eh schon peinlich genug gewesen, dass die sie zusammen gesehen hatten. Kattas Kommentar, Mareks höhnischer Blick – vermutlich dachten alle, er hätte Lucie angebaggert. Wenn sich die Gelegenheit noch mal ergab, würde er Lucie auch von seinem Geheimnis erzählen. Schade nur, dass er ihr das jetzt nicht mehr sagen konnte.

Den Kopf gesenkt, die Hände tief in den Jeanstaschen vergraben, marschierte er hinter den anderen her.

Es mochte etwa eine Viertelstunde vergangen sein, als er zum ersten Mal stehen blieb. Seine Kehle war wie ausgedörrt. In den Häuserschluchten gab es kaum noch Schatten. Fern am Horizont bildeten sich schon wieder die ersten Wolken. Vermutlich würde es später noch ein Gewitter geben.

Er nahm einen großen Schluck, dann steckte er die Feldflasche wieder weg. Bis jetzt hatten sie noch keine Menschenseele getroffen. Mit jeder verstrichenen Minute wurde klarer, dass das auch so bleiben würde. Ein paar Meter weiter vorne sah er Marek, Katta und Zoe gerade aus einem Laden für Sportartikel kommen.

»Und?«, fragte er.

»Nichts«, antwortete Marek. »Keine Pistolen, keine Gewehre und keine Munition. Nicht mal Pfeile für Zoes Bogen.«

Jem blickte zu den blinden Fenstern empor. Die Fassaden waren dicht mit Efeu überwuchert. In den Häuserschluchten erklangen die Schreie herumzischender Mauersegler. »Wie ausgestorben«, murmelte Jem. »Ich frage mich, was hier geschehen ist.«

»Eines dürfte feststehen«, sagte Arthur und deutete die Straße entlang. »Es hat keinen Krieg gegeben. Die Menschen sind nicht in Panik geflohen.«

»Stimmt«, pflichtete Jem ihm bei. »Die Geschäfte und Cafés sehen aus, als wären sie ruhig und geordnet verlassen worden. Weder Anzeichen von Einbrüchen noch von Plünderungen oder sonstigen Zerstörungen ...«

»In den Schaufenstern liegt immer noch Schmuck«, ergänzte Arthur. »Da gibt es Uhren, Handtaschen und Schuhe, Koffer und Unterhaltungselektronik.«

»Ist mir auch schon aufgefallen.« Marek nickte. »In den Kassen im Sportgeschäft war immer noch Geld.«

»Und seht euch die Autos an«, ergänzte Katta. »Sie stehen ordentlich geparkt am Seitenstreifen und an den Haltestellen hängen noch immer Fahrpläne. Wie passt das bloß alles zusammen?«

Tja, wie? Weder Jem noch jemand anderer hatte dafür eine Erklärung. Also gingen sie weiter.

Jem wischte sich den Schweiß von der Stirn.

Er blinzelte in die Sonne und versuchte, nicht schon wieder an Trinken zu denken. Verdammte Helligkeit. Zu blöd, dass er seine Sonnenbrille irgendwo verloren hatte. Andererseits – hier gab es doch genug. Schräg gegenüber befand sich ein Geschäft für Brillen und Ferngläser.

»He, wo willst du denn hin?« Marek hatte bemerkt, dass er abgebogen war.

»Geht ruhig schon vor«, rief Jem. »Ich hol mir nur rasch eine Sonnenbrille. Ich hol euch schon wieder ein.«

»Na gut, aber mach nicht zu lange.«

Jem verließ den Pfad und steuerte auf den Laden zu.

Er hatte Glück. Die Tür war unverschlossen. Zwar musste er ein paar Äste und etwas Geröll beiseiteräumen, aber dann hatte er die freie Auswahl. Er suchte ein bisschen herum und entschied sich dann für eine Ray-Ban. Nicht zu dunkel und mit einer automatischen Anpassung an die Lichtverhältnisse. Nicht schlecht.

Jetzt musste er sich aber wirklich beeilen.

Er war gerade wieder ins Freie getreten, als sein Blick auf eine verkrüppelte Eiche fiel, die neben dem Geschäft aufragte. Fünf Amseln saßen darin und unterhielten sich tschilpend. Kaum, dass sie ihn bemerkten, hörten sie mit ihrem Spiel auf und richteten ihre Knopfaugen auf ihn. An sich nichts Ungewöhnliches. Wie sie im Unterricht gelernt hatten, waren Amseln recht kluge und neugierige Vögel. Aber irgendetwas an ihnen war seltsam.

Er blieb stehen und sah sie an. Und die Vögel sahen ihn an. Ausdruckslos, starr und irgendwie feindselig.

Jem trat näher und klatschte in die Hände. Nichts geschah.

»Husch, husch«, er wedelte mit seinem Stock in der Luft. Eigentlich hätte jeder Vogel im Radius von zehn Metern sofort wegfliegen müssen, aber nicht so diese Amseln. Nicht mal ein Flügelflattern war zu sehen. Eine hielt den Kopf leicht schief, eine andere reckte den Hals, um besser sehen zu können. Ansonsten ausdrucksloses Starren.

Seltsam. Es war nicht das erste Mal, dass er sich über das Verhalten der einheimischen Tierarten wunderte. Die Männer, die jagen gegangen waren, hatten da einige seltsame Geschichten erzählt. Kaninchen, die einen bis auf mehrere Meter heranließen, Fische, die man mit der bloßen Hand fangen konnte – Lucie hatte ihm am Flughafen Vögel gezeigt, die so zutraulich waren, dass sie auf der ausgestreckten Hand landeten.

Bisher hatte er das darauf geschoben, dass die Tiere keine Menschen gewohnt waren. Aber, dass sie sich überhaupt nicht von ihm beeindrucken ließen, befremdete ihn nun doch.

Ihm fielen die Wölfe wieder ein.

Ein unmittelbares Gefühl von Bedrohung kroch mit haarigen Spinnenbeinen seinen Rücken empor. Er spürte, dass etwas nicht stimmte. Die Vögel waren nicht allein.

Er wollte schon weitergehen, als der Baumstamm hinter den Vögeln in Bewegung geriet. Es war nicht die Art Bewegung, wie sie vom Wind erzeugt wurde, nein, es war der Baum selbst. Die Äste und Zweige bogen sich auf eine Art, die Jem höchst unnatürlich vorkam. Es war, als hätte die Pflanze einen eigenen Willen. Als besäße sie Arme und Beine.

Ein fremdartiger Laut ertönte. Eine Art Zwitschern, das aber nicht von den Vögeln stammte. So ein Geräusch hatte Jem noch nie zuvor gehört. Gleichzeitig roch er etwas. Säuerlich und irgendwie faulig.

Etwas schien über ihm durch die Luft zu sausen, doch sehen konnte er nichts. *Etwas Großes.* Wie ein Flügelschlag, nur mächtiger.

Einen Schrei unterdrückend, wandte er sich um und rannte, wie er noch nie zuvor gerannt war. Durch das Gestrüpp, zurück auf den Pfad und hinter seinen Freunden her. Keine Sekunde wollte er länger an diesem unheimlichen Ort bleiben.

23

Marek blieb stehen und blickte nach hinten. Er war genervt. Von der Hitze, den Insekten und von Jem. Hatte er nicht gesagt, dass er nur kurz wegbleiben wollte? Jetzt war er schon wieder verschwunden und sie durften warten.

»Wo bleibt denn der Idiot?«, knurrte er. »Das hat man davon, wenn man jemanden beim Wort nimmt. Verlass dich auf jemanden und du bist verlassen.«

»Lasst uns doch kurz Pause machen«, schlug Olivia vor. »Weit kann er nicht weg sein. Dahinten hat sich doch gerade was bewegt, oder?«

Marek kniff die Augen zusammen. Olivia hatte recht. Das war Jem. Rannte wie von der Tarantel gestochen, als wäre irgendwas hinter ihm her.

»Seid mal kurz still«, zischte Arthur plötzlich und drehte wie wild an den Knöpfen seines rosaroten Spielzeugs herum. »Ich glaube, ich empfange etwas.«

»Und?«

Arthur blinzelte nach oben. »Es ist viel zu hell hier. Lasst uns aus der Sonne gehen, damit wir besser sehen können.«

Sie traten in den Schatten eines Gebäudes mit der Aufschrift *Bank of America.*

Marek seufzte. Die Kühle war wohltuend.

Arthur justierte noch ein bisschen, bis über dem Display die vertraute Gestalt des Kapitäns erschien. Das Bild war ein bisschen verzerrt.

»Hallo zusammen«, erklang Bennetts Stimme blechern aus dem Lautsprecher. »Alles klar bei euch?«

»Alles okay so weit«, sagte Arthur.

Der Kapitän neigte den Kopf, als würde er an Arthur vorbeischauen wollen. »Seid ihr etwa draußen?«

»Ja, sind wir.« Marek schob sich nach vorne. Es war Zeit, das Gespräch zu übernehmen. »Wir wollten mal ein bisschen frische Luft schnappen. Die Sonne scheint gerade so schön.«

Bennett sah skeptisch aus. »Na, von mir aus, aber stellt nichts an. Gebt mir mal Connie.«

»Die ist gerade mit Lucie unterwegs, um nach Lebensmitteln Ausschau zu halten. Soll ich sie holen?«

Bennett zögerte. »Nein, lass mal. Wir sind jetzt bei der Einfahrt zu einer Werkshalle angelangt. Hier gibt es tatsächlich einen Bus.« Er schwenkte das Aufnahmegerät, sodass sie den Gebäudeausschnitt sehen konnten.

»Wären nicht die letzten Reste abgeblätterter gelber Farbe zu sehen gewesen, wir wären vermutlich daran vorbeigelaufen«, sagte Bennett. »So aber werden wir uns das mal näher ansehen. Drückt uns die Daumen, dass wir etwas finden.«

»Auf jeden Fall.«

»Schön. Dann over und out.«

»Over und out.«

»Ach, übrigens: tolle Geräte, die ihr da gefunden habt«, sagte Bennett. »Diese Holotalkies sind wirklich Gold wert.«

Zzzp. Weg war er.

»Puh, noch mal gut gegangen«, sagte Marek erleichtert. »Wenn er wüsste, dass wir hier rumstromern, wäre er bestimmt ausgeflippt. Jetzt aber los. Wenn die dort wirklich ein Ersatzrad finden, dürfte es nicht mehr lange dauern, bis sie auf dem Rückweg sind.«

»Du kannst ziemlich gut lügen«, sagte Olivia.

»Klar doch.« Er gab Arthur das Holotalkie zurück und trat hinaus in die Sonne.

In diesem Moment traf Jem ein. Er war völlig außer Atem, stützte seine Arme auf die Knie und keuchte wie ein verletztes Tier.

»Ich … ich …« Er schnaufte. »Ich habe etwas gesehen. Da war etwas im Baum. Es war nur schlecht zu erkennen, bin mir aber ganz sicher, dass es da war. Vielleicht kann es sich besonders gut tarnen oder es war unsichtbar …«

»Unsichtbar. Deshalb lässt du uns hier so lange warten? Selten so was Bescheuertes gehört.« Marek warf Jem einen giftigen Blick zu.

»Aber da war etwas, ich schwöre es euch.«

»Jaja.« Marek winkte ab. »Ich habe keine Lust, mir so einen Unfug anzuhören. Was ist jetzt, gehen wir oder wollen wir hier weiter rumstehen und diskutieren? Bennett steht schon bald mit dem Ersatzrad da und wir haben noch nicht mal die Bücherei erreicht. Kommt jetzt.«

Er machte sich wieder auf den Weg und peitschte mit seinem Knüppel ein paar Sträucher zur Seite.

24

Etwa eine Viertelstunde später rückte das Gebäude in Sichtweite. Dank seiner neuen Sonnenbrille bereitete Jem die Helligkeit keine Probleme mehr. Es befand sich auf der gegenüberliegenden Seite eines weitläufigen, dicht mit Bäumen und Buschwerk bewachsenen Geländes, das, dem Stadtplan nach zu urteilen, früher der Civic Center Park gewesen war.

Einige Hundert Meter weiter östlich stand ein weiteres Gebäude, das Jem irgendwie an Katastrophenfilme wie *Independence Day* oder *White House Down* erinnerte. Filme, in denen es ordentlich krachte und in denen am Schluss immer alles in die Luft flog. Plötzlich fiel es ihm ein: Das war das Kapitol – der Ort, an dem die Politiker getagt und Gesetze erlassen hatten. Jetzt gab es allerdings nur noch ein einziges Gesetz: *überleben.*

Er schwitzte wie ein Schwein. Das Atmen in der schwülen Luft fiel ihm schwer. »Ich glaube, es ist besser, an der Straße entlangzugehen«, sagte er.

Seit seinem Erlebnis vor dem Brillenladen hatte eine nervöse Unruhe von ihm Besitz ergriffen. Er wurde das Gefühl nicht los, dass irgendjemand ihnen folgte. Irgendjemand oder irgendetwas. Sie wurden beobachtet, das spürte er. Doch von wem? Waren es die Bäume, die Insekten oder gar die Blumen? Merkwürdigerweise schienen ihre Kelche immer genau in ihre Richtung zu weisen.

Früher hatte es immer geheißen, der Mensch müsse zur Natur zurückfinden, er müsse lernen, im Einklang mit ihr zu leben. Die Hippies in den Sechzigern und Siebzigern hatten so gedacht, später dann die Grünen. Jem hatte die Geschichten darüber immer sehr gemocht. Inzwischen war er aber nicht mehr so sicher, ob das alles noch stimmte. Wenn er darüber nachdachte, was die Menschen in jüngerer Vergangenheit alles so verbrochen hatten, war es mehr als fraglich, ob die Natur sie überhaupt noch zurückhaben wollte.

Er schob den Gedanken zur Seite und folgte den anderen. Sie hatten beinahe eine Stunde bis hierher gebraucht. Rechnete er mit einer weiteren Stunde zurück, blieb ihnen kaum noch Zeit für ihre Erkundungen. Sie mussten sich also beeilen.

Auf der Straße wucherte das Gras längst nicht so hoch wie im Park selbst. Zoe marschierte direkt vor ihm. Sie schien ganz okay zu sein, obwohl Jem bisher keine drei Worte mit ihr gewechselt hatte. Er war einfach froh, jemanden dabeizuhaben, der eine Waffe besaß und damit umgehen konnte. Was er in diesem Baum gesehen hatte – was er zu sehen *geglaubt* hatte –, ließ ihn allerdings zweifeln, ob ein paar Pfeile nützen würden.

Linker Hand erhob sich ein rostfarbenes Bürogebäude, dessen spiegelnde Glasflächen das Sonnenlicht in ihre Richtung reflektierten. Mit zusammengekniffenen Augen blickte er zu der Fassade empor. Irre, wie gut das Glas die lange Zeit überdauert hatte. Offensichtlich boten glatte Oberflächen weniger Angriffsfläche für Sporen, Samen und Wurzeln als Beton oder Ziegel. Das Bauwerk sah aus, als könnten dort noch immer Menschen wohnen. Warum war hier niemand mehr? M.A.R.S.'

schwerer Schritt hallte von den Fassaden wider. Jeder, der nicht gerade stocktaub war, hätte sie doch hören müssen.

Überschlug man das, so blieben zwei Möglichkeiten. Erstens: Es gab noch irgendwo Bewohner und sie wollten nichts mit ihnen zu tun haben, oder zweitens: Ihr Gefühl erwies sich als wahr und sie waren tatsächlich die letzten Menschen in dieser verfluchten Stadt. Doch wohin waren all die anderen gegangen? Gestorben waren sie jedenfalls nicht, schließlich hatten sie bisher noch kein einziges Skelett gefunden. Und warum waren sie mit ihrem Flugzeug ausgerechnet in diese Zeit verschlagen worden? War das Zufall oder gab es dafür einen tieferen Grund?

Jem schwirrte der Kopf. Er sollte besser bei der Sache bleiben und sich auf seine Umgebung konzentrieren. Er warf einen letzten Blick hinauf zur Spiegelfassade, als er plötzlich etwas bemerkte.

»Halt, wartet mal!«, rief er.

Zoe drehte sich um. Auch die anderen hatten ihn gehört. Marek wirkte sichtlich genervt. »Was ist denn jetzt schon wieder los? Hat dich wieder ein Vogel schief angeguckt?«

Jem beachtete ihn gar nicht. Er blinzelte hinauf zu den Fenstern.

Die Helligkeit war selbst mit Sonnenbrille kaum zu ertragen. Da war etwas. Das Ding saß mitten auf dem Glas. Genau dort, wo die Helligkeit am größten war. Ein unregelmäßig geformter Fleck, der das Licht irgendwie anders zu brechen schien. Jem konnte ihn nur erkennen, wenn er sich bewegte. Er ging einen Schritt nach links, dann wieder nach rechts. Kein Zweifel: Irgendetwas hing dort in der Vertikalen.

»Dort.« Er deutete mit dem Finger darauf. »Könnt ihr das erkennen?«

Zoe stand neben ihm und beschirmte ihre Augen. Marek stapfte mit schweren Schritten auf ihn zu. »Würdest du mir bitte mal mitteilen, was los ist? Mir schrumpfen die Eier in der Hitze.«

»Da oben, siehst du das?« Jem deutete in Richtung des Gebäudes. »Da, wo das Licht am hellsten ist.«

Marek kniff die Augen zusammen.

»Es ist nicht direkt im Licht, sondern ein kleines Stück darunter. Irgendetwas hängt dort.«

»Ich kann da nichts erkennen.«

»Gib mir lieber deine Sonnenbrille«, sagte Zoe.

Sie hielt das schwarze Glas vor ihre Augen und zwinkerte ins Licht.

»Und worauf soll ich jetzt achten?«

»Schwer zu beschreiben«, gestand Jem. »Es ist irgendwie formlos und durchsichtig und hängt dort drüben an der Fassade. Beweg dich mal ein bisschen hin und her. Achte auf Verzerrungen. Es ist, als würdest du einen durchsichtigen Gegenstand in einem Wasserglas betrachten.«

Zoe tat, was er ihr sagte, schüttelte aber irgendwann den Kopf. »Beim besten Willen nicht.«

Marek verzog spöttisch den Mund. »Sieht mir nach Sonnenstich aus. Ich würde dir empfehlen, in den Schatten zu gehen.«

Jem ignorierte ihn. Er hatte das Gefühl, dass das hier wichtig war.

»Wenn ich dir die Stelle genau beschreibe, meinst du, du könntest sie mit einem Pfeil treffen?«

Zoe sah ihn an. »Machst du Witze?«

»Ich frage ja nur. Ist ganz schön weit weg.«

Sie nahm den Bogen von ihrer Schulter, zog einen Pfeil aus dem Köcher und legte ihn auf die Sehne. »Also los.«

Jem hielt die Hand vor die Augen, sodass er durch einen schmalen Schlitz zwischen Zeige- und Mittelfinger schauen konnte. »Die siebte Reihe von unten, das dritte Fenster von rechts. Hast du das?«

»Ja.«

»In der linken oberen Ecke dieses Fensters.« Die Helligkeit war kaum zu ertragen. Er würde sicher noch stundenlang schwarze Flecken sehen.

»Ich habe die Stelle. Jetzt sehe ich es auch ... was ist denn das? Soll ich dafür wirklich einen Pfeil verschwenden? Ach, egal ...« Sie legte an. Vier Wimpernschläge lang visierte sie das Ziel an, dann zog sie die Sehne bis zum Kinn und ließ den Pfeil losschnellen. Er flog und flog, bis er aus ihrem Blickfeld verschwand. Eigentlich hätte er jetzt auftreffen müssen.

Sie warteten.

Nichts geschah. Nicht mal ein Klirren war zu hören.

Jem fiel auf, dass er die ganze Zeit die Luft angehalten hatte. Er atmete aus und ließ die Schultern hängen. Entweder Zoe hatte danebengeschossen oder er hatte sich das wirklich nur eingebildet. Wenn Letzteres der Fall war, sollte er sich vielleicht langsam Sorgen um seinen Gesundheitszustand machen. So oder so, eine Enttäuschung. Er zuckte die Schultern.

»Na ja«, sagte er. »War zumindest einen Versuch we… «

In diesem Moment ertönte ein Schrei.

Es war ein Geräusch, das ihm trotz der Temperaturen einen Schauer über den Rücken trieb. Als würde man mit Fingernägeln über die Schultafel kratzen. Alle in der Gruppe erstarrten.

Es war mit Abstand der grässlichste Laut, den Jem jemals vernommen hatte. Er glaubte, ein kurzes Zittern auf der Gebäudefassade zu sehen, gerade lang genug, um es nicht als Einbildung abzutun. Dann wurde es still.

Das Schreien hörte auf und auch das Zittern verschwand.

»Ich glaube, du hast es getroffen«, flüsterte er.

»Das glaube ich auch«, sagte Zoe.

»Was war das?« In Mareks Augen spiegelte sich Furcht. »So etwas habe ich noch nie gehört.«

»Ich auch nicht«, flüsterte Jem. Dieser Schrei hatte fremdartig geklungen. *Unheimlich.* Wie etwas, das nicht in diese Welt gehörte.

»Kannst du es noch sehen?«, fragte er Zoe.

Sie kniff die Augen zusammen und schüttelte dann den Kopf. »Nö. Aber das konnte ich vorher auch nicht wirklich. Am besten, du schaust es dir selbst an.« Sie gab ihm die Sonnenbrille zurück.

Eine Weile starrte er auf die Stelle, doch da war nichts mehr. Was immer dort gehockt hatte, es war nun fort.

25

Marek trat einen Schritt zur Seite. Er hatte keine Lust, von Glas- oder Metallsplittern getroffen zu werden.

M.A.R.S. hatte sich in Position gebracht und versuchte nun, die Tür zur Bücherei zur öffnen. Er legte seine langen Arme auf den Sperrriegel, schloss seine Finger um das Metall und zog.

»Schön vorsichtig, ja?«, rief Arthur. »Es reicht, wenn die Tür aufgeht, du musst sie nicht gleich komplett …«

Kracks!

Der Rahmen splitterte, als bestünde er aus getrockneten Spaghetti. Die drei Meter hohe Tür brach in einem Stück aus den Scharnieren und schlug auf dem Pflaster auf.

»… zerstören.«

»Tür geöffnet.«

M.A.R.S. trat zur Seite. Unter seinen Füßen verwandelten sich die Glassplitter in Sand.

Marek warf Arthur einen spöttischen Blick zu. »Prima hinbekommen. Dein Baby ist wirklich ein Feingeist.« Er lachte. »Aber immerhin gibt es hier niemanden mehr, der uns verklagen kann.« Mit dem Knüppel in seiner Hand trat er in das mysteriöse Halbdunkel.

Das Foyer war riesig. Mehrere Stockwerke hoch und von einem Glasdach bedeckt, durch das gedämpftes Licht hereinströmte. Buchregale sah er keine, dafür aber eine Menge gläserne Vitrinen, Monitore und Kopfhörer.

Er pfiff durch die Zähne. »Seht euch das an. Fast wie ein Museum. Seid ihr sicher, dass wir im richtigen Gebäude sind?«

»Definitiv«, entgegnete Olivia. »Draußen hing ein zugewuchertes Schild. Das ist die Bücherei.« Sie drehte sich einmal im Kreis. »Ein bisschen anders als erwartet, aber inzwischen wissen wir ja schon, dass das nichts heißen muss. Hauptsache, wir werden hier endlich fündig ...«

Paul machte ein quietschendes Geräusch mit der Schuhsohle. »Guckt euch das mal an, Leute. Sieht aus, als wäre hier vor Kurzem gewischt worden. Ich rieche sogar Bohnerwachs. Was um alles in der Welt hat das zu ...« Er hielt inne, als plötzlich etwas aus der Ecke hervorhuschte. Es war klein, flink und kam mit hohem Tempo auf sie zu.

Marek wich instinktiv zurück. Eine gruselige Sekunde lang glaubte er, es handele sich um riesige Spinnen, aber dann sah er, dass es eine mechanische Kreatur war. So ähnlich wie der scheibenförmige Staubsauger, der bei ihnen zu Hause herumfuhr und die Katze verrückt machte.

Und dieses Gerät war nicht allein. Vier kleinere Exemplare folgten ihm. Mit einer Vielzahl von Fühlern und Borsten besetzt, fingen sie sofort an, die Scherben rund um die Füße der Eindringlinge aufzusammeln. Dabei kommunizierten sie mit Piep- und Quietschlauten, die irgendwie witzig klangen.

Eine der Drohnen hielt vor M.A.R.S. an und richtete ihr rotes Elektronenauge auf ihn. Die Laute, die aus dem Lautsprecher drangen, klangen vorwurfsvoll.

M.A.R.S. antwortete in derselben merkwürdigen Maschinensprache und es war, als würde man einer Unterhaltung unter Freunden zuhören.

Marek schüttelte den Kopf. »Du meine Güte«, sagte er. »Roboter, die mit Robotern reden. Ich will gar nicht wissen, worüber die sich gerade unterhalten. Aber immerhin haben wir Strom, das ist doch auch schon etwas.«

In diesem Moment erklang von etwas weiter hinten eine wohlklingende Stimme. Alle fuhren herum.

»Hallo und herzlich willkommen. Es freut mich, Sie bei uns willkommen zu heißen. Es ist lange her, dass ich hier Besucher empfangen durfte. Wie kann ich Ihnen behilflich sein?«

Wie aus dem Nichts war hinter dem Informationsschalter eine Gestalt aufgetaucht.

Marek kniff die Augen zusammen. Wer oder was war denn das?

Der Neuankömmling sah aus wie ein Mensch, war aber komplett durchsichtig. Sein Erscheinungsbild wirkte gepflegt – Anzug, Krawatte –, sein Auftreten war höflich und sein Englisch gut verständlich. Sein blondes Haar war ordentlich zur Seite gescheitelt und schimmerte bläulich mit leichten elektrischen Entladungen. Auf seiner Nase thronte eine Brille und in seinem Jackett steckte ein Einstecktuch. Ein Hologramm, wenn auch viel plastischer und lebensechter als das in Arthurs Holotalkie.

»W… wer bist du«, fragte Marek.

»Mein Name ist Roderick«, sagte die Erscheinung. *»Ich bin der Bibliothekar. Wenn Sie eine Frage haben oder sich einfach nur ein bisschen unterhalten möchten, stehe ich Ihnen gerne zur Ver-*

fügung. Nach was suchen Sie denn?« Die Hände gefaltet, sah er sie erwartungsvoll an.

»Nun ja, zuerst mal: Wir sind fremd hier.«

»Ausländische Gäste?«

»Ja.«

»Welches Land, wenn ich fragen darf?«

»Deutschland.«

»Einen Moment, bitte.« Rodericks Abbild verschwamm, dann wurde es wieder klar. Er sah jetzt anders aus. Wie ein Professor.

Arthur lachte laut auf. »Albert Einstein!«

»Zu Ihren Diensten, mein Herr. Benötigen Sie Informationen zum Thema Reisen?« Im selben Augenblick trug Einstein eine Safariausrüstung mit Tropenhelm.

Niemand sagte etwas. Marek schien nicht der Einzige zu sein, der von den Ereignissen völlig überrollt wurde.

»Vielleicht lieber Geschichte?« Mit einem Mal stand Julius Cäsar vor ihnen. *»Oder vielleicht doch lieber Kunst und Musik?«* In schneller Folge erschienen Pablo Picasso und Wolfgang Amadeus Mozart. Der Komponist schnippte mit dem Finger und wurde wieder zu Roderick.

»Also, was darf es sein?« Die Augen hinter der Designerbrille blickten erwartungsvoll.

26

Lucie und Connie hatten beschlossen, das Untergeschoss des Bahnhofs zu erkunden, und waren dabei auf einen großen Supermarkt gestoßen. Die meisten Dinge, die es dort zu kaufen gab, waren so verrottet, dass sie sie nicht mal mit Fingerspitzen anzufassen wagten, aber das eine oder andere war tatsächlich noch in Ordnung. Wie zum Beispiel die Kartoffelchips. Es waren genug Tüten da, um sie für die nächsten Tage über Wasser zu halten.

»Irgendwie unheimlich hier unten, findest du nicht?«, sagte Lucie. Durch die großen Fenster der Bahnhofshalle drang wenigstens Licht, aber im Untergeschoss war es stockdunkel. Darüber hinaus wirkte der Boden unter ihren Füßen äußerst instabil. Er war an manchen Stellen aufgewölbt und fühlte sich irgendwie wabbelig an. Wenn es nach ihr gegangen wäre, hätten sie ihren Rundgang schon längst wieder beendet.

»Mach dir einfach ein paar schöne Gedanken«, lachte Connie. »Dann vergisst du irgendwann, wo du eigentlich bist.«

Wenn das so einfach wäre, dachte Lucie. Sie stopfte sich noch eine Handvoll Chips in den Mund und beeilte sich, Connie zu folgen. Im Schein der Taschenlampe tanzten Hunderte von Staubpartikeln.

»Apropos schöne Gedanken. Läuft da eigentlich etwas zwischen dir und Jem?«, fragte Connie völlig unvermittelt.

Lucie bekam sofort heiße Ohren. »Wie ... laufen?«

»Na ja, seid ihr verliebt oder so?«

Sie sagte das betont beiläufig. Lucie ahnte, dass Connie dieses Gespräch nur führte, um sie abzulenken. Um ihr die Angst zu nehmen. Trotzdem wusste sie nicht, was sie antworten sollte. War sie in Jem verliebt? Sie war sehr gern in seiner Nähe, das schon. Aber er schien auch kein ganz einfacher Typ zu sein.

Connie schien ihre Verlegenheit zu spüren. »Ach, das geht mich ja eigentlich auch gar nichts an. Mir ist nur aufgefallen, dass ihr viel Zeit miteinander verbringt und dass er dich auf so eine bestimmte Art ansieht ...«

»Findest du?« Sie spürte, wie sich ihr Herzschlag ein wenig beschleunigte.

»Also, wenn du mich fragst, ist der Junge bis über beide Ohren in dich verknallt.« Sie zögerte kurz. »Und wenn ich mir dich so anschaue, dann würde ich sagen ...«

Ihre Stimme wurde abgeschnitten.

Ein hässliches Knirschen ertönte. Risse liefen über den Boden, Holzplatten wölbten sich auf und brachen. Staub wirbelte auf. Wo eben noch halbwegs solider Boden gewesen war, klaffte auf einmal eine Öffnung, die wie das gezackte Maul eines Haifischs aussah.

Connie hatte es gerade noch geschafft, zur Seite zu springen, doch der Boden unter ihren Füßen knackte erneut. »Was zum Teufel ...?«, rief sie, als die nächsten Holzplatten auseinanderbrachen. Connie sackte schlagartig nach unten und konnte sich gerade noch so mit den Händen am Rand des Loches festklammern.

»Hilfe«, schrie sie. »Ich stürze ab!«

Ihre Hände tasteten panisch umher, doch das Material war so brüchig, dass es unter ihren Händen einfach zerbröselte.

Lucie stand da wie gelähmt. Was sollte sie tun? Sie machte einen Schritt nach vorne, wurde aber sofort von einem furchterregenden Knirschen am Weitergehen gehindert.

Dann ertönte ein schriller Schrei.

Connie war verschwunden.

Lucie vernahm einen dumpfen Schlag und das Herabprasseln von Steinen und Holz. Es war das furchtbarste Geräusch, was sie jemals gehört hatte.

Dann wurde es still. Staub tanzte wie Schneeflocken um Lucies Lampe, hüllte alles ein und sank langsam nieder.

Lucies Herz schlug bis zum Hals. Sie bekam keine Luft. Es schnürte ihr die Kehle zu. War das der Staub oder die Panik? Sie versuchte, sich zu beruhigen, doch das war leichter gesagt als getan.

Warum hatte sie Connie nicht geholfen? Tränen stiegen ihr in die Augen.

Das dunkle Loch gähnte sie an, verspottete sie mit hämischem Grinsen.

27

Jem hätte vor Freude am liebsten einen Luftsprung gemacht. Sie hatten endlich jemanden gefunden, der ihnen weiterhelfen konnte. Es war ein verrücktes Gefühl, endlich eine menschliche Gestalt zu sehen – mochte sie auch nur elektronisch erzeugt sein.

Der durchsichtige Mann wartete immer noch auf eine Antwort.

Da Marek nichts einzufallen schien, trat Jem einen Schritt vor. »Du willst ein Thema? Na gut. Wie wäre es damit: Geschichte. Jüngere Geschichte. Genauer gesagt die Ereignisse vom Beginn des einundzwanzigsten Jahrhunderts bis jetzt.«

»Könnten Sie die Frage etwas spezifizieren?«

»Was ist hier passiert? Wo sind all die Menschen und warum gibt es in dieser Welt nur noch Hologramme und Roboter? Welches Jahr haben wir?«

Auf Rodericks Gesicht erschien ein Ausdruck von Verwirrung. *»Welche Frage zuerst?«*

»Das Datum, fangen wir damit an. Welches Jahr und welchen Tag haben wir?«

Das Hologramm zuckte die Schultern. *»Es tut mir leid. Diese Information ist im Moment nicht verfügbar.«*

»Nicht verfügbar?« Jem hob verwirrt die Brauen. Er erinnerte sich an das Gespräch mit M.A.R.S. Litten alle Elektronengehirne hier unter digitaler Demenz? »Warum nicht?«, fragte er.

»Nicht näher spezifiziert.«

»Nicht näher spezifiziert? Verstehe ich nicht. Was für ein Bibliothekar bist du eigentlich?«

»Mein Name ist Roderick.«

»Ja, das weiß ich auch …«

»Viel mehr kann ich Ihnen über mich nicht sagen.«

»Lass mal«, sagte Arthur und berührte ihn am Arm. »Wenn er nicht weiß, welchen Tag wir haben, könnte das damit zusammenhängen, dass die Informationen klassifiziert sind. Vielleicht existiert ein Sicherheitsschlüssel, den wir entfernen oder umgehen müssen.« Er wandte sich an die Leuchterscheinung. »Computer, bestehen für bestimmte Informationen Freigabebeschränkungen?«

Roderick nahm die Brille von der Nase und begann, sie ausgiebig zu putzen. *»Freigabebeschränkungen? Bitte näher spezifizieren.«*

»Nun ja, Altersbeschränkungen zum Beispiel.«

»Jawohl, Sir.«

»Aha. Und sonst? Vielleicht auch Beschränkungen, die den Sicherheitsstatus einer bestimmten Person betreffen?«

»Ja.« Das Putzen wurde intensiver.

Jem hatte das Gefühl, dass dem Hologramm die Fragen unangenehm waren. Was natürlich Quatsch war. Er war ein Programm, kein Mensch. Trotzdem machte er den Eindruck, als wollte es sich um eine Antwort drücken.

Arthur ließ sich nicht abwimmeln. »Unterliegt die Frage

nach dem Grund für den Verfall der Stadt sowie dem Verbleib etwaiger Überlebender ebenfalls Freigabebeschränkungen?«

»Ja.«

»Auf welchem Level?«

»Level zehn. Höchste Stufe.« Roderick setzte die Brille wieder auf. *»Gibt es denn nichts, was Sie sonst wissen möchten? Ich habe umfangreiche Datenbanken über das Paarungsverhalten und Liebesspiel der Feldmäuse.«*

Jem hob den Kopf. »Computer ...«

»Nennen Sie mich doch bitte Roderick.«

»Na schön, Roderick. Gibt es jemanden, der dir verboten hat, darüber zu reden?«

»So ist es.«

»Und wer?«, fragte Jem.

»Mein Programmierer.«

»Dein Programmierer? Wo ist er denn jetzt, dein Programmierer?«

»Möchten Sie mit ihm sprechen?«

»Sehr gerne. Vielleicht könntest du ihn kurz herholen.«

Roderick schloss die Augen und versank in Schweigen. Nach einer Weile öffnete er sie wieder und sah ihn an. *»Es tut mir leid, ich kann ihn leider nicht erreichen.«*

Jem neigte den Kopf. »War dein Programmierer ein Mensch?«

»Aber natürlich. Ein guter Mensch. Er hat mir alles beigebracht.«

Wann hast du das letzte Mal mit ihm gesprochen?«

»Das ist lange her ...«

»Ist dir schon mal der Gedanke gekommen, dass du ihn deswegen nicht erreichst, weil er tot ist? Weil alle Menschen in dieser Stadt tot sind?«

Roderick wich zurück. *»Aber Sie sind doch auch Menschen …«*

»Nun ja, das stimmt«, räumte Jem ein, »aber wir kommen von weit her. Wir gehören eigentlich gar nicht hierhin.« Was für eine irreale Situation war das bitte schön? Er befand sich in der Zukunft und erklärte einem Computer, dass er gar nicht in dessen Welt gehörte? Jem verschränkte die Arme. »Warst du in letzter Zeit mal draußen? Hast du dir mal angesehen, wie es dort aussieht? Die Stadt ist verlassen. Sie ist ein Trümmerhaufen.«

»Ich kann dieses Gebäude nicht verlassen.«

»Nun gut, aber was ist mit Außenkameras? Mit Fernsehen, Nachrichten? Du musst doch irgendwoher Informationen erhalten.«

»Leider nein.« Roderick sank in sich zusammen. Die Imitation menschlicher Emotion war so lebensecht, dass Jem Mitgefühl empfand. *Mit einem Programm!*

»Glaubst du uns denn, wenn wir sagen, dass dort draußen niemand mehr ist?«

»Ich habe keinen Grund, an Ihrer Ehrlichkeit zu zweifeln.«

»Siehst du, und das ist unser Problem. Du vertraust uns und wir vertrauen dir. Zwischen uns steht nur ein Sicherheitsschlüssel, den ein längst verstorbener Programmierer dir eingegeben hat. Wenn es uns gelänge, diesen Schlüssel zu entfernen, könnten wir viel besser Informationen austauschen.«

»Da ist was dran …« Roderick verfiel wieder in Schweigen. Dann huschte ein Leuchten über sein Gesicht. *»Ich hätte da*

eine Idee. Ich selbst kann den Schlüssel zwar nicht entfernen, aber ich kann Ihnen zeigen, wo er ist und wie man ihn umgeht. Wie ich sehe, sind Sie in Besitz einer 327-Einheit. Damit müsste es funktionieren.« Er deutete auf M.A.R.S. *»Bitte folgen Sie mir zum nächstgelegenen Terminal. Dort sind alle Möglichkeiten für eine Übertragung vorhanden.«*

Arthur und M.A.R.S. folgten dem Bibliothekar. Paul klopfte Jem auf die Schulter. »*Well done.* Ich hätte es selbst nicht besser machen können. Aus dir wird noch ein richtiger Computerspezialist.«

»Das war einfach nur Glück.«

»Nö, war es nicht. Das war analytisches Denken. Und zwar vom Feinsten. Komm, begleiten wir die beiden.«

28

Verdammt noch mal, Jaeger, wo stecken Sie denn?«

Bennett wischte sich den Schweiß von der Stirn und schaute auf die Uhr. Zehn Minuten war sein Begleiter inzwischen verschwunden. Dabei wollte er nur kurz pinkeln gehen.

Inzwischen hatte Bennett es auch alleine geschafft, das Rad von der Felge zu lösen. Das Kriechöl hatte Wunder gewirkt. Jetzt stand einem Abtransport nichts mehr im Wege.

Weil er gerade nichts Besseres zu tun hatte, zog er das Holotalkie raus und schaltete es ein. Es dauerte einen Moment, dann erschien Arthurs bebrilltes Spitzmausgesicht. Daneben waren die Umrisse der anderen Jugendlichen zu sehen.

»Hallo?«

»Ja, selber hallo«, sagte Bennett. »Ich wollte mich mal erkundigen, ob bei euch alles in Ordnung ist. Ist Connie inzwischen wach?«

»Ja, hm. Allerdings ...st sie ...rade unterwegs. Soll ... ihr was ausrichten?«

Bennett spürte, dass der Junge irgendetwas verheimlichte, hatte aber keine Zeit, sich darum zu kümmern. Außerdem war die Verbindung schlecht.

»Nein, lass mal. Wir sind ohnehin bald wieder zurück.«

»Hab... Sie ein Rad aufgetrieben?«

»Haben wir.« Er schwenkte die Kamera, sodass die anderen es sehen konnten. »Müsste eigentlich passen. Ich warte nur noch auf Jaeger, dann kommen wir zurück. Rechnet so in einer Stunde mit uns.«

»Ja, o.k. ... Sonst noch was?«

Komische Frage. »Nein«, sagte er. »Haltet die Ohren steif. Over und out.« Er drückte den Kopf.

Irgendetwas stimmte nicht, das spürte er. Die Jugendlichen waren im Inneren eines Gebäudes gewesen, aber es hatte nicht ausgesehen wie ein Bahnhof.

Er stand auf. Jaeger hatte jetzt wirklich genug Zeit gehabt.

Er ging nach draußen, wo inzwischen riesige Gewitterwolken aufgezogen waren. Nicht mehr lange und es würde wie aus Eimern regnen.

»Jaeger, wo sind Sie? Ich will los.«

Keine Antwort. Jaeger war nach dort drüben verschwunden, wo die Bäume besonders dicht beisammenstanden.

»Verdammt noch mal, Jaeger, das ist nicht witzig. Kommen Sie endlich raus und lassen Sie uns gehen. Ansonsten mache ich mich alleine auf den Weg.«

Er musste sich räuspern. Er spürte, dass seine Stimmbänder die Anstrengung nicht mehr gewohnt waren.

Keine Antwort.

Mit einem Fluch auf den Lippen machte Bennett sich auf die Suche. Er konnte seinen Kollegen ja schlecht zurücklassen. Was, wenn ihm etwas zugestoßen war?

Das Gestrüpp wurde zunehmend dichter. Merkwürdig gewundene Wurzeln versperrten ihm den Weg. Äste ragten aus der Luft und krallten nach Haaren und Stoff. Bärte von Flechten und Moosen hingen von den Zweigen. Eine lähmende Schwüle lag über dem Land. Die Stämme bildeten ein Spalier, durch das er nur wenig erkennen konnte. Dunkelheit quoll wie Rauch zwischen den Bäumen hervor. Auch die Geräusche hatten sich verändert. Statt des hellen Zirpens der Grillen und des lieblichen Vogelgezwitschers von heute Morgen erklangen nun dunklere Laute. Das dumpfe Quaken großer Frösche. Das dröhnende Summen dicker Bienen und Libellen. Mit einem Schmatzen blieb er im Matsch stecken. Er blickte nach unten und sah, dass sein Schuh bis zur Spitze im Morast eingesunken war. Rasch rettete er sich auf eine nahe gelegene Wurzel.

War es möglich, dass Jaeger so tief in den Wald gegangen war?

Er wollte schon umdrehen, als er zwischen Moosen und Flechten etwas schimmern sah. Er ging näher, beugte sich vor und hob es auf. *Jaegers Pistole!*

Er schnupperte am Lauf. Die Waffe war nicht abgefeuert worden. Abgesehen davon hätte er den Schuss gehört. Nun war er doch alarmiert.

»Jaeger, sind Sie hier irgendwo? Sind Sie verletzt?«

Er lauschte.

»Wenn Sie nicht sprechen können, klopfen Sie irgendwo auf Holz, ich finde Sie dann schon.«

Er spitzte die Ohren.

Nichts.

Unweit der ersten Stelle war eine zweite, die noch rätselhafter war. Ein Schuh lag dort. Fetzen von Stoff hingen in einem Baum. War das nicht das Muster von Jaegers Hemd?

Bennett spürte Panik in sich aufsteigen. Man brauchte nicht viel Fantasie, um sich vorzustellen, was hier geschehen war.

»Jaeger? Bitte, sagen Sie doch etwas ...«

Er verstummte.

Er hatte den zweiten Schuh gefunden. Daneben lag eine völlig zerfetzte Hose. Sie war voller Blut.

29

Lucie kroch, auf dem Bauch liegend, an die Öffnung heran. Sie hatte eine ganze Weile suchen müssen, doch dann war sie in der Abteilung für Handwerkszubehör auf eine einrollbare Feuerleiter gestoßen. Das Teil sollte laut Packungsangaben sechs Meter lang sein. Vielleicht reichte das ja aus. Einen Versuch war es auf jeden Fall wert.

Sie befestigte das eine Ende an einem Heizungsrohr und ließ die Leiter ins Loch hinabfallen. Die dünnen Metallglieder klirrten leise beim Entrollen.

»Connie, hörst du mich?«

Von unten kam keine Antwort. Die Öffnung gähnte ihr stockfinster entgegen. Lucie leuchtete hinab, konnte aber nichts erkennen. Sie hoffte, dass Connie einfach nur bewusstlos war.

Spröde, verfaulte Holzbalken ragten wie vertrocknete Finger in die Luft. Vielleicht hatten sie ja ihren Sturz gemildert.

Lucie prüfte den Halt der Leiter. Die Heizungsrohre machten einen stabilen Eindruck. Sie nahm all ihren Mut zusammen, schwenkte die Beine über die Öffnung und stieg Sprosse für Sprosse nach unten. Die Leiter schwankte bedenklich.

Lucie war noch nie auf einem Segelschiff gewesen, aber so musste es sich wohl anfühlen, wenn man am Mast hinunterkletterte. Ihre Gedanken wurden von einem einzigen Satz beherrscht: Hoffentlich lebt Connie noch. Je weiter sie hinabstieg, desto größer wurde ihre Angst. Was, wenn Connie nicht mehr aufwachte? Oder wenn sie so schwer verletzt war, dass sie Hilfe brauchte? Woher sollte Lucie in dieser gottverdammten verlassenen Welt Hilfe bekommen?

Ihre Finger krampften sich so fest um das Metall, dass es teilweise schon einschnitt.

Die Taschenlampe zwischen den Zähnen haltend, drehte sie den Kopf so, dass sie nach unten leuchtete. Zu ihrer Erleichterung war der Grund der Grube bereits zu sehen.

Vorsichtig legte sie die letzten Meter zurück und sprang das letzte kleine Stück nach unten.

Sie leuchtete in die Dunkelheit. Grober schwarzer Schotter umgab sie. Holzbohlen waren zu sehen, auf denen Gleise verliefen. Was war das, ein alter U-Bahn-Tunnel?

Von Connie fehlte jede Spur. Lucie wurde plötzlich übel, ihre Hände begannen zu zittern. Sie hielt sich an einem wackeligen Eisengeländer fest und atmete langsam ein und aus.

Noch nie zuvor in ihrem Leben hatte sie ein derart überwältigendes Gefühl von Einsamkeit und Verzweiflung gespürt. Warum war sie überhaupt auf diese Expedition mitgekommen? Natürlich, sie suchte nach Überlebenden, genau wie alle anderen. Aber hatte sie überhaupt die Kraft, diesen Trip durchzustehen?

Sie dachte an Jem und an das, was Connie vorhin zu ihr gesagt hatte. Ob er wirklich in sie verliebt war? Sie würde auf jeden Fall versuchen, das herauszufinden. Und deshalb durfte sie jetzt auch nicht aufgeben.

Ihre Atmung ging wieder ruhiger und flacher. Sie hob den Kopf.

»Connie, wo bist du? Kannst du mich hören?«

Sie wartete, doch es kam keine Antwort.

Noch einmal leuchtete sie jeden Winkel der steinernen Röhre aus. Keine Spur von Connie. Nun, das musste nichts Schlechtes heißen, im Gegenteil. Vielleicht war der Sturz gar nicht so schlimm gewesen. Vielleicht war Connie bereits auf dem Weg nach draußen.

Einige Hundert Meter weiter voraus war ein helles Oval zu sehen. Tageslicht strömte dort herein, wo die Schienen wieder an die Oberfläche kamen.

Lucie entschied sich, dem Licht zu folgen.

30

Jem ertappte sich dabei, wie er intensiv an Lucie dachte. Was sie wohl gerade machte? Ob sie mit Connie irgendwo im Freien saß und quatschte? Zu ärgerlich, dass sie nur zwei von den Holotalkies hatten. Sonst hätten sie wenigstens mal miteinander reden können.

Er lächelte bei der Vorstellung, Lucies Gesicht in Arthurs pinkem Apparat zu sehen.

»Leute, kommt mal alle her«, rief Arthur und riss Jem aus seinen Gedanken. »Ich glaube, ich habe etwas gefunden.«

»Was denn?«, wollte Marek wissen.

»Ich bin Rodericks Hinweis gefolgt und habe tatsächlich ein paar Datenpakete mit erhöhter Sicherheitsstufe gefunden. Höher als bei allen anderen, die wir bisher entdeckt haben. Ein Haufen Daten, ziemlich stark verschlüsselt. Ich glaube nicht, dass die für die Öffentlichkeit vorgesehen waren. Gut möglich, dass es das ist, wonach wir suchen.«

Jem trat näher und sah dabei zu, wie Arthurs Finger über die Tastatur huschten. Er hatte den drei Freunden eine ganze Weile beim Knacken des Verschlüsselungscodes zugesehen, doch als es in ihren Gesprächen nur noch um Algorithmen, Hybridverfahren und asymmetrische Kryptosysteme ging, war er ausgestiegen.

Arthur balancierte den Laptop auf seinem Schoß und durchforstete seit einer guten halben Stunde die Datenbanken der Zentralbibliothek. Es war ihm gelungen, das Notebook mit einer Buchse im Körper des Roboters zu verkabeln und so Zugang zum Zentralcomputer der Bibliothek zu erlangen. Ziemlich umständlich zwar, aber es schien zu funktionieren. Jem war beeindruckt.

»Ist der Code zu knacken?«, fragte er.

»Ich konnte die Daten auf die Festplatte von M.A.R.S. kopieren. Wenn wir Glück haben, schafft er es, den Sicherheitsschlüssel außer Kraft zu setzen und die Pakete zu öffnen. Von da aus ziehe ich sie dann auf den Laptop und alles ist gut.«

»Na, worauf warten wir dann noch?«, fragte Marek ungeduldig.

»Das kann schon ein Weilchen dauern«, gab Arthur zur Antwort und schob seine Brille zurück.

»Wie lange?«

»Stunden, vielleicht Tage.«

»Tage?« Marek wirkte sichtlich ungehalten. »Wie lange sollen wir denn noch hier rumhängen? Gibt es in dieser Bibliothek keine anderen Informationen?«

»Nichts, was uns wirklich weiterbringt«, sagte Olivia. »Die Leseterminals und Beschallungskojen sind allesamt außer Betrieb. Klassische Bücher scheint es hier nicht zu geben. Die paar, die wir gefunden haben, sind Antiquitäten, so wie Lucies Zeitschrift. Der Rest ist digital oder online und kann nur noch über spezielle Reader gelesen werden.«

Arthur klappte den Laptop zu. »Fertig«, sagte er und zog die Kabel ab.

Jem runzelte die Stirn. »Heißt das, du hast die Datenpakete alle kopiert?«

»Genau das. Sie liegen jetzt bei M.A.R.S. auf der Festplatte und können von dort ausgelesen werden. Das kann ich aber auch unterwegs machen, dafür müssen wir nicht hier rumsitzen.« Er zwinkerte in Richtung Fenster. »Die Zeit ist ohnehin fortgeschritten. Machen wir, dass wir zum Bahnhof zurückkommen.«

*

Lucie bemerkte ein Huschen aus dem Augenwinkel. Mehrere kleine Punkte leuchteten in der Dunkelheit. Als sie die Lampe darauf richtete, wuselten ein paar vierbeinige Gestalten schnell davon.

Sie presste die Lippen zusammen und hastete weiter. Mit den herabhängenden Schlingpflanzen wirkte der Stollen wie ein aufgerissenes Maul, aus dessen Tiefen die rostigen Schienenstränge wie die Enden einer gespaltenen Zunge hinausrollten.

»Connie, bist du hier irgendwo?«

Nur das Tropfen von Wasser antwortete ihr.

»Kannst du mich hören? Ich bin jetzt auf dem Weg nach draußen!«

Nichts. Lucie glaubte, ein entferntes Kichern zu hören.

»Connie?«

Wieder dieses Kichern. Wenn man genau hinhörte, konnte man einzelne Silben vernehmen, die sich mit viel Fantasie zu einem Wort zusammensetzen ließen.

Con…nie …

Kein Zweifel, da flüsterte jemand.

Der Tunnel hinter ihr war schwarz wie die Nacht. »Connie?«

Connn…nieee …

Die Echos jagten ihr Schauer über den Rücken. Als würden die Geister der Toten sich über sie lustig machen. Als würden sie ihr atemloses Gelächter in die Welt keuchen.

»Bitte sag doch etwas.«

Ettt…wasss…wass…was.

Lucie richtete den Strahl ihrer Lampe tiefer ins Innere des Tunnels. Sie kniff die Augen zusammen. Auf der linken Seite hatte sie eine Bewegung gesehen. Zögernd ging sie darauf zu. Etwas Dunkles lag dort. Größe und Form nach zu urteilen, ein menschlicher Körper. Sie wagte es kaum, noch näher heranzutreten. Jede Faser ihres Körpers war angespannt.

Als sie dort ankam, stellte sie fest, dass es nur eine verrottete Plastiktonne war. Vielleicht früher mal ein Aufbewahrungsbehälter für Öl oder Treibstoff. Sie wollte sich schon abwenden, als sie eine Chipstüte entdeckte. Eine von denen, die sie vorhin mitgenommen hatten. Wenn die hier lag, dann bedeutete das doch …

Lucie ließ den Strahl ihrer Lampe umherzucken. »Connie?«

Wieder antwortete ihr das Echo, aber sie ließ sich davon nicht verrückt machen. Connie musste hier gewesen sein, so viel stand fest. Vielleicht war sie wirklich ohnmächtig geworden und konnte nicht antworten.

Systematisch fing Lucie an, die Umgebung abzusuchen. Sie rief, sie lauschte. Sie schaute hinter jeden Stein und unter jedes

Blech, fand aber nichts. Ratlos kehrte sie zu der Tüte zurück. Bleiche Schatten stoben davon weg. *Ratten!* Und wie es schien, besonders dicke, große.

Die Tiere bewegten sich gerade so weit, dass sie nicht mehr im Lichtkegel der Lampe waren. Dann hielten sie an und beobachteten sie. Ihre kleinen Knopfaugen glommen in der Dunkelheit.

»Macht, dass ihr wegkommt«, rief Lucie und wedelte mit der Lampe. Doch es half nichts. Die Tiere wussten, dass sie ihnen nichts anhaben konnte. Sie waren die Herrscher hier unten.

Die Tüte bereitete ihr Kopfzerbrechen.

Ihr Inhalt lag weit verstreut über dem Boden. Wer hatte sie aufgerissen? Ein paar Meter entfernt lagen ein paar Konserven. Sie fand Tütensuppen und Spaghetti. Manche der Packungen waren zerfetzt, an manchen war nur herumgeknabbert worden. Ein paar Schritte weiter sah Lucie Connies Lampe auf dem Boden liegen. Sie hob sie auf, versuchte, sie anzuschalten. Ohne Erfolg. Mit zusammengepressten Lippen eilte sie vorwärts. Nur raus aus diesem verdammten Tunnel.

Noch einmal blickte sie nach hinten. Dutzende von Ratten folgten ihr. Jetzt, da sie näher am Ausgang war, konnte sie sie besser erkennen. Waren das überhaupt Ratten? Sie sahen irgendwie seltsam aus. Mehr wie eine Kreuzung aus Katze und Opossum. Die Tiere schienen überhaupt keine Angst vor ihr zu haben. Nicht mal das Tageslicht hielt sie davon ab, ihr zu folgen.

»Hört auf, mir nachzurennen«, sagte sie und kickte ein paar Steine mit dem Fuß weg. »Ich lasse euch in Ruhe und ihr mich, okay?«

Wieder ertönte das seltsame Kichern.

Die Anzahl der Tiere hatte deutlich zugenommen. Sie hockten überall, auf zerbeulten Blechtonnen, auf Kunststoffeimern und größeren Steinen. Seltsamerweise wuselten sie nicht länger herum, sondern saßen einfach nur da und schauten sie an.

Sie hatte früher mal Rennmäuse gehabt, die ebenfalls sehr intelligent und neugierig waren. Allerdings gab es einen Unterschied, ob es sich um liebenswerte Haustiere oder fiese mutierte U-Bahn-Opossumratten handelte.

Konzentrier dich! Jetzt nicht ablenken lassen, du hast es gleich geschafft.

Sie näherte sich dem Ausgang. Noch etwa zwanzig Meter. Die Blicke der Tiere verfolgten sie weiter, Lucie spürte sie förmlich in ihrem Rücken. Als sie den Ausgang endlich erreicht hatte, drehte sie sich ein letztes Mal um. Keiner der seltsamen Höhlenbewohner folgte ihr.

Einerseits fiel ihr eine zentnerschwere Last von den Schultern, weil sie der Enge und der Dunkelheit entkommen war. Auf der anderen Seite war es ein beklemmendes Gefühl, nicht zu wissen, wo Connie war. Sie konnte doch nicht einfach spurlos verschwunden sein!

Der Tunnelausgang war meterhoch mit Gräsern und Sträuchern überwuchert. Ausgebleichte Plakatwände, Müll und verrostete Autos – das Bild hätte trostloser nicht sein können.

Irgendwo vor ihr, auf dem verwilderten und verwahrlosten Gleisfeld, musste ein Weg zurück zum Bahnhof führen. Lucie hoffte, Connie spätestens dort zu finden.

Ihre Schritte knirschten über den schwarzen Schotter.

Einige Hundert Meter weiter begann das Gleisvorfeld.

Links tauchten Hochspannungsleitungen auf, die vermutlich Teil des ehemaligen Nahverkehrssystems waren.

Sie führten zurück zum Bahnhofsgebäude. Eine Gruppe von Bäumen befand sich dort, davor eine Hinweistafel, auf der mit abblätternder Farbe *Danger – High Voltage* zu lesen stand.

Mit pochendem Herzen schlug sie den Weg dorthin ein.

31

ES hat geantwortet.

Was hat ES gesss—sagt?

Wir sollen sss—sie sss—stoppen.
Ihr Handeln — Gefahr.

Nnn—neues Opfer. Sss—sind bewaffnet.

Bestätigung an ES. Lasst uns — Angriff beginnen!

32

Jem blickte argwöhnisch empor. Von Richtung Nordwesten waren mächtige Gewitterwolken aufgezogen, die rasch näher kamen. Bald würde es anfangen zu regnen. Aber das war es nicht, was ihm Sorge bereitete.

»Da drüben, seht ihr?« Er deutete hinüber zum Park.

Die Wipfel der Bäume waren voller Vögel. Er erkannte Krähen, Dohlen und Raben. Vor allem Raben. Jem waren diese Tiere nicht grundsätzlich unsympathisch. Sie waren intelligent und sahen cool aus, aber in dieser geballten Menge wirkten sie irgendwie Furcht einflößend.

»Das sieht ja aus wie in Hitchcocks *Die Vögel*«, murmelte Arthur. »Seit wann hocken die denn da?«

»Sie müssen gekommen sein, als wir die Bücherei durchsucht haben«, sagte Jem. »Und es werden immer mehr.«

Ein weiterer Schwarm Krähen kündigte sich mit lautstarkem Gekrächze an. Sie kreisten eine Weile über ihren Köpfen, dann landeten sie in den Bäumen. So langsam wurde der Platz dort eng.

»Gefällt mir nicht«, sagte Marek. »Gefällt mir ganz und gar nicht.«

»Ich mag die Art nicht, wie sie uns anschauen«, sagte Katta.

»Vielleicht versammeln sie sich nur für den Weiterflug«, gab Olivia zu bedenken. »Zugvögel machen das so.«

»Ja, wenn es anfängt, kälter zu werden«, sagte Jem. »Aber es ist total warm. Es muss einen anderen Grund geben ...«

»Vielleicht sind wir der Grund«, überlegte Zoe und sprach damit aus, was alle dachten. »Ich glaube, sie beobachten uns.«

Alle schwiegen. Marek schob seinen Unterkiefer vor: »Wir werden uns doch wegen ein paar Vögeln nicht in die Hose machen, oder? Los jetzt, jeder schnappt sich seinen Knüppel, und dann zurück. Ich habe keinen Bock, bis auf die Knochen nass zu werden.« Er ergriff Kattas Hand und schlug den Weg ein, den sie gekommen waren.

Jem spürte, wie sich Unbehagen in ihm breitmachte. Solange sie sich im Gebäude aufgehalten hatten, war alles gut gewesen, doch jetzt waren sie diesen Tieren schutzlos ausgeliefert.

Inzwischen mussten es Hunderte sein, die aus schwarzen Augen auf sie herabschauten.

»Das ist echt unheimlich«, sagte Zoe. »Seht euch nur an, wie sie ihre Köpfe drehen. Man könnte fast meinen, sie halten uns für Eindringlinge.«

»Was wir ja auch sind«, ergänzte Olivia. »Eindringlinge aus einer anderen Welt und einer anderen Zeit.«

»Diese Stadt wurde von Menschen erbaut«, erwiderte Katta und warf ihre blonden Haare zurück. »Wenn hier jemand ein Eindringling ist, dann ja wohl diese Viecher.«

Olivia zog spöttisch eine Braue in die Höhe. »Dies ist schon lange keine Menschenstadt mehr. Die Natur hat sie zurückerobert. Seit der großen Katastrophe.«

Von einer Katastrophe hörte Jem gerade das erste Mal. »Habt ihr schon etwas herausbekommen?«, fragte er deshalb.

»Nur ein paar Anhaltspunkte. Wir wissen, dass irgendwann irgendetwas ins Meer gestürzt sein muss. Es ist ziemlich groß gewesen und hat zu tief greifenden Veränderungen auf der Erde geführt.«

Das klang ziemlich nebulös in Jems Ohren. »Und was soll das gewesen sein?«, fragte er.

»Wissen wir noch nicht«, erwiderte Paul. »Aber irgendwann, vor vielleicht hundert oder zweihundert Jahren – muss es zu einer kosmischen Katastrophe gekommen sein. Wie Olivia schon sagte: Irgendwo ist irgendetwas Großes auf uns herabgestürzt. Ein Meteorit vielleicht. Die Folgen des Einschlags müssen so heftig gewesen sein, dass die Auswirkungen auf der ganzen Welt spürbar waren.«

Marek riss erschrocken die Augen auf. »Asche und Staub?«

»Unwahrscheinlich. Asche und Staub würden ja das Sonnenlicht blockieren. Demnach hätte es kälter werden müssen. Es ist aber wärmer geworden, und zwar erheblich.«

»Das erklärt aber immer noch nicht, wieso hier keine Menschen mehr leben.«

Olivia zuckte die Schultern. »Erst mal sollten wir zufrieden sein, dass wir es weder mit einem Atomkrieg noch mit einer Alien-Invasion zu tun haben. Auch wenn manche vielleicht insgeheim darauf gehofft haben.« Sie zwinkerte Arthur zu.

Jem umklammerte seinen Stock. Er spürte, dass das Reden ihm guttat. Es vertrieb die Nervosität. Auch wenn das Thema natürlich ziemlich düster war. Immerhin sprachen sie hier über das Aussterben der Menschheit.

Er hatte seinen Gedanken kaum zu Ende gedacht, da fegte

ein schwarzer Schatten von links heran. Jem sah ihn aus dem Augenwinkel auf sie zuschießen. Instinktiv duckte er sich.

»Achtung, Paul!«

Das Ding schoss über ihn hinweg, streifte Pauls Gesicht und zischte mit einem hässlichen Krächzen davon.

Paul stand da, die Augen weit aufgerissen. Quer über seine Wange verlief ein dünner roter Strich, der rasch breiter wurde. Blut quoll aus der Wunde.

Paul wischte mit dem Handrücken darüber und starrte erst ungläubig auf den roten Schmierfilm, dann hinauf in die Bäume. Jem folgte seinem Blick.

Was er sah, ließ ihn vor Schreck erstarren.

*

Ferner Donnerhall drang an Lucies Ohren.

Sie schaute nach hinten – und erschrak. Hinter den Hochhäusern ballten sich dunkle Wolken zusammen und schoben sich vor die Sonne. Schlagartig verblassten die Farben auf den Gebäudefassaden.

Noch höchstens eine Viertelstunde, dann würde es hier richtig rundgehen. Sie musste sich beeilen.

Connie war noch immer wie vom Erdboden verschluckt. Irgendwo musste sie doch sein!

Wenn Lucie zurück zum Bahnhof wollte, musste sie den kleinen Wald durchqueren, der jetzt vor ihr lag. Schatten krochen zwischen den Bäumen hervor. Lucie schaltete ihre Lampe ein.

Here be dragons, schienen ihr die Bäume zuzurufen. *Hüte dich, wenn du nicht bei lebendigem Leibe aufgefressen werden willst.*

Sie atmete tief ein und aus und marschierte los.

33

Paul stieß einen Schrei aus.

Ein weiterer Schatten fegte heran. Jem sah ihn aus seinem Augenwinkel kommen. Im Bruchteil einer Sekunde erkannte er, dass der Angriff diesmal ihm galt. Er ließ sich instinktiv zu Boden fallen, hörte ein Rauschen und Flattern, dann spürte er einen mächtigen Windstoß, nur wenige Zentimeter über seinem Kopf. Ein Krächzen erklang. Jem blickte nach oben und sah eine mächtige Eule in einem nahe gelegenen Baum zwischen Dutzenden von Krähen landen. Jetzt wusste, er, warum Paul geschrien hatte.

»Runter mit euch!«, rief er. »Sie greifen an.«

Seine Warnung kam keinen Moment zu früh. Als hätten die Vögel einen unsichtbaren Befehl erhalten, stürzten sie sich einer nach dem anderen aus den Wipfeln der Bäume hinab auf die schutzlosen Jugendlichen. Der Himmel wurde von Federn, Schwingen und Schnäbeln verdunkelt. Krächzen, Kreischen und Flattern bildeten eine Geräuschkulisse, die Jem erschaudern ließ.

Arthur, der als Letzter immer noch stand, wurde von etwas gestreift, das wie ein Falke aussah. Olivia packte ihn und riss ihn zu Boden. Marek stieß einen Fluch aus. Mit seinem Knüppel versuchte er, die Angreifer zu vertreiben. Er erwischte eine der Krähen und schleuderte sie mit einem dumpfen Schlag und gebrochenem Genick ins nahe gelegene Unterholz.

Der Verlust ihres Artgenossen schien die anderen Tiere nur noch mehr aufzubringen. Wie wahnsinnig griffen sie wieder und wieder an. Jem spürte, wie sich etwas in seinem Haar verkrallte. Er packte den Vogel und schleuderte ihn auf die Erde. Eine gottverdammte Elster. Ihr blauschwarzes Gefieder schimmerte wie angelaufener Stahl. Ausdruckslos blickte sie zu ihm hinauf und flatterte dabei mit den Flügeln. Nur ein verletztes Tier, das aus irgendeinem unerfindlichen Grund wütend auf ihn zu sein schien. Er kroch ein Stück näher an sie heran, um sie in Sicherheit zu befördern, als sie plötzlich ihren spitzen Schnabel in seiner Hand versenkte. Ein stechender Schmerz durchzuckte ihn.

»Drecksvieh!« Jem schleuderte den Vogel von sich weg.

Neben ihm war die Situation völlig außer Kontrolle geraten. Paul lag schreiend auf dem Bauch, die Hände über dem Kopf zusammengeschlagen. Auf seinem Rücken hockten mindestens drei Krähen und hackten mit ihren schwarzen Schnäbeln auf ihn ein. *Scheiße, Scheiße, Scheiße,* dachte Jem. *Was ist das hier?* In dieser Situation konnte ihnen nur noch einer helfen. Einer, dem die wahnsinnig gewordenen Vögel nichts anhaben konnten.

»Hilf uns, M.A.R.S.! Verscheuch sie, *tu irgendetwas!*«

Der Roboter, der bislang dumpf und tatenlos in der Gegend herumgestanden hatte, setzte sich in Bewegung. Mit ungelenken Schritten tappte er um sie herum und versuchte, die Vögel mit seinen langen Armen zu verscheuchen. Doch seine Bemühungen waren nur von mäßigem Erfolg gekrönt.

Zoe ging hinter dem Blechmann in Deckung und erlegte ein paar der größeren Vögel mit ihren Pfeilen. Doch es nützte nicht viel. Die Vögel hörten nicht auf, sie anzugreifen. Und mit jeder Minute wurden es mehr.

Und plötzlich geschah etwas Seltsames.

Arthur, an dessen linkem Ohr Blut hinablief, riss seinen Laptop aus der Umhängetasche, rammte M.A.R.S. das Kabel in die Universalbuchse und hämmerte hektisch einige Befehlszeilen in die Tastatur.

Der Roboter blieb stocksteif stehen. Sein gelbes Auge glotzte verständnislos in alle Richtungen.

»Was soll denn das?«, brüllte Marek, der inzwischen selbst aus etlichen Schnittwunden blutete. »Jetzt rührt er sich überhaupt nicht mehr.«

»An deiner Stelle würde ich ein bisschen auf Abstand gehen«, rief Arthur.

M.A.R.S. breitete die Arme aus, löste klickend einige Scharniere. Wo sich eben noch seine Unterarme befunden hatten, waren auf einmal zwei T-förmige Metallstücke, die am Gelenk zu rotieren begannen. Wie propellerartige Fortsätze drehten sie sich schneller und schneller. Ein surrendes Geräusch erklang. Die Luft wurde verwirbelt und streifte Jems verschwitztes Gesicht.

Vögel, die nicht rechtzeitig genug auswichen und in M.A.R.S.' Propellerarme flogen, wurden als leblose Bälle zur Seite geschleudert. Federn stoben auf, vermischten sich mit Blut und Knochensplittern.

Jem starrte entsetzt auf das Gemetzel.

Wie hatte Arthur das gemacht? Die Angriffslust der Vögel schien langsam abzuebben, überall klatschten deformierte Federbälle ins Unterholz. Einen Moment lang glaubte Jem, sie hätten die Schlacht gewonnen. Doch dann änderten die Vögel ihre Strategie. Anstatt ihre Kräfte gleichmäßig auf alle zu verteilen, griffen sie nun gezielt nur einen an. Und dieser eine war ausgerechnet M.A.R.S.

Flach von der Seite heranfliegend, schossen sie auf ihn zu und warfen sich mit voller Wucht gegen seine stählerne Hülle. Vor allem die großen Vögel, Raben, Krähen und Kraniche, brachten den mechanischen Mann ins Wanken, bis er schließlich krachend auf dem Boden aufschlug. Mit einem furchtbaren Lärm wühlten sich die rotierenden Arme in die Erde. Dreck, Staub und Steine flogen Jem um die Ohren. Der Boden vibrierte einen kurzen Moment lang, dann kehrte Ruhe ein.

Jem wagte es kaum aufzublicken. Als er es doch tat, wurde ihm klar, dass die Gefahr noch längst nicht gebannt war. Der Baum über ihren Köpfen hing voller bösartig aussehender Schnabelträger. Sogar ein Weißkopfseeadler war unter ihnen. Wie es schien, nutzten die Vögel die kurze Ruhepause, um sich für den nächsten Angriff zu formieren.

Jem kniff die Augen zusammen. Es gab eine Stelle etwas weiter oben im Wipfel, die erstaunlich frei war. Während die Biester überall dicht an dicht hockten, wurde diese Zone offenbar gemieden. Nur ein einziger Vogel saß dort. Ein uralter Kolkrabe, dessen Gefieder bereits struppig zu werden begann.

Irgendetwas an diesem Vogel war seltsam. Sein Kopf zuckte hin und her, während er kehlige, krächzende Laute ausstieß. Es sah fast so aus, als würde er Befehle erteilen. Wie ein General oder so. Auf einmal hatte Jem eine Idee.

»Zoe?«

»Ja?«

»Hast du noch Pfeile übrig?«

»Nur noch drei, warum?«

»Sieh mal nach oben. Erkennst du den freien Raum zwischen den Ästen?«

»Da, wo diese fette Krähe hockt?«

»Ich glaube, das ist der Anführer. Ich habe zwar noch nie davon gehört, dass es bei Vögeln so etwas gibt, aber bei dem da bin ich mir sicher. Sieh doch mal, wie er den Kopf dreht.«

Zoe kniff ebenfalls die Augen zusammen.

»Ich glaube, du hast recht«, sagte sie.

»Kannst du ihn runterholen?«

»Werden wir gleich sehen ...«

Zoe nahm Maß, spannte den Bogen und ließ den Pfeil von der Sehne schnellen. Er zischte etwa zehn Meter weit, dann bohrte er sich mit einem harten Knall in einen Ast.

Mist, dachte Jem.

»Durch die vielen Vögel bewegen sich die Zweige dauernd hin und her«, sagte Zoe. »Na warte, diesmal erwische ich dich.«

Jem schaute besorgt auf die letzten beiden Pfeile im Köcher. Zoe zog den vorletzten raus und legte ihn auf die Sehne.

Der Rabe drehte den Kopf.

Er schien zu wissen, was sie vorhatten. Doch anstatt davonzufliegen, richtete er ein funkelndes schwarzes Auge auf sie und stieß ein dunkles Krächzen aus. Zoe nahm ihn ins Visier und zog die Sehne bis an ihr Kinn. »Sprich dein letztes Gebet, Drecksvieh.«

»Halt, warte, Zoe. Schieß noch n...«

Wieder surrte die Sehne. Pfeilgerade machte sich das Geschoss auf den Weg. Die Flugrichtung war optimal, doch Jem hatte eine Bewegung aus dem Augenwinkel erspäht. Ein Schatten verdunkelte den Himmel. Von der einen auf die andere Sekunde verschwand der Rabe und der Umriss eines gewaltigen Vogels schob sich vor ihr Sichtfeld. Ein Seeadler!

Seine Schwingen weit ausgebreitet, beschützte er den Anführer mit seinem Leben. Mit einem hässlichen Schmatzen bohrte sich der Pfeil in seinen Leib. Ein schrecklicher Schrei erklang. Es war wie das Quietschen von Autoreifen.

Der Greifvogel stürzte ab und riss dabei Zweige und Blätter mit sich. Dann krachte er zu Boden.

»Er ... er hat sich geopfert«, stammelte Jem. »Er hat den richtigen Moment abgepasst und den Pfeil abgefangen. Das gibt's doch nicht.« Fassungslos starrte er auf den toten Vogel. »Habt ihr so etwas schon einmal gesehen?«

»Niemand hat das«, sagte Olivia. »Das ist ein völlig artuntypisches Verhalten. Auch, dass die anderen alle still sitzen und uns beobachten. Irgendetwas Unheimliches geht hier vor.«

Zoe blickte misstrauisch auf den Köcher.

»Einen letzten Pfeil habe ich noch.« Sie knabberte auf ihrer Unterlippe. »Ob ich es riskieren soll ...?«

»Besser nicht«, sagte Marek. »Wer weiß, wofür wir den noch brauchen. Ich finde, wir sollten lieber ...«

Zoe spannte den Bogen und schoss. Mit einem harten *Zong!* zog der Pfeil seine Bahn. Mareks Unterkiefer klappte runter.

Jem hielt den Atem an.

Zu weit rechts, zu weit rechts, dachte er. *Das kann nicht gut gehen ...*

Eine Windböe fegte durch die Wipfel und ließ wie von Zauberhand ein Loch zwischen den Zweigen entstehen. Gerade lang genug, um den Pfeil ungehindert passieren zu lassen. Zischend traf das Projektil die Brust des Raben.

Der alte Vogel stieß einen keuchenden Laut aus. Einen Moment hielt er sich noch an den Ast geklammert, dann fiel er. Fiel, fiel und fiel – bis er genau vor ihren Füßen landete.

Ein Meisterschuss!

Über ihren Köpfen kehrte Ruhe ein. Das wütende Keifen, das hektische Flattern und schrille Schreien hatten einfach aufgehört. Einen atemlosen Moment lang war alles still. Dann stoben die Vögel auf. Als hätten sie ein unsichtbares Signal vernommen, flatterten sie davon, stiegen als schwarze Wolke in die Höhe und verteilten sich in sämtliche Himmelsrichtungen.

34

Direkt am Eingang zum Wäldchen entdeckte Lucie einen pinkfarbenen Fleck im Blattgrün. Er war gut hinter einem Busch versteckt, sodass sie ihn erst beim zweiten Hinsehen richtig zuordnen konnte. Es war eine Tasche. Und zwar nicht irgendeine, sondern Connies Umhängetasche.

Das Leder sah ziemlich ramponiert aus. Ob vom Sturz oder von etwas anderem, war schwer zu sagen. Waren die langen Kratzer darauf vielleicht Spuren von scharfen Krallen?

Lucie schlug das Herz bis zum Hals. Das Blut pochte in ihren Ohren. Ein schwefelgelber Schleier aus Angst und Verzweiflung senkte sich auf sie herab.

Mit klopfendem Herzen machte sie sich auf den Weg durch das dichte Unterholz. Lianen hingen von den Zweigen, krallten sich in ihr Haar und zerrten an ihrer Kleidung. Wurzeln krochen aus der Erde und schnappten nach ihren Fußgelenken. Mehr als einmal stolperte sie, weil sie eine Wurzel nicht gesehen hatte. Die gesamte Vegetation schien sich gegen sie verschworen zu haben. Fast hätte man auf den Gedanken kommen können, dass etwas ihr absichtlich ein Bein gestellt hätte.

Panisch schlug sie Blätter und Zweige zur Seite und stürmte durchs Unterholz. »Connie, verdammt noch mal. Jetzt gib mir doch irgendein Zeichen. Wenn ich dir irgendwie helfen kann, sag … «

Wie angewurzelt blieb sie stehen.

Connie!

Da war sie. Genau vor ihr. Hing in etwa drei Meter Höhe rücklings von einem Ast und winkte ihr zu. Sie musste ein ziemliches Hohlkreuz machen, um in so einer Position überhaupt über einem Ast zu liegen. War das nicht verflucht unangenehm?

Lucie wagte nicht, näher zu gehen. Was zum Geier tat sie da oben? Und warum winkte sie ihr zu?

Ihr Blick wanderte weiter hoch.

Die Aura änderte sich von Schwefelgelb zu Dunkelrot. *Blutrot,* um genau zu sein. Lucie fühlte, wie ihre Welt aus den Fugen geriet. Nichts würde wieder so sein, wie es vorher war.

Connie winkte, aber sie tat es nicht aus eigenem Antrieb. *Sie wurde bewegt!* Etwas hockte auf ihrer Brust. Trank, fraß – und war von Lucies Eintreffen sichtlich genervt. Grasgrüne Augen, blutrote Schnauze, Fangzähne so lang wie Taschenmesser.

Der Berglöwe zog die Lefzen nach hinten und stieß ein grauenvolles Knurren aus. Offenbar hatte er Connie mit viel Mühe dorthinauf geschleppt und würde sie nicht kampflos hergeben.

Lucie spürte ihre Füße nicht mehr. Es war, als stünde sie auf Treibsand, der sie mehr und mehr in die Tiefe zog.

Ein Blitz zuckte auf. Donner rollte über die Stadt. Die ersten Tropfen fielen.

Der Berglöwe schlug Connie die Krallen in die Brust und zog

ihren Leichnam ein Stück weiter hinauf. Dorthin, wo das Blattwerk dichter und trockener war.

Dann widmete er sich weiter seinem Mahl.

Der Regen fiel jetzt kräftig und ausdauernd.

Noch immer war Lucie nicht fähig, sich zu rühren. Ihre Gedanken waren wie eingefroren. Der Grund war nicht so sehr das grausige Schauspiel des Jägers und seiner Beute. Es war auch nicht die Erkenntnis, dass Connie tot war und ihr Arm noch immer seltsam winkende Bewegungen ausführte. Was sie so aus der Fassung brachte, war das, *was sich hinter den beiden befand.* Dort, wo die Dunkelheit regierte.

Sie hatte erst vor Kurzem einen Artikel darüber gelesen, dass der Mensch von Grüntönen mehr Schattierungen wahrzunehmen vermochte als von jeder anderen Farbe. Offenbar hatte es damit zu tun, dass der Ursprung des Menschen im Wald lag. Das schlanke Affenwesen von damals war darauf angewiesen, Angreifer rechtzeitig zu erkennen und ihnen zu entgehen. Deshalb hatte es eine besondere Empfindlichkeit gegenüber Grüntönen entwickelt. Eine Eigenschaft, die bis heute erhalten geblieben war. Und es war ebendieser Sinn, der ihr sagte, dass etwas nicht stimmte.

Im Schatten des Baumes war eine Bewegung zu sehen. Äste und Zweige krümmten sich, als würde man sie durch ein gewölbtes Glas betrachten. Irgendetwas hockte dort und imitierte perfekt den Hintergrund. Es war riesig und hatte bestimmt einen Durchmesser von drei Metern. Die Ränder dieses Dings waren unregelmäßig geformt und es war schwierig abzuschätzen, wo es anfing und wo es endete.

Seine Bewegungen waren fließend. Es *schwamm* regelrecht durch den Baum.

Der Berglöwe bemerkte den Fremdling hinter sich, stieß ein sanftes Knurren aus und widmete sich dann wieder seiner Beute. Er schien überhaupt keine Angst zu verspüren. Seine Aura leuchtete jetzt in einem warmen, sanften Auberginenton. Von ihm ging keine Bedrohung aus.

Es war das Ding dahinter, das Lucie zu schaffen machte. Im Gegensatz zu allen anderen Lebewesen – Menschen eingeschlossen – besaß es keine klare Aura. Es war weder kalt noch warm, weder laut noch leise, weder traurig noch fröhlich noch hasserfüllt oder liebevoll. Es war alles und nichts.

Ein Kaleidoskop aus Farben.

Ein Regenbogen aus Tönen.

Ein Wasserfall aus Gefühlen.

Es war einfach zu viel für Lucie. Der erstickte Schrei, der bereits seit geraumer Zeit in ihrer Kehle festgesteckt hatte, brach endlich hervor und übertönte das Rauschen des Regens. Die Luft schmeckte nach Blut. Lucie spürte, dass sie sterben würde, wenn sie nicht augenblicklich diesen Ort verließ. Es war eine Botschaft, die sie aus dem Labyrinth der Farben herauslesen konnte. Eine Stimme in ihrem Kopf.

Gehe deinen Weg.
Sss…singe dein Lied, tanze deinen Tanz.
Renne dorthin zzz…zurück, woher du gekommen bist, und kehre nie wieder zzz…zurück.

Waren die Worte echt oder waren sie nur Einbildung?

Mit zugeschnürter Kehle und panisch rasendem Herzen rannte sie durch das Unterholz hinaus ins Licht.

35

Bennett keuchte schwer. Er fühlte ein Pochen in seinem Schädel, schmeckte Rost auf seinen Lippen. Immer wieder blickte er sich um, während er das Rad durch die verwilderten Straßen rollte.

Er wurde verfolgt, so viel stand fest. Aber von wem? Er meinte, etwas Vierbeiniges gesehen zu haben. Wölfe, Hunde? Oder waren es Schakale oder Kojoten?

Einige Meter voraus endete die Straße. Ein paar verbogene Laternen, ein umgestürztes und überwuchertes Denkmal – dort musste er abbiegen.

Mit zitternden Fingern prüfte er Jaegers Waffe. Das Magazin war noch voll. Sollten sich diese Biester mit ihm anlegen wollen, würde er keine Sekunde zögern.

Erste Tropfen fielen. Der Himmel im Westen war eine einzige stahlgraue Wand. Bis zum Bahnhof war es nicht mal mehr ein Kilometer. Er überlegte, ob er das Rad stehen lassen und einfach rennen sollte. Aber dann musste er irgendwann zurück und es holen. Nein, entschied er, viel zu aufwendig. Er würde jetzt die Zähne zusammenbeißen und die Sache durchziehen, koste es, was es wolle.

Inzwischen war der Regen stärker geworden. Der Geruch von feuchter Erde und verrotteten Pflanzen stieg empor.

Langsam rollte er das Rad vor sich her. Seine Nerven waren

gespannt wie Klaviersaiten. Ob es nun der Blitz war, dessen zuckender Lichtschein die Wolken unheimlich aufleuchten ließ, oder das Brechen des Donners; jede Sinneswahrnehmung hinterließ bei ihm einen überscharfen Eindruck. Der letzte Rest an Tageslicht ließ die Farben wie in einem Wasserfarbenkasten verschwimmen.

Das Gebüsch vor ihm sah nicht so aus, wie es sollte.

Und tatsächlich! Etwas schob sich daraus hervor. Groß und grau. Seine Augen leuchtend im Regen wie gelbe Stecknadelköpfe.

Bennett blieb stehen und griff nach der Pistole. Seine Beine fühlten sich an wie aus Gummi.

Das Tier reichte ihm etwa bis zur Hüfte und blockierte seinen Weg. So, als wüsste es genau, wohin Bennett wollte. Ein mächtiges Tier mit zottigem, dichtem Fell, über dessen Rücken sich ein markanter schwarzer Streifen zog.

War das wirklich ein Wolf? Hätte genauso gut eine Raubkatze sein können.

Das Biest hatte die Lefzen zurückgezogen und bleckte die Fänge. Als Bennett die Waffe entsicherte, zuckte sein Kopf hoch. Es hatte die Ohren aufgestellt und schien zu lauschen. Bennett spähte ins Unterholz, konnte jedoch nichts erkennen. Er war aber sicher, dass hier irgendwo noch andere Biester steckten.

Das Tier stand einfach nur da und starrte ihn an. Unheimlich.

»Na, was ist jetzt?«, schrie Bennett. »Willst du mich angreifen oder einfach nur blöd hier rumstehen? Wenn du mich nicht durchlässt, werde ich gleich dafür sorgen, dass du es tust.«

Das Tier ließ sich davon überhaupt nicht beeindrucken.

»Na schön, du hast es nicht anders gewollt.« Er hob die Pistole und visierte sein Ziel. Das Biest rührte sich nicht.

Er wollte gerade den Abzug durchdrücken, als ein staubiges Husten erklang. Links war ein zweites Biest aufgetaucht und rechts noch eines. Ein paar Meter weiter dahinter waren noch mehr. Eines nach dem anderen traten die Ungeheuer aus dem Regenvorhang.

Der Lauf der Waffe zitterte. Die Angst schnürte Bennett die Kehle zu. Er musste handeln. Jetzt!

Er zielte zwischen die Augen des Leittiers und versuchte, den Atem anzuhalten. Doch das Zittern blieb.

In diesem Moment hörte er über sich ein Geräusch. Es klang, als würde ein Schwall Wasser über eine Felskante rauschen. Dazu lag auf einmal ein penetranter Fischgeruch in der Luft.

Bennett zwinkerte in den Regen.

Der Himmel sah seltsam aus. Grünlich, gelblich und irgendwie gewölbt. Während er starr vor Schreck nach oben starrte, senkte sich aus der Wölbung ein langer, geschwungener Arm auf ihn herab und legte sich auf seine Schulter.

Grundgütiger, was war das?

Bennett schrie. Er riss die Pistole nach oben und feuerte.

Ein markerschütternder Schrei ertönte. Irgendetwas Grünes, Glibberiges platschte auf ihn herab. Ein zweiter Arm erschien. Dann ein dritter. Sie schlugen ihm die Waffe aus der Hand, umschlangen ihn und rissen ihn mit unbarmherziger Gewalt in die Höhe.

Er verlor den Boden unter den Füßen und ließ vor lauter Schreck die Pistole fallen.

Das Letzte, was er sah, ehe er sein Leben aushauchte, war das Wolfsrudel, das mit interessiertem Blick zu ihm emporschaute, während er, einem Fahrstuhl gleich nach oben sauste.

36

Jem blieb wie angewurzelt stehen. »Habt ihr das gehört? Den Knall meine ich.«

»Klar«, entgegnete Paul. »Aber was war das?«

»Das waren Schüsse. Sie kamen direkt von dort drüben.« Jem deutete nach links in Richtung der Kreuzung.

»Ist das nicht die Richtung, in die Bennett und Jaeger gegangen sind?«, fragte Olivia.

»Vielleicht sollten wir mal nachsehen«, schlug Zoe vor.

»Kommt nicht infrage«, stieß Katta aus. Seit dem Angriff der Vögel war sie nur noch ein Nervenbündel. »Ich gehe keinen Meter weiter als nötig. Ich will nur noch zurück in den Bus und zu den anderen.«

»Aber vielleicht stecken sie in Schwierigkeiten«, gab Zoe zu bedenken. »Und wenn die beiden in Schwierigkeiten stecken, tun wir es auch. Denn ohne Reserverad kommen wir hier nicht weg.«

»Trotzdem«, sagte Katta. »Im Gegensatz zu uns haben sie eine Waffe. Die werden schon alleine zurechtkommen.«

Jem überlegte. »Teilen wir uns doch auf«, schlug er vor. »Wer mitwill, soll mir folgen, der Rest geht zurück zum Bahnhof.«

»Ich gehe mit Jem«, sagte Marek und stellte sich neben ihn.

»Nein, das wirst du nicht tun«, zischte Katta. »Du bleibst gefälligst bei mir! Wegen dir stecke ich überhaupt in dieser

Scheiße. Ich hätte euch echt alleine in die USA fliegen lassen sollen.« Sie funkelte Zoe und Marek finster an, so, als wäre es ihre Schuld, dass sie jetzt in der Klemme steckten.

Einen Moment lang starrte Marek sie wütend an, dann knickte er ein. »Na gut. Dann also ohne mich«, sagte er. »Passe ich halt auf die Ladys auf.«

Jem hätte am liebsten laut aufgelacht. Dieses Gehabe war einfach der Wahnsinn!

»Auf mich brauchst du nicht aufzupassen«, entschied Zoe. »Ich werde Jem begleiten.«

»Aber ...« Katta riss die Augen auf. »Aber du musst bei mir bleiben. Du bist meine Freundin.«

»Deine Freundin ja, aber nicht deine Mutter.«

»Ich gehe auch mit Jem«, sagte Olivia. *»Auf die Ladys aufpassen,* pffft ...«

»Dann ... dann werde ich wohl auch besser mitkommen«, meinte Arthur kleinlaut und schielte dabei in Olivias Richtung. »Wenn's brenzlig wird, ist es vielleicht besser, wenn wir M.A.R.S. bei uns haben. Was ist mit dir, Kollege?«

Paul blickte auf seine Fußspitzen. »Ich weiß nicht ...« Er sah aus, als wolle er am liebsten im Boden versinken. »Der Angriff vorhin war echt heftig«, sagte er. »Wenn es euch nichts ausmacht, würde ich gerne zum Bahnhof zurückgehen ...«

»Kein Problem.« Jem nickte ihm zu. »Geh du mit Marek und Katta. Wir treffen uns dann beim Bus. Kommt jetzt, wir müssen uns beeilen.«

Er ging voran.

Der Regen klatschte wie aus Eimern auf sie herab. Die Umrisse der Hochhäuser verschwammen zu blinden Kanten. Die Wolkendecke war so dicht, dass die oberen Stockwerke wie abgeschnitten aussahen. Der Boden war zu knöcheltiefem Matsch aufgeweicht.

Jem presste die Lippen aufeinander. Weltuntergang. Er spürte, dass sich eine unsichtbare Macht wie eine eiserne Faust um sie zusammenballte. Dass sie die Stadt so schnell wie möglich wieder verlassen sollten.

Dicht neben einer steil aufragenden Hochhausfassade entdeckten sie Jaegers Pistole. Sie lag halb vergraben im Matsch. Daneben lagen Bennetts zerfetzte Uniformjacke und das Holotalkie. Jem klaubte das Gerät aus dem Matsch und drückte den Knopf. Er schüttelte den Kopf. »Tot.«

Jem deutete nach rechts. »Seht mal dort drüben an der Hausfassade. Sieht aus wie ein Reifen.«

Gemeinsam gingen sie rüber. Es war tatsächlich ein Reserverad. Größe und Form passten zu ihrem Bus.

»Wo stecken denn die beiden?«, fragte Zoe. »Kann doch nicht sein, dass die in der kurzen Zeit verschwunden sind.«

»Wenn wir das wüssten …« Jem hob die Hände, formte sie zu einem Trichter und rief: »Bennett, Jaeger, sind Sie hier irgendwo? Geben Sie uns Antwort, wenn Sie uns hör…« Ein Blitz, gefolgt von krachendem Donner, schnitt ihm das Wort ab. Er verstummte.

»Dieser Ort gefällt mir nicht«, sagte Zoe.

Arthur wischte sich den Regen von der Brille. »Zumindest haben wir jetzt das Rad. M.A.R.S. kann es zum Bahnhof transportieren. Er ist darauf programmiert, solche Reparaturaufgaben auszuführen.«

»Soll das heißen, du willst weg, ohne nach den beiden zu suchen?«, fragte Olivia.

»Wo sollen wir denn suchen? Wenn Bennett und Jaeger noch am Leben sind, finden sie den Weg alleine. Wenn nicht …« Er ließ den Satz unvollendet.

Zoe untersuchte das Magazin. »Es fehlen drei Kugeln«, sagte sie. »Bleiben zehn. Zehn Kugeln, mit denen wir uns verteidigen können. Immerhin etwas.«

»Kannst du denn damit umgehen?«, fragte Jem. Er selbst hätte sich das nicht zugetraut.

»Wer Bogen schießen kann, kann auch eine Pistolenkugel ins Ziel lenken. Alles eine Frage der Konzentration. Seid ihr damit einverstanden, wenn ich die Pistole an mich nehme?«

»Nimm sie ruhig.« Jem fand, dass Zoe ziemlich cool war. So ein zierliches Persönchen, aber keine Angst vor dem Umgang mit Waffen.

»Also los«, sagte er. »Und denkt dran, dass M.A.R.S. das Ersatzrad mitnehmen soll.«

Arthur schnippte mit dem Finger und gab dem Roboter den entsprechenden Befehl. Die beiden waren inzwischen unzertrennlich. Der Roboter stapfte heran und hob das Rad, als wöge es nicht mehr als eine Feder.

37

Sss—sie sss—setzen uns Widerstand entgegen.

Damit war zu rechnen.

Aber diese sind klüger als die anderen.
ES — sss—sagt: Gefahr. Sss—sie müssen vernichtet werden.

Woher stammen sss—sie? Zzz—zweibeiner tot.

ES nnn—nicht wissen. Großes Rätsel —

Sollen sss—sie fragen? Kontakt aufnehmen?
Mmm—mädchen mit Feuerhaar scheint empfänglich.

Zzz—zu riskant. Alle Bedrohung.
Warten auf richtigen Mmm—moment, dann — zuschlagen.

38

Der Bus war bereits in Sichtweite, als Jem auf einmal das beunruhigende Gefühl überkam, dass dort etwas nicht stimmte. Er sah Marek, er sah Paul und Katta, aber wo waren Lucie und Connie? Marek gestikulierte heftig, doch die anderen standen nur betroffen herum und schüttelten die Köpfe.

Paul war der Erste, der sie erblickte. Hektisch riss er die Tür des Busses auf und kam ihnen entgegengerannt.

»Da seid ihr ja endlich! Wir dachten schon, euch wäre etwas passiert. Alles okay bei euch?«

»Abgesehen davon, dass wir weder Bennett noch Jaeger gefunden haben, ist alles okay«, entgegnete Jem. »Aber was ist bei euch los?«

»Kommt mit in den Bus, dann erzähle ich euch alles.« Er blickte auf M.A.R.S. und sagte verwundert: »Woher habt ihr das Rad, wenn ihr Bennett und Jaeger nicht begegnet seid?«

Jem deutete mit dem Kopf Richtung Bus. »Drinnen.« Er war bis auf die Knochen durchweicht.

Lucie lag auf der Rückbank. Sie hatte die Arme um ihre angezogenen Knie geschlungen und wirkte völlig weggetreten. Wie ein Kind sah sie aus, zerbrechlich und verwundbar. Jem tat es in der Seele weh, sie so zu sehen. Irgendjemand hatte eine Decke über sie gelegt, trotzdem zitterte sie am ganzen Körper.

»Wir haben sie unter dem Bus gefunden«, berichtete Marek. »Sie lag neben einem der Räder und zitterte am ganzen Leib. Als wir versucht haben, sie in den Bahnhof zu bringen, hat sie geschrien und um sich geschlagen.«

»Deswegen haben wir sie im Bus untergebracht«, ergänzte Katta. »Keine Ahnung, was los ist, aber sie scheint eine panische Angst vor dem Gebäude zu haben.«

»Und Connie?«

Marek zuckte die Schultern. »Keine Spur von ihr.«

»Sieht aus, als stünde sie unter Schock«, überlegte Jem sorgenvoll. Ihm kamen die Symptome bekannt vor. Einer seiner Kumpels war mal von einem Auto angefahren worden, der hatte damals genauso ausgesehen. Irgendetwas Schreckliches musste vorgefallen sein.

»Hallo Lucie«, sagte er sanft, während er sich neben sie hockte. Er strich ihr eine rote Locke aus dem Gesicht und berührte dabei ihre Haut. Er erschrak. Sie fühlte sich eiskalt an. Und das, obwohl es hier drinnen warm war wie in einer Sauna. Die Berührung ließ sie zusammenfahren. Ruckartig richtete sie sich auf und presste sich in die Ecke.

»Du brauchst keine Angst zu haben«, flüsterte er und nahm die Hände von ihr. »Wir sind alle wieder da. Stell dir vor, wir haben ein Reserverad gefunden. M.A.R.S. wird es gleich montieren, dann können wir hier wieder weg. Möchtest du das? Möchtest du gerne zu den anderen am Flughafen zurückkehren?«

Keine Reaktion. Lucie war völlig apathisch. Mit weit aufgerissenen Augen starrte sie in die Ferne. Mit einem Mal fingen ihre Lippen an, sich zu bewegen. Doch es kam kein Ton heraus.

Jem beugte sich vor und legte sein Ohr an ihren Mund. Tatsächlich, jetzt hörte er Worte. Ganz leise.

»Spektrum ...«, hörte er sie sagen. *»Jenseits des Sichtbaren ... Regenbogen aus Dissonanz ... Orchester aus Licht ...«*

Er runzelte die Stirn. *Farben?* Er wusste ja, dass Worte und Geräusche bei ihr Farben auslösten. Aber was hatte sie gesehen?

»Ich verstehe nicht«, sagte er sanft. »Was ist passiert, wo ist Connie?«

Schlagartig änderte sich ihr Ausdruck. Sie fing an zu keuchen, schnappte nach Luft. *»Connn...nieee«,* stöhnte sie. *»Zähne. Klauen. Das Lächeln des Todes.«* Sie warf sich auf die andere Seite. *»Gehe deinen Weg. Sss...singe dein Lied, tanze deinen Tanz. Renne dorthin zzz...zurück, woher du gekommen bist, und kehre nie wieder zzz...zurück.«*

Ihre Augen irrlichterten in der Gegend herum. Ihre Finger tasteten in die Luft, als wollten sie nach etwas greifen. Eine Weile sah es so aus, als würde sie mit irgendetwas kämpfen, dann sackte sie zusammen und rollte sich wieder ein.

Jem wich zurück. Er spürte Mareks Hand auf seiner Schulter.

»Was tust du denn da, Compadre? Du solltest sie beruhigen, nicht noch mehr aufregen.«

»Ich weiß nicht, was mit ihr los ist«, sagte Jem. »Es fing an, als ich Connies Namen erwähnt habe.«

»Konntest du etwas verstehen?« Zoe blickte neugierig über Arthurs Schulter.

Jem schüttelte den Kopf. »Nicht wirklich. Sie ist total fertig. Ich fürchte leider, dass Connie etwas zugestoßen ist.«

»Um Gottes willen«, flüsterte Olivia.

»Frag sie, was es mit diesen Farben auf sich hat«, drängte Paul. »Und wenn du schon dabei bist, frag sie auch gleich nach den Zähnen.«

»Und nach dem Lächeln des Todes«, sagte Arthur. »Ich finde, das klingt am gruseligsten.«

Jem schüttelte den Kopf und stand auf. »Leute, so hat das keinen Sinn. Am besten, ihr geht alle mal raus. Lucie braucht jetzt Ruhe. Außerdem gibt es genug zu tun. Ihr könnt doch schon mal das Rad austauschen. Arthur kann die Computerdateien auswerten, der Rest holt den Proviant aus dem Bahnhof.«

»Wieso?«, fragte Zoe. »Willst du zurückfahren?«

»Je eher, desto besser«, stieß Jem aus. »Irgendetwas stimmt hier nicht. Überlegt doch mal: Wir wurden alle unabhängig voneinander angegriffen. Bennett und Jaeger, wir und jetzt vermutlich auch noch Lucie. Das sieht mir sehr nach einem koordinierten Angriff aus.«

»Aber von wem?«, fragte Olivia.

»Keine Ahnung, aber das ist doch kein Zufall! Wir warten noch kurz, ob irgendjemand zurückkehrt, dann machen wir hier den Abgang. Diese Stadt ist eine gottverdammte Todeszone, das spüre ich.«

»Klingt ausnahmsweise mal vernünftig«, brummte Marek. »Also raus mit euch.« Er schob die anderen vor sich her und endlich kehrte Ruhe ein.

Jem stand da und betrachtete Lucie. Sie lag immer noch da und sprach kein Wort. Er überlegte, wie er wohl am besten an sie herankam. Seine bisherigen Versuche waren allesamt gescheitert. Vielleicht sollte er sie irgendwie ablenken? Ihm fiel bloß nicht ein, wie. Doch dann kam ihm der Gedanke. Er war ihr ja noch etwas schuldig. Eine Geschichte.

Seine Geschichte.

Er setzte sich neben sie. Je länger er darüber nachdachte, desto weniger wusste er, wie er anfangen sollte. Er war nicht mal sicher, ob diese Geschichte überhaupt geeignet war, um Lucie aus ihrem Schockzustand zu erlösen. Da ihm aber nichts Besseres einfiel, fing er einfach an.

»Du erinnerst dich doch bestimmt, dass ich dir noch etwas erzählen wollte«, sagte er. »Über mich und meine Vergangenheit. Nun ja ...« Er räusperte sich. »Ich hab schon ein paar krasse Dinge abgezogen – Klauen, Schlägereien, all so was. Aber eine Sache war echt heftig. Also richtig heftig. Willst du wissen, was das war?« Er lächelte gequält. »Klar willst du das wissen. Das war ja der Deal. Du erzählst mir deins, ich erzähl dir meins. Also ...«, er atmete tief durch, »mit zwölf bin ich mal auf jemanden mit einem Messer los. Und zwar nicht auf irgendwen. Es war mein Vater.«

Er bemerkte, dass ihre Augen nicht länger ziellos durch die Gegend wanderten, sondern ihn jetzt ansahen. Ihr Atem ging ruhiger und sie schien zu lauschen.

»Es ist jetzt knapp vier Jahre her, dass ich meinem Dad ein Küchenmesser hier reingejagt habe.« Er deutete auf das linke Schulterblatt. »Hat nicht viel gefehlt und ich hätte ihn umgebracht. Zum Glück ist das Messer am Schulterknochen abgebrochen. Nur die Spitze steckte noch drin. Was schlimm genug war.«

Lucies Augen waren weit aufgerissen. Vermutlich war sie total geschockt. Ihm kamen starke Zweifel, ob er nicht einen riesigen Fehler machte, ihr das zu erzählen. Vor allem jetzt. Vielleicht hatte sie damit gerechnet, dass er ein paar kleinkriminelle Taten gestehen würde, Diebstähle oder so. Aber sicher nicht, dass er tatsächlich versucht hatte, seinen Vater umzubringen.

»Mein Alter war ein Trinker«, sagte er zur Erklärung. »Er hat sich regelmäßig zugesoffen und dann angefangen, auf meine Mutter loszugehen. An mich hat er sich nicht rangetraut. Ich war mit zwölf schon ziemlich kräftig. Mixed Martial Arts, Streetfights und so.« Er schüttelte den Kopf. »An einem Abend war es besonders schlimm. Ich hörte, wie Mom und Dad sich wieder in der Küche stritten. Es ging mal wieder um Geld. Ich wollte mich heimlich in mein Zimmer schleichen, aber dann habe ich durch den Türspalt gesehen, wie er ausholte und sie schlug. Nicht einfach nur so eine kleine Ohrfeige, sondern richtig heftig und mit voller Wucht.«

»Oh nein.«

Jem blickte überrascht auf. Lucie hatte ihre Stimme wiedergefunden! Sie hing jetzt förmlich an seinen Lippen.

»Hallo Lucie«, sagte er. »Wie geht es dir? Magst du einen Schluck Wasser?« Er hielt ihr seine Trinkflasche vor die Nase.

»Nicht aufhören«, flüsterte sie mit rauer Stimme. »Erzähl weiter. Du hast auf deinen Vater eingestochen.«

»Ja«, sagte er. Er hatte einen Kloß im Hals. »Aber nur, weil ich Angst um meine Mutter hatte. Zu Dads Ehrenrettung muss ich sagen, dass er das bis dahin noch nie gemacht hat. Geflucht, geschrien, Geschirr zerdeppert – ja –, aber noch nie richtig zugeschlagen.«

»Und dann?«

Jetzt, da er über seinen Schatten gesprungen war und darüber zu reden begonnen hatte, fiel es ihm leicht weiterzuerzählen. Außerdem fühlte er sich wohl in Lucies Nähe, er wusste, dass sie sein Geheimnis für sich behalten würde. »Keine Ahnung, was in diesem Moment mit mir passiert ist, aber ich habe einfach nur noch rot gesehen. Ich bin in die Küche gestürzt. Meine Mutter lag am Boden, mein Vater stand mit erhobener Hand über mir und da ... da ...«

»Und da hast du ein Messer genommen und auf ihn eingestochen.«

Er nickte. »Ja.«

»Aber du hast doch nur deine Mutter verteidigt.« In Lucies Gesicht war wieder ein wenig Farbe zurückgekehrt. Außerdem schien ihr langsam wärmer zu werden. Sie zog die Decke runter.

»Ich glaube, du hast richtig gehandelt.«

»Ich bin mir da nicht so sicher.«

»Du hattest nicht viel Zeit zum Nachdenken und wolltest helfen.«

»Vielleicht.« Er nickte nachdenklich. »Andererseits hätte ich ihn auch einfach wegstoßen oder ihn irgendwie anders aufhalten können ...«

Sie schüttelte den Kopf. »Du warst in Panik. Du warst zwölf.« Sie sprach ruhig und deutlich. Fast schon wieder normal. »Und was ist dann passiert?«, fragte sie zaghaft.

Jem zuckte die Schultern. »Er musste natürlich ins Krankenhaus. Die Polizei kam und nahm alles auf, aber es wurde nichts unternommen. Nach deutschem Recht ist man erst ab vierzehn schuldfähig. Das Familiengericht hat mich aber zu einem Anti-Aggressivitäts-Kurs, gemeinnütziger Arbeit und einem Besuch beim Psychiater verdonnert.«

»Echt jetzt?« Lucie sah ihn mit großen Augen an. »Und weiter?«

»Viel ist da nicht mehr zu erzählen. Die Therapeutin diagnostizierte ein *Frustrations-Aggressions-Trauma ausgelöst durch eine frühkindliche Depression.* So stand es im Bericht.

Mein Vater und meine Mutter haben sich kurze Zeit später getrennt. Er ging zurück in die USA, Mom mietete uns eine kleinere Wohnung und da wohnen wir seitdem. Ich glaube übrigens, dass die Therapie tatsächlich etwas gebracht hat. Ich habe mich inzwischen viel besser im Griff. Keine Einbrüche mehr, keine Diebstähle.« Er versuchte zu lächeln, spürte aber, wie schwer ihm das fiel. Die Geschichte zerrte immer noch ganz schön an seinen Nerven. Aber wenigstens hatte er es geschafft, Lucie aus ihrem Schockzustand zu erlösen.

»Danke, dass du mir das erzählst«, sagte sie leise. »Nur eines verstehe ich nicht ...«

»Und das wäre?«

»Wenn du mit deinem Vater so zerstritten bist, warum willst du ihn dann besuchen?«

Er dachte darüber nach, wie er es am besten formulieren sollte, dann sagte er: »Ich bin der Meinung, dass jeder eine zweite Chance verdient hat. Zu seiner Schwester hatte ich zwischendurch mal Kontakt. Die hat mir erzählt, dass er eine Entziehungskur gemacht hat und seitdem clean ist. Und immerhin ist er mein Vater. Wenn ich in den Spiegel schaue, sehe ich ihn vor mir. Es gibt Fotos von früher, wo er mir aufs Haar gleicht.«

Lucie berührte sanft seine Hand. »Trotzdem mutig von dir. Du hast den ersten Schritt gemacht und dazu gehört schon was. Ich wünsche dir echt, dass wir diesem Irrsinn hier bald entkommen, damit du ihm das alles selbst sagen kannst ...«

Sie sah ihn so intensiv an mit ihren grünen Augen, dass er seinen Blick nicht abwenden konnte.

»Lucie«, sagte er sanft. »Was ist da draußen geschehen?«

Sie senkte ihren Blick und schwieg. Jem wusste, dass er ihr Zeit geben musste, dass er sie nicht bedrängen durfte. Es verging Minute für Minute, während Lucie auf den Boden starrte und die Jem wie eine Ewigkeit vorkamen.

Schließlich sah sie ihn wieder an. »Connie ist tot«, sagte sie mit klarer Stimme.

39

Jems Kopf ruckte hoch. War er eingenickt? Sah fast so aus. Das schlechte Wetter war davongezogen und es schien schon wieder die Sonne. Lucie war ebenfalls eingeschlafen und hielt dabei immer noch seine Hand.

Vorsichtig streifte er sie ab und stand auf. Sie sah so zerbrechlich aus und gleichzeitig wunderschön. Er war froh, dass es ihr wieder etwas besser ging.

Auf Zehenspitzen schlich er zur Tür und stieg aus.

Die anderen saßen im Schatten des Busses und schienen die Lage zu besprechen.

»Na, ausgeschlafen?«, fragte Zoe und lachte.

»Tut mir leid«, sagte Jem. »War wohl alles ein bisschen viel.«

»Wie geht es Lucie?«, wollte Olivia wissen.

»Besser, glaube ich. Aber ihr wollt nicht wissen, was sie mir erzählt hat. Das ist richtig übel.«

Paul wurde kreidebleich. Wahrscheinlich hatte er sofort wieder die Bilder von ihrem Vogelangriff vor Augen. »Wurden Connie und Lucie etwa auch angegriffen?«, fragte er vorsichtig.

Nachdem Jem den anderen berichtet hatte, was geschehen war, standen erst mal alle unter Schock.

Olivia war die Erste, die ihre Stimme wiederfand. »Was sagst du da, Connie tot?«

»Gerissen von einem Berglöwen«, flüsterte Katta. »Das muss man sich mal vorstellen.«

»Seit wann kommen diese Viecher denn in die Stadt?«, fragte Zoe. »Und dann diese unsichtbare Kreatur im Baum. Klingt nach einem echten Horrorfilm.«

»Die arme Lucie ...«, sagte Arthur mitleidsvoll.

Jem nickte. »Vor allem, weil sie die ganze Zeit allein war. Aber jetzt ruht sie sich aus.«

»Ist das Beste, was sie tun kann«, meinte Zoe.

»Und bei euch so?« Jem sah seine Freunde aufmerksam an. »Irgendwelche Neuigkeiten?«

»Allerdings«, sagte Arthur. »Ich habe es den anderen extra noch nicht gezeigt, weil ich auf euch warten wollte. Aber nach dem, was ich jetzt gehört habe, ist es wohl besser, wir lassen Lucie schlafen.«

»Denke ich auch«, sagte Jem. »Was hast du denn rausgefunden?«

»Kommt alle rüber zu M.A.R.S., dann zeige ich es euch.«

Der Roboter stand etwas abseits unter einer Palme und rührte sich nicht. Arthur hatte ihn mit dem Holotalkie verbunden, das wiederum an den Laptop angeschlossen war. Eine komplizierte Konstruktion, die aber zu funktionieren schien.

Arthur setzte sich auf eine der Stufen, nahm den Laptop auf den Schoß und tippte ein paar Befehle ein. »So, dann wollen wir mal sehen«, sagte er und drückte die Enter-Taste.

Bzzz ...

Ein grünes Licht zuckte auf, verdichtete sich über dem Display des Holotalkies, wurde größer und gewann an Konturen.

Jem runzelte die Stirn. Dann erkannte er, was es war. »Roderick!«

»Zu Ihren Diensten.«

Der kleine Bibliothekar drehte sich im Kreis.

»Oh, lauter bekannte Gesichter, wie schön. Aber was ist das für eine Umgebung? Ich kann mich nicht erinnern ...«

»Du bist ein Download«, erläuterte Arthur. »Ich habe mir erlaubt, deine Programmdatei auf diesem Gerät zu installieren. Damit bist du nicht länger an die Bibliothek gebunden. Gefällt es dir?«

Der kleine Mann sah sich um, dann sagte er. *»Das gefällt mir sogar sehr.«*

»Das freut mich. Dank deiner Hilfe haben wir endlich Fortschritte gemacht. M.A.R.S. konnte die verschlüsselten Datensätze auf seine Festplatte übertragen und hat nun angefangen, sie zu dechiffrieren. Der Vorgang ist zwar noch nicht abgeschlossen, aber so nach und nach trudeln jetzt die ersten Informationen ein. Zum Beispiel sind wir auf die Aufzeichnung einer Nachrichtensendung vom 23. August 2035 gestoßen. Dem Jahr, in dem es passierte. Könntest du sie für uns abspielen?«

»Einen Moment ...« Roderick löste sich auf. Auf dem Laptop erschienen Buchstabenfolgen.

... Accessing ...

... Accessing ...

Ein neues Hologramm tauchte auf. Nicht nur eine einzelne Person, sondern ein ganzer Raum. Jem ging näher heran. War das ein Nachrichtenstudio? Tatsächlich. Und da erschien auch schon Roderick als Nachrichtensprecher in Anzug mit Krawatte.

»Guten Abend, meine Damen und Herren, ich begrüße Sie zu News Today.« Jem sah, wie er sich über die holographische Darstellung einer Weltkugel bewegte. Das Bild zeigte die USA, den Golf von Mexiko, einen Abschnitt Mittelamerikas sowie die gesamten Südstaaten bis runter nach Florida. Ein gewaltiger Feuerball, den Roderick mit elegantem Hüftschwung umrundete, hing lodernd über dem Meer. Das Bild war eingefroren und stellte wohl die letzten Sekunden vor dem Einschlag dar.

»Ein kosmisches Ereignis von nie da gewesenem Ausmaß hält die Welt in Atem. Der Komet 69P/Nikka-Taketsuru – *Beiname Thor – streifte heute Vormittag um zehn Uhr die Atmosphäre der Erde. Ein großer Teil der Hauptmasse löste sich und ging über dem Golf von Mexiko nieder. Das Feuerwerk war noch in dreitausend Kilometer Entfernung zu sehen.«*

»Irre«, flüsterte Jem. Er war wie elektrisiert. Seine Handflächen kribbelten so, dass er sie in seine Hosentaschen stecken musste.

»Anstatt jedoch als fester Körper im Meer aufzuschlagen, explodierte der Komet und verteilte sein kosmisches Material über eine Fläche von mehreren Tausend Quadratkilometern. Menschen kamen wie durch ein Wunder nicht zu Schaden.« Roderick machte eine Vierteldrehung und das Studio veränderte sich. Das Bild vom Golf war verschwunden. Stattdessen hing jetzt ein unregelmäßig geformter Himmelskörper im Raum, der langsam um seine eigene Achse rotierte.

»Bei einem Kometen handelt es sich – im Gegensatz zu einem

Meteoriten oder Asteroiden – nicht um einen homogenen Felsbrocken, sondern um das, was Wissenschaftler gemeinhin als schmutzigen Schneeball *bezeichnen«,* erklärte er und fuhr ohne Unterbrechung fort: *»Eine Mischung aus felshartem Eis mit einem hohen mineralischen Anteil, die fast durchweg mit Schotter und lockerem organischem Material bedeckt ist. Die ersten wirklich gesicherten Daten über die Zusammensetzung und den Aufbau von Kometen erlangte die Wissenschaft im Jahre 2014, also vor nunmehr einundzwanzig Jahren, durch die Raumsonde* Rosetta *und ihren Vorbeiflug am Kometen* Tschurjumow-Gerassimenko. *Das Landefahrzeug* Philae *wurde auf die Oberfläche geschickt, mit dem Auftrag, Gesteinsproben zu sammeln und Messungen vorzunehmen. Die damals gewonnenen Erkenntnisse gaben der Kometenforschung einen beträchtlichen Auftrieb. So wurden sechzehn organische Moleküle nachgewiesen, von denen vier noch nie auf einem solchen Himmelskörper gefunden worden waren.«*

»Habt ihr das gewusst?«, flüsterte Katta.

»Natürlich«, entgegnete Olivia mit hochgezogener Braue. »Du etwa nicht? Das war doch das große Thema damals im Fernsehen.«

»Nicht bei *Germanys Next Topmodel«,* entgegnete Katta schnippisch.

»Seid doch mal still«, zischte Marek. »Wenn es euch nichts ausmacht, würde ich das gerne sehen.«

Roderick war inzwischen beim Inneren des Kometen angelangt. *»Grundsätzlich lässt sich feststellen, dass es sich bei Kometen um wahre Baukästen organischer Verbindungen handelt.*

Viele dienen als Ausgangspunkt für wichtige biochemische Reaktionen. Thor bildet da keine Ausnahme. Die These, dass das Leben einst von Kometen auf die Erde gebracht wurde, galt nach der Erforschung von Tschurjumow-Gerassimenko als gesichert. Doch was bedeutet der Absturz des Kometen nun für unsere Erde?«

Jem hing gespannt an den Lippen des kleinen Mannes. Es kam ihm vor, als würde Roderick den Auftritt sichtlich genießen.

»Um dieser Frage nachzugehen, schalte ich nun ins Hauptstadtstudio Washington, zu unserem Experten Dr. Willard Ash.« Roderick tippte in die Luft und sofort erschien das Bild eines angegrauten Mannes mit schütterem Haar, hinter dessen dicken Brillengläsern tiefe Tränensäcke lagen. Seine Schultern hingen leicht herab und er machte den Eindruck, als hätte er nächtelang nicht geschlafen.

»Dr. Ash, Sie gehören einer Gruppe von Klimaforschern an, die sich seit Jahren mit den Auswirkungen eines möglichen Kometenniedergangs auf das Weltklima beschäftigen. Nun ist es also passiert. Was wissen wir über diesen Kometen und was können Sie uns zu diesem frühen Zeitpunkt an Erkenntnissen liefern?«

»Ich grüße Sie«, sagte der Mann mit gepresster Stimme. »Nun, genaue Vorhersagen lassen sich zu diesem Zeitpunkt noch nicht treffen. Unsere Datenauswertung läuft selbstverständlich auf Hochtouren. Ganz allgemein müssen wir aber wohl davon ausgehen, dass sich das Weltklima in naher Zukunft ändern wird. Und zwar beträchtlich.«

»Weltklima, habt ihr das gehört?« Jem sah seine Freunde der Reihe nach an. Ihnen allen stand die Verblüffung ins Gesicht geschrieben. »Das könnte die Erklärung sein. Deswegen ist es so warm. Die vielen Sümpfe, die Gewitter, die hohe Luftfeuchtigkeit.

»Du hast recht«, flüsterte Olivia. »Aber jetzt lass ihn ausreden.«

Dr. Ash fuhr mit seinen Ausführungen fort: »Die Astronomen haben errechnet, dass Thor eine Masse von schätzungsweise zehn Milliarden Tonnen aufgewiesen hat. Zehn Milliarden, von denen der Großteil aus gefrorenem Kohlendioxid besteht. Beim Verdampfen hat der Komet eine ungeheure Menge an Treibhausgas in die Atmosphäre geblasen. Etwa halb so viel, wie in einem Jahr weltweit durch das Verbrennen fossiler Energien entsteht.«

»Das klingt ja zunächst nicht allzu schlimm ...«, sagte Roderick.

»Täuschen Sie sich nicht.« Ash nahm seine Brille von der Nase und putzte sie umständlich. »Vergessen Sie nicht, welche Probleme wir bis vor wenigen Jahren mit den Treibhausgasen und der daraus resultierenden Erderwärmung hatten. Es hat Jahrzehnte gedauert, bis sich die Nationen der Welt auf einheitliche Emissionswerte geeinigt haben. Und nun kommt dieser Komet daher und wirft all unsere Bemühungen über den Haufen. Darüber hinaus ist dies kein langsamer Ausstoß, sondern eine spontane und heftige Verpuffung. Ein räumlich begrenztes Ereignis, welches die feinen Abläufe im Weltklima gehörig durcheinanderbringt. Stürme, Unwetter und ein massiver Anstieg der Luftfeuchtigkeit werden die Folge sein. Zuerst betreffen sie nur ein vergleichsweise kleines Gebiet, doch im Laufe der Monate werden sie sich ausbreiten und weltweit auftreten. Meeresströmungen könnten sich erwärmen und es könnte zu einer Art *Super-El-Niño* führen, der das Weltklima über Jahrzehnte verändern wird.«

»Das ist es, das ist die Erklärung«, rief Jem und lauschte dann weiter den Ausführungen des Klimaforschers.

»Ich will hier nicht zu sehr schwarzmalen«, sagte Dr. Ash, »aber ich prognostiziere einen weltweiten Anstieg der Temperaturen um durchschnittlich vier Grad oder mehr. Was das bedeutet, können wir heute noch gar nicht abschätzen.«

Roderick nickte. *»Vielen Dank nach Washington.«*

Er wandte sich wieder dem Zuschauer zu. *»Düstere Worte von unserem Kollegen. Aber das Klima ist nur einer der Bereiche, der Fragen aufwirft. Der andere betrifft die organischen Verbindungen, die mit dem Kometen zur Erde gelangt sind. Um diese Frage näher zu beleuchten, wende ich mich an Professor Dr. Helen Hurst vom mikrobiologischen Forschungsinstitut an der Harvard University. Hallo, Dr. Hurst.«*

Eine gut aussehende Mittvierzigerin erschien als plastisches Hologramm mitten im Studio. Wie sie so dastand, hätte man glauben können, sie wäre wirklich anwesend.

»Bitte nennen Sie mich Helen.«

»Sehr gerne.« Roderick lächelte. *»Wie ich den Zuschauern bereits erklärte, führen Kometen eine ungeheure Menge organisches Material mit sich. Material, wie es bei der Entstehung des Lebens auf unserer Erde eine Rolle gespielt haben könnte. Meine Frage an Sie: Waren Sie schon in der Lage, Proben des Kometen auszuwerten? Und ist es durch den Absturz vielleicht zu einer Vergiftung der Meere gekommen?«*

Die Professorin lächelte. »Also zumindest in dieser Hinsicht kann ich Entwarnung geben. Von Vergiftung kann keine Rede sein. Wir konnten einige Proben auswerten und dabei keine unmittelbare Bedrohung feststellen. Zugegeben, Thor hat eine Menge biologischer Materie ins Wasser befördert, aber die Bausteine sind so primitiv, dass sie bestenfalls als *Protomaterie* bezeichnet werden können.«

»Was bedeutet das?«

»Protomaterie ist die Art von Materie, die zu Beginn der Evolution von entscheidender Wichtigkeit war, die aber heute, in unserem hoch entwickelten Ökosystem, völlig harmlos ist. Diese Bausteine bewegen sich auf atomarer Ebene. Sie sind so winzig, dass sie bei der Verdunstung aufgenommen werden und so in den Wetterkreislauf gelangen. Damit verteilen sie sich gleichmäßig und stark verdünnt über die ganze Erde. Die Verdünnung ist so groß, dass meine Kollegen und ich davon ausgehen, dass diese Bausteine keinen unmittelbaren Schaden anricht…«

Jem hob den Kopf. Der Rest des Gesprächs trat auf einmal in den Hintergrund. Er hatte etwas gehört. Ein Geräusch, das ihm einen Schauer über den Rücken jagte.

Er spitzte die Ohren. Kein Zweifel, da war es wieder.

»Seid mal still«, sagte er.

»Was ist los?«, fragte Arthur, »Sie ist doch noch gar nicht fertig.«

»Schalt das Ding aus!«, fuhr Jem ihn an.

Wiederwillig betätigte Arthur den Knopf. Das Hologramm verlosch. »Ausgerechnet jetzt, wo es am interessantesten wurde.«

»Pssst!«

Alle schwiegen.

Jem hob den Zeigefinger.

Tatsächlich. Da war es wieder. Ein Heulen, das so gar nicht in diese Umgebung passen wollte.

»Was ist das?«, fragte Katta.

Zoes Hand fuhr an die Pistole. »Klingt nach Wolfsgeheul.«

Das Heulen wurde lauter.

»Wölfe?« Kattas Wangen verloren augenblicklich alle Farbe.

»Und da drüben sehe ich auch schon den ersten«, stieß Zoe aus. Sie deutete in Richtung Bahnhof.

Jem kniff die Augen zusammen. Aus dem Haupteingang war ein majestätisches Tier mit grauem Fell und einem unverwechselbaren schwarzen Streifen auf dem Rücken getreten. Flankiert wurde er von zwei anderen: einem zierlicheren mit beinahe schneeweißem Fell sowie einem schwarzen, der etliche kahle Stellen aufwies. Vermutlich Narben von zurückliegenden Kämpfen. Irgendetwas an ihnen war seltsam. Sie wirkten gar nicht so sehr wie Wölfe. Eher wie Raubkatzen.

Die drei standen einfach da und sahen sie mit ihren gelben Augen an.

»Rein in den Bus«, zischte Marek. »Schnell.«

Jem hörte das Knurren und Jaulen jetzt von allen Seiten. Von links, von rechts und auch von jenseits des Busses. Es waren viel mehr als nur diese drei.

»Einsteigen und Türen schließen. Wir fahren los.«

»Und Bennett und Jaeger?«, fragte Olivia.

»Scheiß auf Bennett und Jaeger. Ihre Zeit ist abgelaufen. Nun macht schon, alle in den Bus. Und vergesst M.A.R.S. nicht. Es geht zurück zum Flughafen.«

Es dauerte eine Weile, bis sich alle durch die Tür gezwängt hatten.

»Setzt euch hin und haltet euch fest«, rief Marek, schloss die Tür und startete den Motor.

Jem presste die Lippen aufeinander. Die Anzahl der Raubtiere schien sich verdoppelt zu haben. Die grauen Leiber waren jetzt überall. Gelbe, hungrige Augen starrten sie an.

Marek trat aufs Gaspedal. Der Bus machte einen Satz vorwärts. Jem konnte sich gerade noch festhalten, sonst wäre er quer durch den Bus gesegelt.

Die Kreaturen strömten in Scharen aus dem Unterholz. Jem hatte noch nie so viele Wölfe auf einem Haufen gesehen. Und was sie ihnen entgegenheulten, klang alles andere als freundlich.

»Da lang.« Er deutete nach Westen. »Dort kommen wir auf den Zubringer zur Interstate.«

»Schon gesehen«, rief Marek. »Und jetzt los.«

40

Entwischt. Sss—sie sss—sind entkommen.

Wie konnte das passieren?

Unklar. Sss—sie haben ihre bewegliche Unterkunft wiederhergestellt.

Mmm—mit welchem Ziel?
Zzz—zurück zzz—zu den andern.

Wir müssen sss—sie aufhalten — ES gesagt.
Sss—sie tragen wichtige Informationen.

Wie — vorgehen?

Versperrt sss—sämtliche Wege. Baut Fallen.
Mmm—müssen vorbereitet sein, wenn sss—sie kommen.
Beginnt am Himmelspfad.

41

Lucie hielt sich fest an die Lehne des Vordersitzes geklammert. Der Bus schaukelte und schlingerte wie ein Schiff auf hoher See.

Jem, Katta und Zoe waren vorne bei Marek, während Arthur, Olivia und Paul hinten bei M.A.R.S. hockten und weitere Daten aus seinem Speicher herunterluden.

Sie selbst saß völlig benommen auf einem Platz in der Mitte und versuchte, ruhig und gleichmäßig zu atmen. Ihre Gedanken zu sortieren, die wie wild in ihrem Kopf durcheinanderwirbelten. Was Jem ihr über den Angriff erzählt hatte, bereitete ihr Sorge. Sie wusste nicht, was das alles bedeutete, aber es schien, als habe die Natur ihnen den Krieg erklärt. Wie sollten sie so die nächsten Tage überleben? Die nächsten Wochen und Monate? Und was erwartete sie am Flughafen?

Es war, als würde sich ein unsichtbares Netz um sie zusammenziehen, aus dem es kein Entrinnen gab.

Aufgeregte Stimmen rissen sie aus ihren Gedanken. »Das gibt es doch nicht!«, rief Arthur. Auf seinen Wangen waren aufgeregte rote Flecken zu sehen. »Wir haben einen Ort gefunden, an dem möglicherweise noch Menschen leben.«

»Was? Wo?« Jetzt war Lucie hellwach.

»Gar nicht weit weg von hier. Hier, sieh selbst.« Er kam mit seinem Laptop zu ihr und drehte ihn so, dass sie einen Kartenausschnitt sehen konnte. Er tippte auf eine Stelle südlich von Denver. »Es ist nur etwa einhundertdreißig Kilometer von hier entfernt, in den Bergen.«

Lucie rückte näher. Sein Finger ruhte auf einer Gebirgsregion.

»In den Rocky Mountains?«

»An ihrem Ostrand.«

»Cheyenne Mountain«, las Olivia murmelnd. »Wie kommst du darauf, dass dort Menschen leben?«

»Weil das in den Dokumenten steht. Hier, sieh mal, dies ist eine der letzten Aufzeichnungen, die wir gefunden haben.« In seinen Augen lag ein aufgeregtes Funkeln. »Sie stammt aus dem Jahr 2084, also rund fünfzig Jahre nach dem Fernsehbericht, den wir uns vorhin angeschaut haben. In diesem Zeitraum ist das Leben, wie wir es kannten, auf der ganzen Welt zusammengebrochen.«

»Fünfzig Jahre?« Lucies Herz krampfte sich zusammen. Sie konnte nicht begreifen, dass innerhalb so kurzer Zeit Menschen ausgelöscht worden waren und die Natur die Herrschaft übernommen hatte. Damit war aber auch endgültig klar, was sie schon lange befürchtet hatten: Dass niemand aus ihrem alten Leben mehr da war – ihre Eltern nicht, ihre beste Freundin nicht ... und theoretisch gesehen hätte Lucie selbst eigentlich auch nicht mehr leben dürfen. Warum um alles in der Welt war ausgerechnet sie in dieser trostlosen Zukunft gelandet?

»Was genau steht denn in diesem Artikel?«, fragte sie.

Arthur räusperte sich. »Ja, also wie gesagt, der Ort liegt am

Fuße des Cheyenne Mountain. Das ist nahe der Stadt Colorado Springs auf einer Höhe von knapp zweitausend Metern …«

»Lauter«, rief Marek von vorne. »Wir wollen hier auch etwas mitbekommen!«

Arthur setzte erneut an, diesmal etwas lauter. »Wie hier zu lesen ist, haben sich dort ein paar Hundert Menschen zusammengefunden und Stellung in einem unterirdischen Bunkerkomplex bezogen. Vielleicht, um sich vor den Auswirkungen des Kometeneinschlags zu schützen. Die US Air Force hat ihn während des Kalten Krieges angelegt und er ist so konzipiert, dass Menschen dort drinnen selbst einen Atomschlag überleben können. Die Anlage besitzt eine eigene Stromversorgung, Filtersysteme, Wasser, Nahrungsmittel und was man sonst noch so braucht.«

»Moment mal«, hakte Paul ein. »Wir reden hier aber nicht von NORAD, oder?«

»Doch, genau.« Arthur grinste. »Irre, oder?«

»Das ist mehr als irre, das ist … der pure Wahnsinn.« Seine Augen leuchteten.

»NORAD?« Lucie verstand kein Wort. »Was bedeutet das? Davon habe ich noch nie gehört.«

»Was?« Arthur sah sie fassungslos an.

»Schaust du keine Filme oder Fernsehserien?«, fragte Paul.

»Doch, schon. Manchmal. Wieso?«

»*Wargames, Dr. Seltsam, Terminator, Interstellar, Stargate?* Klingelt da nichts bei dir?«

»Nein, jetzt erzähl schon, was es damit auf sich hat.«

»Das *North American Aerospace Defense Command* war ein

Abwehrsystem der USA und Kanada, mit dem Zweck, feindliche Interkontinentalraketen aufzuspüren und davor zu warnen«, erläuterte Arthur. »Ein satellitengestütztes Frühwarnsystem, mit einem enorm großen Rechenzentrum, tief unter dem Cheyenne Mountain. Die Überwachungseinrichtungen waren so leistungsstark, dass das Gerücht aufkam, man könne damit sogar den Weihnachtsmann auf seinem Weg rund um den Erdball verfolgen. Weshalb es dort jedes Jahr eine besondere Weihnachtsveranstaltung für Kinder gab.«

»Du verarschst mich doch.«

»Cross my heart and hope to die«, sagte Arthur und malte ein Kreuz auf seine Brust.

»Achtung!«, brüllte Marek plötzlich von vorne.

Lucie spürte einen Ruck, gefolgt von einem höllischen Reifenquietschen. Sie wurde nach vorne geschleudert. Der Aufschlag presste ihr die Luft aus der Lunge. Das Fahrzeug schlingerte und blieb schließlich stehen.

Jem drehte sich um. »Alles in Ordnung dahinten?«

Lucies Herz beruhigte sich nur langsam. Ihre schweißnassen Hände waren um die Lehne verkrampft. »Was ist denn los, warum haben wir gebremst?«

Marek drehte sich um. »Am besten, ihr kommt nach vorne und seht es euch selbst an.«

Sie standen auf einer Brücke, schätzungsweise zwanzig Meter über dem Erdboden. Unter ihnen verliefen ein paar kleinere Straßen sowie die Gleise der Bahnlinie. Flache, überwucherte Gebäude, umgeknickte Straßenlaternen und verwahrloste Parkplätze. Auch auf der Brücke war die Fahrbahn mit Grasbüscheln, Sträuchern und kleinen Bäumen bedeckt. Allerdings war da eine Stelle direkt vor ihnen im Asphalt, auf der das Gras besonders dicht wuchs. Der Fahrbahnbelag sah einigermaßen solide aus, zumindest auf den ersten Blick. Doch als sie ausstiegen und die Stelle genauer untersuchten, stellten sie fest, dass hier etwas nicht stimmte.

Irgendjemand hatte ein paar Äste und Zweige ausgelegt und sie mit frischen Grassoden bedeckt.

Lucie trat näher heran und sah sich die Stelle an. Zwischen der Erde und den Wurzelballen schimmerten tief darunter die Gleise im Licht. »Mein Gott«, stieß sie aus. »Da ist ein riesiges Loch.«

Jem trat neben sie und tippte mit der Fußspitze leicht gegen einen der Äste. Er rutschte weg und stürzte in die Tiefe, wobei er große Stücke des daraufliegenden Grases mit sich riss. »Scheiße, was ist das denn?«

»Jetzt seht ihr, warum ich so hart auf die Bremse getreten bin«, sagte Marek. »Hätte ich da unten nicht etwas Metallisches funkeln sehen, ich wäre glatt drüber hinweggefahren.«

»Dieses Loch ist ja riesig!«, sagte Jem. »Da wäre der Bus auf jeden Fall abgeschmiert.«

»Oh Gott«, flüsterte Olivia.

»Tja«, sagte Marek mit rauer Stimme. »Und wir wären dabei alle draufgegangen.«

»Wie war das denn auf dem Hinweg?«, fragte Olivia. »Kann sich jemand an die Stelle erinnern?«

Marek schüttelte den Kopf. »Es war schon dunkel, als wir hier langkamen. Außerdem waren wir ja auf der Gegenfahrbahn.«

»Das Loch muss schon länger da gewesen sein«, murmelte Jem, der den Rand der Öffnung mit den Fingern abtastete. »Die Bruchstelle ist alt. Total maroder Beton, seht ihr?« Er zerkrümelte etwas von dem Mauerwerk zwischen seinen Fingern.

»Mag sein«, sagte Marek. »Aber die Äste sind frisch. Genau wie das Gras. Das hat jemand erst kürzlich dorthin gelegt.«

»Jemand?«, fragte Lucie. »Du meinst ... Menschen?«

»Menschen, Tiere, was weiß ich«, erwiderte Marek. »Aber wenn ihr mich fragt, sieht das nach einer Eins-a-Falle aus.«

Das Gedankenkarussell in Lucies Kopf begann, sich wieder zu drehen. Sie dachte an das Loch, das sich plötzlich im Bahnhof aufgetan hatte. Es war plötzlich da gewesen und hatte Connie in den Tod befördert. Und jetzt wäre es ihnen beinahe ähnlich ergangen.

Jem sprach aus, was Lucie dachte. »Auch wenn das ziemlich absurd klingt – sieht ganz so aus, als hätte es irgendjemand auf uns abgesehen.« Er blickte sich in alle Richtungen um, als wolle er sich vergewissern, dass niemand ihn hörte. »Überlegt doch mal, was seit Zoes Schuss auf die Glasfassade alles passiert ist – der Angriff der Vögel, das Verschwinden von Bennett und Jaeger und dann noch die Sache mit Connie ...«

Lucie zuckte kurz zusammen, als Jem Connies Namen erwähnte.

»Ich glaube sogar, das hat noch früher angefangen«, meinte Arthur. »Erinnert ihr euch an dieses schlabbrige Ding im Radkasten?«

Lucie schüttelte sich. »Wie könnten wir das vergessen?«

»Seit diesem Zeitpunkt hatte ich das Gefühl, dass wir ständig beobachtet werden. Nicht, dass ich irgendetwas gesehen hätte, es ist mehr so eine Intuition.«

»So wie bei mir«, sagte Jem. »Ich weiß ganz sicher, dass dort vor dem Brillenladen etwas war. Es hat mich beobachtet und sich nicht zu erkennen gegeben.«

»Jetzt, wo ich so darüber nachdenke ...«, murmelte Lucie leise. »Ich hatte auch das Gefühl, dass da im Baum etwas war. Der Berglöwe mag Connie zwar ... getötet haben, aber ich glaube, dass er von etwas gesteuert wurde. Etwas Fremdartigem, das viele Farben besitzt. Hat jemand eine Ahnung, was das gewesen sein könnte?«

»Keine Ahnung«, sagte Arthur. »Ich bin kein Tierexperte.«

»Ich auch nicht«, räumte Olivia ein.

»Aber das würde ja bedeuten, dass jemand die Tiere dazu angestiftet hat«, überlegte Jem. »Dass jemand die Vögel auf uns gehetzt und die Wölfe hinterhergeschickt hat.«

Stille trat ein.

»Und wenn es doch Menschen waren, die uns diese Falle hier gestellt haben?«, fragte Zoe. »Tiere sind zu so etwas doch überhaupt nicht in der Lage.«

»Tiere sicher nicht ...«, sagte Jem und strich sich übers Kinn. »Aber vielleicht ja irgendetwas, womit wir Menschen es in unserer Geschichte noch nie zu tun hatten. Immerhin befinden wir uns ja in der Zukunft. Wer weiß, was sich da entwickelt hat. Vielleicht eine andere intelligente Lebensform.«

»Niemand ist intelligenter als wir Menschen«, sagte Marek entschieden. »Das Tier muss erst noch geboren werden, dass es in Sachen Verstand mit uns aufnehmen kann.«

»Da wäre ich mir gar nicht so sicher«, meinte Olivia nachdenklich.

»Jedenfalls bleibt die Frage, wie wir jetzt weiter vorgehen sollen«, sagte Jem. »Dieser Weg ist zumindest unpassierbar.«

»Heißt das, wir müssen umkehren?« Lucies Herz wurde von einer eiskalten Faust gepackt und zusammengepresst. Sie sah ihn mit ängstlichen Augen an.

»Sieht so aus, ja.« Er nahm ihre Hand. »Aber mach dir keine Sorgen. Wir werden es schon schaffen. Irgendwo gibt es einen anderen Weg und wir werden ihn finden. Vertrau mir.«

42

Sie fanden keinen anderen Weg.

Sosehr sie sich auch bemühten, immer wieder scheiterten sie. Jede noch so kleine Kreuzung, jede Abzweigung und jede Kurve, die sie zurückgeführt hätte, war versperrt. Mal waren es dicke Ranken, mal undurchdringliches Buschwerk, dann wieder stießen sie auf meterhohe Barrikaden aus Autos und Müll, die irgendjemand dort aufgeschichtet hatte. Es war wie verhext. Jem hatte irgendwann aufgehört, an Zufälle zu glauben. Irgendjemand schien verhindern zu wollen, dass sie zurück zum Flughafen fuhren.

Zu allem Überfluss wurden sie permanent von irgendwelchen Tieren attackiert. Bösartige Insekten, Bisamratten und Schlangen schnellten aus dem Unterholz hervor und versuchten, sie zu beißen, sobald sie ausstiegen. Ganz zu schweigen von den Raubvögeln, die als winzige Punkte am Himmel kreisten und jeden ihrer Schritte beobachteten. Es war, als legte ihnen jemand eine unsichtbare Schlinge um den Hals.

Besorgt blickte Jem zu Marek. Das stundenlange Fahren hatte ihn sichtlich ermüdet.

»Soll ich dich ablösen?«, sagte Jem. »Ich glaube, dass ich es hinbekommen würde.«

Marek schien kurz zu überlegen, dann hielt er an. »Machen wir eine kurze Pause, dann übernimmst du.« Er stand auf und streckte sich erst mal. Dann gingen sie nach hinten zu den anderen, die gerade den Proviant auspackten.

»Ich weiß ja nicht, wie es euch geht«, sagte Olivia und biss ein Stück vom Zwieback ab. »Aber ich habe das Gefühl, dass diese Sucherei auf Dauer nichts bringt. Egal, wo wir hinkommen, egal, wie viele Umwege wir nehmen, der Rückweg ist und bleibt versperrt.«

»Sei es, dass die Wege schon seit Langem unpassierbar sind, sei es, dass jemand nachgeholfen hat, jedenfalls können wir nicht zurück«, ergänzte Paul.

»Tja, da habt ihr wohl recht«, sagte Jem. »Aber habt ihr eine bessere Idee?«

»Wir haben uns überlegt, ob es nicht besser wäre, weiterzufahren«, antwortete Arthur. »Die eingeschlagene Richtung beizubehalten.«

Marek runzelte die Stirn. »Du meinst, wir sollten nicht in die Stadt zurückfahren? Was ist denn das für ein Schwachsinnsvorschlag?«

»Kein Schwachsinn. Hört zu.«

»Ich finde, wir sollten uns auf die Suche nach den Überlebenden machen, die sich laut diesen Aufzeichnungen hier im Bunker im Süden des Landes aufhalten.« Er tippte auf seinen Laptop.

»Seid ihr denn sicher, dass dort noch jemand lebt?«, fragte Jem.

»Sicher nicht, aber es ist bisher der beste Hinweis, den wir haben. Und da wir sowieso schon im Süden sind, könnten wir auch weiterfahren und nach diesem Tunnelkomplex suchen.

Auf jeden Fall wäre das besser, als weitere Stunden damit zu verplempern, nach einem Rückweg zu suchen.«

»Vielleicht seht ihr es euch selbst mal auf der Karte an«, schlug Paul vor und drehte den Laptop so, dass alle ihn sehen konnten. »Wir sind hier, im Süden von Denver, in einem kleinen Vorort namens Littleton. Wenn wir die 105 Richtung Süden nehmen, kämen wir rasch nach Colorado Springs. Das sind ungefähr sechzig Meilen. Von dort aus ist es nur noch ein Katzensprung zum Cheyenne Mountain. Ein Tag, wenn die Strecke frei ist. Ich finde, es käme auf einen Versuch an.«

Die flach stehende Sonne warf lange Strahlen ins Innere.

Jem betrachtete die Karte, überschlug die Distanz und kam zu dem Schluss, dass die Idee nicht schlecht war. Allerdings würden sie es heute kaum noch bis Colorado Springs schaffen.

»Von mir aus können wir das gerne versuchen«, sagte er. »Aber wir müssten unterwegs Rast machen. Wir könnten uns irgendwo einen geeigneten Platz zum Übernachten suchen und morgen früh weiterfahren.«

»Was den Vorteil hätte, dass wir zumindest für eine Weile aus dem Blickfeld unserer Verfolger verschwinden würden.« Arthur deutete nach oben auf die Vögel. »Seit wir hier im Kreis rumfahren, folgen die Biester uns.«

Jem nickte nachdenklich. »Vielleicht können wir sie abschütteln, wenn wir Richtung Süden fahren.«

Allen schien der Vorschlag zu gefallen.

Nur Katta schüttelte den Kopf. Sie hatte die ganze Zeit über geschwiegen, doch jetzt brach es aus ihr heraus. »Wie habt ihr euch das vorgestellt? Wollt ihr die Menschen am Flughafen einfach zurücklassen? Die warten doch auf uns. Sie haben ein Recht darauf zu erfahren, was hier geschehen ist. Außerdem *will ich* zurück. Ich habe keinen Bock mehr, weiter in diesem Bus durch die Gegend zu schaukeln. Seht uns doch mal an. Wir sind total am Arsch. Wir überleben keinen Tag länger in dieser Wildnis.« Sie ließ ihren Kopf hängen. »Ich will nach Hause, zu meiner Mom und meinem Dad.«

»Das wollen wir alle, Kleines«, sagte Marek. »Die Sache ist nur so – ich glaube, die anderen haben recht. Es gibt momentan einfach keine andere Möglichkeit, als die Stadt zu verlassen.«

»Was können wir denn schon ausrichten?«, stieß Katta aus. Ihre Augen schwammen in Tränen. »Irgendetwas verfolgt uns, will uns töten. Und wir können uns nicht mal verteidigen. Wir haben doch kaum noch etwas zu essen und sind völlig mit den Nerven runter.«

»Aber was ist die Alternative?«, fragte Marek. »Jetzt ist Abend. Weit kommen wir ohnehin nicht mehr. Willst du allen Ernstes eine zweite Nacht in der Stadt verbringen?«

»Auf keinen Fall!«

»Da siehst du's. Wir müssen die Dämmerung nutzen und so viele Kilometer wie möglich zwischen uns und die Stadt bringen. Nur so haben wir die Chance, dass sie in der Dunkelheit unsere Fährte verlieren. Und nur damit du's weißt: Am Arsch sind wir noch lange nicht.«

Katta blickte verzweifelt in die Runde. »Dann ist das jetzt also schon beschlossene Sache? Will keiner zurück zum Flughafen? Was ist mit dir, Zoe?«

Zoe zuckte die Schultern. »Bitte nimm es mir nicht übel, aber ich finde, der Weg nach Süden ist die einzige Alternative, die wir haben.«

»Wie ihr meint«, sagte Katta beleidigt. »Dann fahren wir halt wie die Bescheuerten in der Gegend rum und werden irgendwann an Hunger und Durst sterben. Und wenn doch noch ein paar von uns am Leben sein sollten, dann werden diese Dinger kommen und den Rest erledigen. Das ist eine Todesfahrt, denkt an meine Worte.«

Mit diesem letzten Satz schnappte sie sich eine Decke, verzog sich in eine der leeren Reihen und legte sich hin.

Jem und die anderen sahen sich betreten an, doch Marek unterbrach die Stille. »Na schön«, sagte er. »Dann ist es also beschlossene Sache. Worauf warten wir? Lasst uns weiterfahren und bis Einbruch der Nacht noch ein paar Kilometer zurücklegen.«

43

Sie fuhren die halbe Nacht hindurch. Jem wechselte sich mit Marek ab und so gelang es ihnen, noch ein gutes Stück der Strecke hinter sich zu bringen. Irgendwann machten sie Pause, hielten an und schliefen ein paar Stunden.

Am nächsten Morgen standen sie auf, aßen und tranken, dann setzten sie ihre Reise fort.

Kurz vor Mittag erreichten sie Colorado Springs. Hinter der Silhouette einiger mehrstöckig aufragender Büro- und Bankengebäude erhoben sich majestätisch die Berge. Auf vielen von ihnen lag Schnee.

Obwohl alles friedlich aussah, entschieden sie sich, die Stadt weiträumig zu umfahren. Der Höhenangabe zufolge lag sie auf tausendsechshundert Metern. Trotzdem war sie vermutlich ebenso von der Katastrophe überrannt worden wie alle größeren Städte dieses Landes. Arthur hatte ihnen die Berichte vorgelesen und sie rasch von ihren Hoffnungen befreit. Die Erlebnisse von Denver steckten ihnen noch in den Knochen. Zur Not konnten sie auf dem Rückweg einen Abstecher riskieren, aber jetzt zog es sie erst mal in die Berge.

Immer wieder mussten sie anhalten, um irgendwelches Gerümpel oder umgestürzte Bäume von der Fahrbahn zu entfernen. Bei einem ihrer Zwischenstopps blickte Jem nach oben und stellte erleichtert fest, dass ihnen keine Vögel mehr folgten. Ihr Plan schien tatsächlich aufgegangen zu sein. Die Routenänderung war die richtige Entscheidung gewesen. Trotzdem sollten sie wachsam bleiben. Diese Tiere hatten verdammt gute Augen. Einmal entdeckt, würden sie sich vermutlich wieder an ihre Fersen heften.

Er fühlte sich inzwischen relativ sicher hinter dem Lenkrad. Lucie saß neben ihm und half ihm, den Weg zu finden. Er hatte das Gefühl, dass die Ereignisse der letzten Tage sie richtig zusammengeschweißt hatten. Sie war ihm so vertraut, als würden sie sich schon ewig kennen, manchmal reichte ein Blick von ihr und er wusste, was sie sagen wollte.

Nachdem sie eine ganze Weile still nebeneinander zurückgelegt hatten, sagte Lucie: »Es ist wie ein verwunschenes Königreich, findest du nicht?«

»Was meinst du?«, fragte er.

»Na, die Berge. Sieh nur, wie der Schnee auf den Gipfeln schimmert. Als wären sie mit Zuckerguss überzogen. Wie Berge im Schlaraffenland.«

Er musste grinsen, weil Lucie recht hatte.

»Sie erinnern mich irgendwie an die Donuts, die meine Mutter mal gemacht hat«, sagte sie. »Ganz warm und mit einer rosafarbenen Zuckerglasur. Frisch sind sie am besten.«

Jem lief bei dem Gedanken daran das Wasser im Mund zusammen. »Hör auf damit!« Er lachte. »Ich würde alles für so einen Donut geben. Oder noch besser für einen Berliner. Während der Karnevalszeit riecht ganz Köln danach. Dann bekommt man sie in jeder Bäckerei und der Duft weht durch alle Straßen. Mit Marmeladenfüllung, oh Mann.« Er blickte versonnen geradeaus. »Und Weckmännchen. Erinnerst du dich noch an Weckmännchen?«

»Klar«, erwiderte Lucie. »Die mit den Rosinenknöpfen und den schwarzen Augen.«

»Vor allem die Tonpfeifen«, sagte Jem. »Ich war ganz verrückt danach. Ich habe die Dinger gesammelt. Eine Zeit lang haben wir sogar versucht, damit zu rauchen, aber das ging nicht so gut. Das Loch im Stiel war zu eng und beim Aufbohren sind uns die Pfeifen oft kaputtgegangen. Was uns aber nicht davon abgehalten hat, es weiter zu versuchen«

Lucie lächelte ihn an. Ein rosiger Schimmer lag auf ihren Wangen. »Ich wollte mich übrigens noch mal bei dir bedanken.«

»Wofür?«

»Na, dass du dich so lieb um mich gekümmert hast, als es mir schlecht ging. Ich war völlig weggetreten, oder?«

»Kann man so sagen, ja.«

»Es tut mir leid ...«

»Das braucht dir doch nicht leidzutun«, sagte er und schaffte es gerade rechtzeitig, einem herumliegenden Ast auszuweichen. »Wir alle haben Schlimmes durchgemacht, aber für dich muss es am schlimmsten gewesen sein. Ich hätte mir vermutlich in die Hosen gemacht vor Angst ...«

»Du bist süß.«

Jetzt bekam Jem rote Wangen. »Man hat mich ja schon viel genannt, aber noch nie süß.«

»Echt nicht? Du hattest doch bestimmt schon mal eine Freundin.«

»Ich … äh, nein.«

»Ist nicht dein Ernst.«

»Kannst es ruhig glauben.«

»Na ja, dann sind wir schon zwei. Ich hatte auch noch keinen Freund.« Sie blickte geradeaus.

Jem wusste nicht, was er sagen sollte. Ihm fiel nichts ein, er wusste nur, dass er nicht wollte, dass sie jetzt aufhörte. Plötzlich drehte sie sich zu ihm um. Sie sah ihn direkt an. »Wärst du gerne mein Freund?«

»Nun, ich …« Sein Hals war plötzlich sehr rau.

»Ja oder nein? Du darfst es mir ruhig ganz ehrlich sagen. Ich kann damit umgehen.«

Er bemühte sich, geradeaus zu gucken, obwohl ihm das gerade sehr schwerfiel. Ihm schwirrte der Kopf. Er hatte ja schon einige Anmachen miterlebt, aber noch nie so eine.

»Also … ja«, antwortete er zu seiner eigenen Verblüffung. »Ich wäre gerne dein Freund.«

Lucie schwieg. Sie saß nur da, lächelte und sprach kein Wort. Was für ein seltsames Mädchen. Dann, plötzlich, beugte sie sich vor und gab ihm einen Kuss. Nur ein Schmatzer auf die Wange, aber er hatte das Gefühl, als würde ihn ein Sonnenstrahl treffen. Wärme durchströmte ihn und erfüllte ihn von den Zehen bis zu den Ohren.

Einige Kilometer weiter trafen sie erneut auf ein Hindernis. Diesmal war es ein umgestürzter Baum, der quer zu ihrer Fahrbahn lag. Während M.A.R.S. und Marek ihn zur Seite räumten, rief Arthur die anderen zu sich, um ihnen etwas zu zeigen. Er war anscheinend schon wieder auf etwas gestoßen, das keinen Aufschub duldete.

Jem fiel es schwer, sich zu konzentrieren. Er hatte nur Augen für Lucie. Er wäre lieber mit ihr alleine gewesen, aber die Umstände sprachen leider gerade dagegen. Also stellte er sich in die zweite Reihe und folgte der Unterhaltung mit halbem Ohr.

»Ich glaube, ich habe herausgefunden, was hier geschehen ist und wer unsere großen Unbekannten sind«, sagte Arthur. »Hier, seht euch das an.«

Roderick stand schon wieder auf seinem Display und lächelte freundlich. »Wiederhol noch mal, was du mir eben erzählt hast«, forderte Arthur ihn auf. »Die Sache mit den Squids.«

Squids? Jem hob den Kopf. Dieses Wort hatte er noch nie gehört.

Roderick räusperte sich. *»Gerne. Auch, wenn ich einschränkend sagen muss, dass die Information noch unvollständig ist. Es ging um Ihre Suchanfrage nach einer Lebensform, die über eine überproportionale Intelligenz verfügt und darüber hinaus in der Lage ist, sich zu tarnen. Und in der Tat: So eine Lebensform gibt es.«*

Ein seltsames Objekt erschien über dem Display.

Jem trat näher. *Was war denn das?*

»Was Sie hier sehen, Herrschaften, ist eine Lebensform, die auf der Erde seit mehr als dreihundertvierzig Millionen Jahren heimisch ist. Sie hat ihre Form seither nur unwesentlich verändert und gilt als Meister der Anpassung. Außerdem ist sie hochintelligent. Die Rede ist von den Tintenfischen. Den Sepia, den Kraken

und Oktopoden. Der wissenschaftlich korrekte Ausdruck lautet Kopffüßer oder Cephalopoden.«

Jem spürte ein Kribbeln im Nacken. »Das Vieh im Radkasten«, stieß er aus. »Die schlaffen, wurmartigen Tentakeln, das halb durchsichtige Fleisch, die merkwürdigen Saugnäpfe. Jetzt weiß ich, woran mich das die ganze Zeit erinnert hat.«

Roderick nickte. *»In den letzten paar Jahrhunderten ist es diesen Tiere gelungen, ihre maritime Heimat verlassen und das Land zu bevölkern. Eine Veränderung in ihrer DNA ermöglicht ihnen, Luftsauerstoff zu atmen und sich über Land fortzubewegen. Sie haben nicht nur die Spitze der Nahrungskette eingenommen, sondern sogar den Menschen als Krone der Schöpfung verdrängt. Diese Informationen gelangten niemals an die Öffentlichkeit. Sie wurden als streng geheim eingestuft und mit der höchsten Sicherheitsstufe versehen.«*

»Moment mal«, warf Jem ein. »Wir reden hier aber immer noch von Tieren, oder?«

»Die Grenze zwischen Mensch und Tier ist sehr willkürlich gewählt«, sagte Olivia. »Im Grunde haben die Menschen sie frei erfunden, weil sie sich für etwas Besseres halten.«

»Das ist doch Blödsinn …«

»Kein Blödsinn. Überleg doch mal. Wenn ich in Bio richtig aufgepasst habe, unterscheiden wir uns vom Schimpansen nur in zwei Prozent unseres Erbgutes – achtundneunzig Prozent sind absolut identisch. Und trotzdem ziehen wir eine unsichtbare Grenze und sagen, er sei ein Tier und wir wären Menschen.«

»Und diese Kreaturen scheinen deutlich anpassungsfähiger

und intelligenter zu sein als Schimpansen«, fügte Paul hinzu. »Um Vögel, Wölfe und Berglöwen zu manipulieren, bedarf es einer ungeheuren Willenskraft. Die gedankliche Kapazität müsste so groß sein, dass sie schon in den Bereich der Telepathie geht. Ein solches Lebewesen wäre uns Menschen weit überlegen.«

»Es handelt sich um eine Theorie, die bereits seit vielen Jahren von führenden Evolutionsbiologen vertreten wird«, erklärte Arthur. »Allerdings haben wohl nicht mal die kühnsten unter ihnen damit gerechnet, dass es so schnell passieren würde.« Er zuckte die Schultern. »Tja, Leute, tut mir leid, euch das sagen zu müssen, aber die Krone der Schöpfung hat seit Kurzem nicht mehr zwei Arme, sondern acht.«

Jem war fassungslos. »Und wir haben es überfahren«, murmelte er.

»Es muss irgendwo zwischen den Sträuchern gewesen sein«, sagte Zoe. »Bennett hat es nicht rechtzeitig erkannt und ist einfach drübergefahren. Wir haben es getötet. Keine besonders feine Art, sich einander vorzustellen.«

»Aber das war doch keine Absicht«, warf Lucie ein. »Es war ein Unfall.«

»Und die Sache mit dem Pfeil? Wie willst du ihnen das erklären?« Zoe zog eine Braue in die Höhe. »Alles, was diese Viecher von uns wissen, ist, dass wir rücksichtslos und grausam sind und dass wir sie nach Belieben töten. Wahrscheinlich halten sie uns für skrupellose Killer. Und für Killer gilt die Todesstrafe.«

»Oh Mann …«, murmelte Jem.

»Also, jetzt mal langsam«, sagte Katta. »Mir geht das echt ein bisschen zu schnell. Tintenfische? Die leben doch im Meer.«

»Schon lange nicht mehr«, erwiderte Roderick.

»Ich darf Sie auf einen Artikel vom 23. Januar 2081 hinweisen. Er stammt aus der Fachzeitschrift Scientific American *und wurde knapp fünfzig Jahre nach dem Einschlag des Kometen Thor verfasst. Zu diesem Zeitpunkt wusste man bereits recht gut über die Veränderungen auf der Erde Bescheid. Aber man hielt die Erkenntnisse geheim. Entgegen den Prognosen führender Wissenschaftler hatte der Kometeneinschlag nämlich doch beträchtliche Auswirkungen. Gewaltige Mengen von Kohlendioxid waren in die Atmosphäre gelangt, die zu einer Erwärmung der Durchschnittstemperatur auf der Erde führten. Die Polkappen schmolzen, der Golfstrom versiegte und der Meeresspiegel stieg um mehrere Meter. Das Weltklima änderte sich rapide. Trockene Gebiete verwandelten sich in Wüsten, gemäßigte Breiten in Regenwälder. Riesige Teile der Küstenregionen wurden zu Flachwasserzonen.«*

Roderick malte ein paar Kontinentalumrisse in die Luft. Europa sah auf einmal ganz anders aus. Auch Nordamerika war für Jem kaum noch wiederzuerkennen. *»In den neu entstandenen Flachwasserzonen konnte sich eine neue Form von Leben entwickeln«,* fuhr er fort. *»Kopffüßer, die bisher an das Leben im Meer gebunden waren, drangen dort ein und eroberten das Land. Erst über die Sumpfgebiete, später über die schwülwarmen Regenwälder. Es war ein großer Schritt in der Evolution.«*

»Evolution«, murmelte Arthur. »Mutation. Die Natur hat sich verändert. Erinnert ihr euch an die Wölfe? Das waren doch keine normalen Wölfe. Eher eine Mischung aus Hund und Raubkatze, oder?«

»Genau wie die Riesenratten im Tunnel«, flüsterte Lucie. »Oder die Pflanzen und Vögel am Flughafen.«

Jem wischte seine schweißnassen Hände an der Hose ab. Endlich hatte er eine Bestätigung für das, was er die ganze Zeit gespürt hatte. Er sog die Luft ein. »In was für eine Riesenscheiße sind wir hier bloß hineingeraten?«

44

Moment mal«, sagte Olivia. »Ich bin echt keine Expertin auf dem Gebiet der Evolutionsforschung, aber eine Sache weiß ich doch. Und zwar, dass solche Vorgänge nur sehr langsam vonstattengehen. Sie benötigen enorm viel Zeit. Wir reden hier über Zeiträume von Hunderttausenden, wenn nicht gar Millionen von Jahren. Und jetzt soll das alles von heute auf morgen geschehen sein?«

Lucie fand, dass das eine gute Zwischenbemerkung war. Olivia schien ein ziemliches Ass in Bio zu sein. Roderick lächelte ebenfalls. *»Sehr gut, junge Dame. Sie sprechen damit die zweite große Veränderung an. Erinnern Sie sich an den Fernsehbeitrag, den ich Ihnen kürzlich gezeigt habe?«*

Olivia verschränkte die Arme vor der Brust. »Du meinst die Biologin, die von den einfachen organischen Verbindungen sprach, die der Komet ins Meer getragen hat?«

»Protomaterie, so hatte sie sie genannt«, warf Paul ein.

»Aber sie sagte doch, dass von denen keine Gefahr ausgehen würde.«

»Tja, falsch gedacht«, erwiderte Roderick. *»Diese Moleküle waren zwar nicht direkt gefährlich, hatten aber doch einen gewaltigen Effekt auf das bestehende Leben. Der Begriff fiel eben schon mal.* Mutation. *Wissen alle, worum es sich dabei handelt?«*

»Nicht direkt«, sagte Katta. »Vielleicht könntest du noch mal kurz zusammenfassen, worum es dabei geht.«

»Also gut. Die Zellteilung ist Ihnen allen noch ein Begriff, oder?«

»Klar.«

»Nun, dabei kommt es immer wieder zu kleinen Fehlern – bestimmte Abschnitte auf dem Genstrang, die sich nicht hundertprozentig genau verdoppeln. Dadurch entstehen Veränderungen, Mutationen *genannt. In den meisten Fällen sind sie harmlos und bewirken gar nichts. Manchmal führen sie dazu, dass das Lebewesen sich nicht mehr vermehren kann. Ganz selten geschieht es, dass die Veränderungen einen Vorteil bewirken. Zum Beispiel könnte der Hals eines Tieres ein bisschen länger werden, wodurch es besser an die oberen Blätter kommt, oder es kann länger die Luft anhalten, weswegen es tiefer tauchen und so besser an die Nährstoffe gelangen kann. Genauso gut kann eine Mutation bewirken, dass ein Meereslebewesen in der Lage ist, Luftsauerstoff über die Haut aufzunehmen. Bei Lurchen war das schon immer bekannt, nicht aber bei Kopffüßern. Wie auch immer: Das mutierte Tier vermehrt sich und gibt die vorteilhafte Information an seine Kinder weiter. Die Kinder und Kindeskinder verbessern die Eigenschaften, perfektionieren sie und erobern so einen völlig neuen Lebensraum. Alles klar so weit?«*

Alle nickten. Lucie hatte das alles zwar schon mal gehört, doch sie schien es erst jetzt richtig verstanden zu haben.

»Mutation also. Dabei gilt es, eine Sache zu beachten: Je einfacher und primitiver eine Lebensform ist, desto schneller treten Mutationen auf«, erklärte Roderick. *»Am häufigsten findet man*

sie bei Viren und Bakterien. Sie verändern sich eigentlich dauernd.«

»Und was hat das alles mit den Kopffüßern zu tun?«, fragte Lucie.

»Darauf komme ich gleich«, sagte Roderick. *»Wichtig ist, dass Sie das Prinzip verstehen.«* Er schien ganz in seinem Element zu sein. *»Kommen wir nun zu der eben erwähnten Protomaterie. Sie hatte einen verblüffenden Effekt auf das bestehende Leben auf der Erde, denn sie wirkt wie eine Art Dünger. Sie begünstigt Mutationen und beschleunigt damit die Evolution.«* Er warf ihnen einen bedeutungsvollen Blick zu.

»Evolutionsdünger gelangt also ins Meer und von dort aus in den Wetterkreislauf. Er breitet sich rasend schnell über die ganze Erde aus. Er gelangt in den Regen und von dort aus ins Trinkwasser. Als Erstes befällt er Viren und Bakterien. Auch die in unserem Körper. Es mag Ihnen nicht bewusst sein, aber zwei Kilogramm von jedem von Ihnen bestehen aus Bakterien. Sie sind ein Teil von Ihnen. Ihr Körper ist so gesehen ein gigantischer Bakterienzoo.«

»So ein Unsinn.« Katta verzog das Gesicht. »Das hieße ja, wir wären alle krank.«

Roderick schüttelte den Kopf. *»Bakterien sind für die Funktionen eines menschlichen Körpers unerlässlich. Sie schützen die Haut, helfen bei der Verdauung, bilden Vitamine und regen die Immunabwehr an. Aufgrund des Evolutionsdüngers kommt es jetzt zu Mutationen. Winzige Veränderungen, die aber eine verheerende Wirkung haben. Sterilität. Die Menschheit wurde unfruchtbar. Frauen wurden nicht mehr schwanger, es wurden keine Babys mehr geboren. Das war der Anfang vom Ende.«*

»Du meine Güte«, flüsterte Katta. »Heißt das, dass es jetzt auch uns erwischt hat? Ich meine, dieses Zeug ist doch immer noch in der Luft, oder?«

Lucie schwirrte der Kopf von so vielen Informationen.

»Darüber habe ich leider keine gesicherten Informationen«, erwiderte Roderick. *»Es wäre blanke Spekulation. Aber ein gewisses Risiko besteht, ja.«*

»Wieso hast du uns das nicht schon gestern erzählt? Du hättest uns doch warnen können. Dann hätten wir vielleicht noch irgendwo Gasmasken besorgt und uns geschützt.«

»Ich bezweifele, dass das etwas genutzt hätte«, sagte Arthur. »Wir waren der Luft bereits viel zu lange ausgesetzt.«

Kattas Schultern sanken nach unten. »Auch wieder wahr ...«

»Was geschah dann?«, fragte Lucie. Sie fürchtete sich davor, was noch folgen konnte, aber sie musste jetzt die ganze Wahrheit hören.

»Exitus«, sagte Roderick. *»Nicht schnell, aber beständig – Jahr für Jahr ein paar mehr. So lange, bis am Schluss niemand mehr übrig war. Ein halbes Jahrhundert mag evolutionstechnisch sehr kurz sein, aber für euch Menschen ist es eine lange Zeitspanne. Ich glaube aber, dass ihr nicht sehr gelitten habt.«*

»Du sagst das so einfach, du bist kein Mensch«, meinte Lucie. »Mir fällt es schwer zu glauben, dass es so einfach abgelaufen ist.«

»Vermutlich haben sich alle damit abgefunden«, warf Arthur ein. »Menschen sind anpassungsfähig. Irgendwann war es normal, keine Kinder mehr zu bekommen. Die Menschen wurden älter und starben friedlich.«

»Das denke ich auch«, sagte Jem. »Zuerst wurden die Städte aufgegeben, später die Dörfer. In die neu entstandene Lücke drangen Pflanzen und Tiere ein. Die Natur holte sich alles wieder zurück.«

Lucie schüttelte den Kopf. »Und man hat nie ein Gegenmittel gefunden?«

Roderick blickte betrübt. *»Bedaure, nein. Die Menschen schlossen ihre Geschäfte und gingen fort. Sie wurden alt und starben. Allerdings gab es wohl vereinzelte Konflikte mit den Squids. Die Menschen sahen in der neu entstandenen Lebensform einen Feind. Immerhin drangen sie überall dort ein, wo die Menschen sich zurückzogen. Doch wie das im Einzelnen ablief, darüber kann ich nichts sagen. Dazu müssten Sie weitere Daten dechiffrieren. Ich habe Ihnen so viel erzählt, wie ich weiß. Wenn Sie mich brauchen, Sie wissen ja, wo Sie mich finden.«*

Bzzz ... und er war weg.

Lucie schwieg. Genau wie die anderen. Jeder versuchte, auf seine Weise mit den Informationen fertig zu werden. Was natürlich unmöglich war. Vermutlich würden noch Wochen vergehen, bis sich alle damit abgefunden hatten. Aber immerhin wussten sie jetzt, woran sie waren.

»Statt in die Bibliothek zu gehen, hätten wir uns mal lieber auf den Friedhöfen umsehen sollen«, sagte Jem düster. »Dort hätten wir die Antwort sicher früher erhalten. Lasst uns weiterfahren und nach den Überlebenden suchen. Mein Bedarf an schlechten Nachrichten ist für heute gedeckt.«

45

Außerhalb von Colorado Springs veränderte sich die Landschaft. Es gab deutlich weniger Bäume und Büsche. Sie wechselten vom Highway 25 auf die 115, die direkt bis an den Fuß des Cheyenne Mountain führte.

Jem saß wieder vorne am Lenkrad, Lucie neben ihm. Mit argwöhnischem Blick musterte er den Himmel. Ein Vogelschwarm hing über ihren Köpfen. Diesmal waren nicht nur Krähen und Raben mit dabei, sondern auch große Raubvögel. Ein Anblick, der Jem eine Scheißangst bereitete.

»Verdammt noch mal«, murmelte er. »Sieht ganz so aus, als hätten sie uns wiedergefunden.«

»Aber wie ist das möglich?«, fragte Lucie. »Ich dachte, wir wären ihnen entkommen.«

»Zu früh gefreut«, erwiderte Jem. »Diese Viecher haben verdammt gute Augen. Und unser Bus ist nicht gerade unauffällig.«

»Aber warum?« Lucie berührte sanft seinen Arm. »Reicht es denn nicht, dass sie uns aus der Stadt vertrieben haben? Warum folgen sie uns bis in die Berge? Wir stellen doch für niemanden eine Bedrohung dar.«

»Das wissen wir, aber wissen sie das auch?« Jem verfolgte den stetig größer werdenden Schwarm. »Wir Menschen waren doch noch nie sonderlich zimperlich im Umgang mit der Natur.

Ich habe mal irgendwo gehört, dass alle zwölf Minuten irgendwo eine Art ausstirbt.«

»Zwölf Minuten, das ist ja furchtbar. Könnte es vielleicht sein, dass sich all diese Arten plötzlich gegen die Menschheit verbündet haben?«

Jem warf einen besorgten Blick nach oben. »Kann schon sein«, flüsterte er. »Sieh dir das mal an! Ich bin ja weiß Gott kein Tierkenner, aber da kreisen Adler neben Kranichen und Falken neben Krähen. Eigentlich müssten die sich doch an den Kragen gehen, aber sie benehmen sich wirklich wie Verbündete.«

»Wie heißt es doch so schön?«, murmelte Lucie. »Der Feind meines Feindes ist mein Freund.«

Jem schüttelte den Kopf. »Irgendetwas muss geschehen sein, das diese anormale Verhaltensänderung bewirkt hat, und ich glaube, die Squids sind der Schlüssel zu diesem Rätsel.«

»Glaube ich auch«, pflichtete Lucie ihm bei. »Wenn wir einen Weg finden könnten, uns mit ihnen zu verständigen, dann könnten wir sie wenigstens von unserer Unschuld überzeugen.«

»Dazu müssten wir erst mal wissen, wo sie sich aufhalten«, sagte Jem. »Aber wie willst du dich mit einem Tier verständigen, das unsichtbar ist? Sie könnten hier überall sein und wir würden sie nicht erkennen.« Er hämmerte mit der Hand auf das Lenkrad. »Ein verfluchter Mist ist das.«

»Warum kann es nicht einfach wieder so werden wie früher?«, fragte Lucie leise. »Ich will doch nur nach Hause. Und wenn das nicht geht, wenigstens in Ruhe und Frieden leben. Ist das denn zu viel verlangt?«

Sie wirkte so traurig, dass es Jem fast das Herz brach. »Wir schaffen das«, sagte er und schenkte ihr ein aufmunterndes Lächeln. »Wir werden die Überlebenden finden und dann werden wir einen Weg zurück in unsere Welt suchen, okay?«

Sie nickte, doch er sah ihr an, dass sie nicht wirklich daran glaubte. Wie auch? Schließlich waren sie auf der Flucht und das Gelände wurde immer unwegsamer und trostloser.

Die Straße schlängelte sich zwischen Granitfelsen und krüppeligen Kiefern in die Berge hinauf. Zwischen den schattigen Bergflanken tauchten bereits die ersten Schneefelder auf.

»Wie weit ist es noch?«, rief Jem nach hinten. »Eigentlich müssten wir doch bald da sein.«

Paul warf einen Blick auf die Karte. »Wir befinden uns jetzt auf der *Norad Road*, kurz hinter der Abfahrt 43A. Die Straße ist nicht besonders lang. Vielleicht einen Kilometer oder so.«

»Da vorne kommt ein Schild«, sagte Arthur.

Alle rutschten auf die rechte Seite. Auf einem komplett verrosteten Schild stand in kaum noch lesbarer Schrift: *Warning: Restricted Area. Official Government Business Only.*

»Die Warnung gilt ja wohl nicht mehr, oder?« Arthurs Blick wirkte sorgenvoll.

»Doch, ganz bestimmt gilt die noch«, sagte Olivia mit gespieltem Ernst. »Ich wette, gleich hinter der nächsten Biegung stehen die Cops und nehmen uns fest. Aber das hätte auch ein Gutes. Zumindest dann könnten wir sicher sein, dass es doch noch Überlebende gibt.« Sie grinste breit.

»Sehr witzig.« Arthur vergrub seine Nase hinter dem Computerdisplay.

»Aber findet ihr es nicht merkwürdig, dass es so nahe an

der vermeintlichen Zuflucht keine Hinweise auf menschliches Leben gibt? Zäune, Weiden, frisch errichtete Hütten, bemalte Schilder – irgendetwas. Die Gegend sieht genauso trostlos und heruntergekommen aus wie der ganze Rest.«

»Vielleicht wollen sie genau diesen Eindruck erwecken, um keine Feinde auf ihre Spur zu lenken«, gab Paul zu bedenken.

»Das ist doch Schwachsinn. Die einzigen Feinde haben Klauen, Reißzähne oder Schnäbel. Denen ist es doch egal, ob da ein Hinweisschild steht oder nicht.«

»Auch wieder wahr ...«

»Könnte es sein, dass die Aufzeichnungen fehlerhaft sind?«, fragte Lucie. »Vielleicht haben wir uns einfach nur verfahren?«

Paul schüttelte den Kopf. »Das ist die richtige Straße. Natürlich kann es sein, dass dort schon lange niemand mehr lebt, aber das werden wir erst feststellen, wenn wir da sind. Lasst uns erst mal ankommen und nachsehen, okay? Sorgen machen können wir uns später immer noch.«

*

Sie fuhren einen weiteren Kilometer auf der zunehmend schlechter werdenden Straße. Immer steiler und steiler ging es hinauf. Lucie fiel auf, dass das Land immer schroffer und karger wurde. Als sie um eine Kurve bogen, tauchte plötzlich ein breiter Zaun vor ihnen auf. Dahinter befand sich eine steil aufragende Felswand mit einer halbrunden Öffnung darin. Lampen, Sicherheitsanlagen, ein verschlossenes Stahltor – sie hatten NORAD erreicht.

Jem nahm den Gang raus, ließ den Bus ausrollen und zog die Handbremse. Dann öffnete er die Türen.

Eisiger Wind schlug ihnen entgegen. Lucie fand, dass die Luft nach Schnee schmeckte. Erst jetzt, da sie das warme Innere ihres Fahrzeugs verließen, wurde ihr bewusst, dass sie tatsächlich sehr hoch in den Bergen waren. Sie schlug den Kragen ihrer Jacke hoch, die sie sich noch schnell übergeworfen hatte, und ging langsam auf das Bauwerk zu. Keine fünf Meter, da sehnte sie sich schon wieder zurück ins warme Innere des Busses.

Der Anblick des gewaltigen Panzerschotts war Furcht einflößend. Bestimmt bestand es aus meterdickem Stahl.

Was mochte sich wohl hinter der Tür verbergen? War es möglich, dass da drinnen tatsächlich noch Menschen hausten? Wenn ja, wie hatten sie so lange überlebt? Ein Leben ohne Sonne und Wind? Schwer vorstellbar. So wie die Morlocks aus H.G. Wells Roman *The Time Machine,* den sie im Englischunterricht gelesen hatten. Bleiche, langhaarige Lebewesen, die sich auf den Verzehr von Menschenfleisch spezialisiert hatten.

Sie schauderte.

»Ist das nicht unglaublich?«, rief Arthur. »Stellt euch vor, was sich hinter diesem Eingang befindet. Ein Höhlensystem von sieben Kubikkilometern. Fünfundvierzig unterirdische Stahlbauten, deren größte Räume eine Länge von dreißig Metern besitzen. Zweitausend Kilometer unterirdisches Straßennetz. Und dann dieses Tor. Als stünde man vor den Pforten von *Moria.* Herzlich willkommen in NORAD.«

»Pech nur, dass hier keiner ist, um uns zu begrüßen«, sagte

Marek mit düsterem Ausdruck. »Wenn ihr mich fragt, das Ding sieht ziemlich unbewohnt aus.«

»Ach, Unsinn«, rief Arthur. »Wir haben ja noch nicht mal angeklopft.«

»Das sollten wir vorerst auch nicht tun«, sagte Marek.

»Was meinst du?«

»Ich meine, dass wir uns erst mal umschauen sollten, ohne großes Aufsehen zu erregen. Nehmen wir mal an, es gibt hier tatsächlich noch Überlebende, vielleicht sind sie nicht gut zu sprechen auf Fremde. Vielleicht mögen sie es nicht, dass man einfach so unangemeldet vor ihrer Tür erscheint und reinwill. Vielleicht halten sie uns für Feinde und greifen uns an.«

»Vielleicht, vielleicht, vielleicht. Was wir hier brauchen, ist ein bisschen mehr Optimismus.« Arthur schüttelte den Kopf. »Kommt schon, Leute, immerhin haben wir es bis hierher geschafft. Ich gehe jetzt vors Tor und gucke mal, ob ich jemanden finde oder ob wir uns irgendwie ankündigen können. Wer kommt mit?« Er machte sich auf den Weg.

Lucie presste die Lippen zusammen. Es war ja schön, dass Arthur so optimistisch war, aber woher nahm er diese Zuversicht? Oder wollte er sich nur selbst Mut machen?

Ihre Hoffnungen waren jedenfalls auf ein Minimum zusammengeschrumpft. Dieser Bereich sah völlig tot aus. Nichts deutete darauf hin, dass hier noch irgendjemand lebte.

46

Weiter oben, versteckt hinter einem Felsen, verfolgten messerscharfe Augen die Ankunft der Fremden. Das eine Paar war grau, das andere braun. Jede Bewegung wurde genauestens registriert und beobachtet. Was sich da unten abspielte, war so aufsehenerregend, dass die beiden jungen Männer lange Zeit kein Wort herausbrachten. Es war Alrik, der als Erster das Schweigen brach.

»Menschen«, flüsterte er. *»Fremde.«*

Er war gerade zwölf geworden. Das Alter, in dem die Frischlinge angeworben wurden.

Ragnar strich über sein Kinn. Seit einiger Zeit spross dort ein Bart, auf den er sehr stolz war. Was er da unten sah, versetzte ihn in Aufregung. »Sie kommen aus den wilden Landen«, sagte er. *»Und* sie haben ein Fahrzeug.«

»Hast du den Fahrer gesehen? Seltsam, oder?«

»Habe ich«, murmelte Ragnar nachdenklich. »Dass sie einen *Trow* in ihrer Mitte dulden, ist merkwürdig.«

»Sehr merkwürdig«, stieß Alrik aus. »Vielleicht sind sie mit den dunklen Mächten im Bunde.«

»Allerdings nur, wenn man den alten Legenden Glauben schenkt – was ich nur bedingt tue. Aber wir wollen den Dingen nicht vorgreifen.«

»Woher mögen sie wohl kommen?«, fragte Alrik. »Laut

Meister Erin dürfte es in den wilden Landen gar keine Menschen mehr geben.«

»Nun, wie es aussieht, hat Meister Erin sich geirrt.«

Alrik riss die Augen auf. »Wenn dort Menschen leben, dann würde das ja bedeuten …«

»Was? Dass die Kinder der Midgardschlange verschwunden sind?« Ragnar schüttelte den Kopf. »Das glaube ich erst, wenn ich es sehe.« Er blickte hinaus in die Ebene. Hinter den Fremden ließ sich ein dunkler Fleck in der Luft ausmachen. Der Schwarm bestand aus unzähligen Punkten, die unentwegt umeinanderkreisten.

»Siehst du das?«, sagte er und deutete in die Ferne. »Sie haben bereits ihre Boten ausgeschickt. Nicht mehr lange, bis der Rest von ihnen hier eintrifft.«

Es ärgerte ihn, dass er kein Fernglas besaß. Die wenigen Exemplare, die es noch gab, befanden sich alle im Besitz der Stadtwache.

»Sie sammeln sich«, murmelte er. »Und es sind viele. Wir sollten die anderen warnen.«

»Da unten scheinen sie jedenfalls keine Ahnung zu haben, in welcher Gefahr sie schweben«, sagte Alrik. »Vielleicht sollte man sie ebenfalls warnen …«

Ragnar strich nachdenklich über seine Tätowierung. Das Bild stellte eine neunköpfige Schlange dar, die sich entlang seines Halses bis über den Rücken wand. Ein Fabeltier aus uralter Zeit. Wenn man ihm den Kopf abschlug, wuchsen zwei neue nach.

Er hatte die Tätowierung anlässlich seines sechzehnten Geburtstags erhalten. Offiziell galt er jetzt als Mann. Und als solcher musste er eine Entscheidung fällen.

»Nein«, sagte er. »Wir ziehen uns zurück. Mein Vater muss über die Vorgänge informiert werden.«

»Aber …«, begann Alrik.

»Kein Aber. Wir sollten die Entscheidung dem Fürsten überlassen. Der Jarl reagiert höchst ungehalten, wenn er den Eindruck hat, man würde ihn übergehen.« Er beobachtete, wie die Personen das Fahrzeug verließen und auf das große Tor zugingen. »Wo immer die herkommen, was immer sie erlebt haben – sie hätten es nicht so weit geschafft, ohne wenigstens einmal mit der Brut Kontakt gehabt zu haben. Glaub mir, sie wissen von der Gefahr. Vermutlich sind sie genau deswegen in die Berge geflohen.« Er kniff die Augen zusammen.

Die Fremden gingen auf das große Tor zu und fingen an, alles gewissenhaft zu untersuchen. Über ihnen sammelte sich der Schwarm. Er ließ die Neuankömmlinge keinen Moment aus den Augen.

»Es sind Frauen dabei.«

»Habe ich auch schon bemerkt.« Ragnar wusste, worauf Alrik hinauswollte. Der Fürst hatte ihnen eingeschärft, nach Frauen Ausschau zu halten. Frauen bedeuteten Wohlstand, sie bedeuteten Kinder und die Sicherung der Zukunft. Wo die herkamen, gab es vielleicht noch weitere.

»Auch darüber werden wir den Jarl informieren«, sagte er. »Ebenso über das Fahrzeug. So etwas habe ich noch nie gesehen. Eine Festung auf vier Rädern. Stell dir vor, was sich damit alles bewerkstelligen ließe.«

»Aber es ist dunkle Technologie ...«

»Na und? Meinst du, das würde mir Sorgen bereiten? Ich bin nicht der Gode. Technologie ist für mich nicht zwangsläufig etwas Schlechtes oder Böses.«

»Lass es uns doch stibitzen«, schlug Alrik mit leuchtenden Augen vor. »Stell dir vor, was dein Vater für Augen machen würde. Wir wären Helden. Außerdem scheinen die da unten gerade ziemlich abgelenkt zu sein.«

Ragnar überdachte den Vorschlag, verwarf ihn aber schnell wieder. Manchmal wusste er wirklich nicht, ob der Kleine nicht vielleicht nur Stroh zwischen den Ohren hatte.

»Stibitzen? Wie stellst du dir das vor? Kannst du so ein Ding fahren? Wir sind Späher, keine Techniker. Abgesehen davon, sehen die Fremden nicht so aus, als würden sie sich leicht bestehlen lassen. Soll der Fürst entscheiden, was mit ihnen geschehen soll. Los jetzt.«

Er zog das Wolfsfell straff über seine Schultern und kroch ein paar Armlängen rückwärts. Dann sprang er auf und rannte geduckt zwischen den Felsen zurück in Richtung Zitadelle.

47

Jem ging auf den Eingang zu.
Das Panzerschott wurde von einer halbkreisförmigen Röhre beschattet, die aus der senkrecht aufragenden Felswand ragte. Auf ihrem Scheitelpunkt waren die Worte *Cheyenne Mountain Komplex* zu lesen. Uralte Laternenpfähle, die schon lange kein Licht mehr verströmten, flankierten den Eingang wie schweigsame Soldaten.

Eine zentimeterdicke Schicht aus Staub und Geröll bedeckte den Vorplatz. Aus dem grauen Himmel rieselten erste Schneeflocken. Was für ein Kontrast zu den schwülwarmen Temperaturen in Denver, dachte Jem und schlug die Arme um sich. Fast so, als wären sie auf einem völlig anderen Kontinent. Er konnte sich nicht erinnern, jemals einen so finsteren und abweisenden Ort gesehen zu haben. Denver war in seiner Menschenleere auch deprimierend gewesen, aber dort hatte es wenigstens jede Menge Pflanzen und Tiere gegeben. Die Stadt quoll über vor fremdem Leben. Hier lebte nichts. Dieser Ort hätte genauso gut auf dem Mond stehen können.

»Hier ist niemand«, sagte er leise. »Ich glaube nicht, dass wir hier Überlebende finden werden.« Den anderen schien es ähnlich zu gehen, denn niemand wiedersprach. Außer Arthur.

»Wie kannst du so etwas sagen? Wir haben doch noch nicht mal richtig nachgesehen. Ich habe dich immer für einen Optimisten gehalten und jetzt willst du einfach so aufgeben, ohne wenigstens vorher angeklopft zu haben?« Er schüttelte den Kopf.

Jem konnte Arthurs Enttäuschung gut nachvollziehen. Von allen in der Gruppe hatte er die meiste Arbeit in dieses Unternehmen gesteckt. Er hatte die Informationen entdeckt, hatte Tag und Nacht an ihrer Entschlüsselung gearbeitet und ihnen sogar einen Zielort genannt. Jetzt einzugestehen, dass das alles nur ein großer Irrtum gewesen war, fiel ihm sicher nicht leicht.

Trotzdem – es hatte keinen Sinn, sich etwas vorzumachen.

Außerdem saß ihnen die Zeit im Genick. Der Vogelschwarm war immer noch da und Jem fühlte, wie die Kälte ihm langsam in die Knochen kroch. Ewig würden sie hier nicht rumstehen können.

Er machte einen Schritt auf Arthur zu und legte ihm die Hand auf die Schulter. »Glaub mir, es wird niemand öffnen. Schau dir den Boden an. Sag mir, was du siehst.«

Arthur zuckte die Schultern. »Sand, Staub, Geröll. Ich weiß nicht, worauf du ...«

»Siehst du irgendwelche Abdrücke? Reifenspuren, Fußabdrücke, irgendetwas?«

»Nein«, sagte Arthur und fügte dann schnell hinzu: »Aber das muss nichts heißen. Vielleicht war heute noch niemand draußen. Vielleicht hat der Wind die Spuren verweht.«

»Klar, kann sein«, erwiderte Jem. »Aber dann müssten doch zumindest alte Spuren zu finden sein. Ich bin alles abgegangen, da war nichts. Stattdessen habe ich das hier gefunden.« Er deutete auf die rechte Seite. Dort waren jede Menge Abdrücke.

Abdrücke von Hasen und Kaninchen, Katzenpfoten und von Vögeln. Jedoch nicht ein menschlicher Fußabdruck.

»Wenn es hier jemals Menschen gegeben hat, dann haben sie den Ort längst verlassen.« Er seufzte. »Tut mir leid.«

Arthur stand da, als hätte er eine Ohrfeige erhalten. Einen Moment lang glaubte Jem, er würde in Tränen ausbrechen, doch dann gewann der Trotz die Oberhand. Wütend klaubte Arthur einen Stein vom Boden, ging damit bis vor das Tor und schlug dreimal heftig dagegen.

»Aufmachen«, brüllte er. »Hier sind Besucher. Wir sind von weit her gekommen, um Sie zu treffen. Machen Sie das Tor auf!«

»He, Kleiner«, rief Marek. »Hast du nicht gehört, was ich vorhin gesagt habe? Keinen Lärm.«

Arthur beachtete ihn gar nicht, sondern hämmerte weiter. Er tat das mit so viel Nachdruck, dass Jem Sorge hatte, er könne sich dabei verletzen.

Dong, dong, dong.

»Aufmachen! Wir wollen mit Ihnen reden!«

Marek eilte wütend hinter ihm her. »Sag mal, hörst du schwer? Schluss mit dem Quatsch!«

»Nein!«, schrie Arthur. »Wenn wir uns nicht bemerkbar machen, kommt auch niemand.« Noch einmal schlug er dagegen.

Marek packte seine Hand und entwand ihm den Stein. Er stieß Arthur so hart zur Seite, dass dieser stolperte und hinfiel. Überrascht blickte er zu Marek empor.

Jem eilte auf die beiden zu und half seinem Freund wieder auf die Füße. »Bist du bescheuert?«, fuhr er Marek an.

»Wer ist hier bescheuert?«, fragte Marek zurück und baute sich wie ein Gorilla vor Jem auf. Am liebsten hätte er ihn weggestoßen, doch er wollte sich nicht provozieren lassen. Sie hatten jetzt wirklich Besseres zu tun.

Jem beugte sich vor, klaubte einen Stein vom Boden und schlug jetzt ebenfalls heftig gegen die Tür. Das Dröhnen hallte ihm in den Ohren.

Ein kräftiger Stoß traf ihn in den Rücken. Er taumelte, stolperte und prallte gegen die Tür. Das raue Metall schabte ihm die Hände auf. Er fuhr herum und sog Luft in seine schmerzenden Lungen.

Marek stierte ihn wütend an. Jems Puls raste. Sekundenlang starrten sie sich in die Augen. *Nein,* dachte Jem, *jetzt bist du einen Schritt zu weit gegangen. Das lasse ich mir nicht länger gefallen.*

Dann zog er seinen Kopf ein und rannte los.

48

Marek war auf den Angriff nicht vorbereitet.

Als er bemerkte, dass Jem wie ein Irrer auf ihn zugerannt kam, konnte er sich gerade noch ein kleines Stück zur Seite drehen. Leider nicht weit genug, denn der kurz geschorene Kopf traf ihn mit voller Wucht in die Rippen. Der Aufprall war gnadenlos.

Ein schmerzerfülltes Keuchen löste sich aus seiner Kehle. Hätte er noch so dagestanden wie vor einer Sekunde, wäre ihm vermutlich die Seele aus dem Leib gefahren. Der Kampf wäre vorbei gewesen, ehe er richtig begonnen hatte. So aber gelang es ihm gerade noch, die Bauchmuskeln anzuspannen und den Schlag in eine andere Richtung zu lenken. Schmerzhaft genug war es trotzdem.

Jem machte einen flinken Ausweichschritt, dann kam er wieder auf ihn zu.

Himmel, der Bursche war schnell.

Marek hob seine Faust. »Du verdammter …« Er landete einen Hieb gegen Jems rechte Schläfe. Überraschenderweise schien diesen das aber nicht weiter zu stören. Marek schlug ein zweites Mal zu und spürte kurz darauf, wie er das Gleichgewicht verlor. Zusammen mit seinem Gegner, der sich irgendwie mit ihm verknotet hatte, kippte er um und landete hart auf dem mit Schotter übersäten Boden.

Staub wirbelte auf. Steine bohrten sich in seinen Rücken. Mit Jems Gewicht auf der Brust konnte er kaum atmen.

Trotzdem gelang es ihm, weitere Treffer zu landen.

Jems aufgeplatzte Lippe blutete inzwischen heftig. Doch sosehr Marek ihm auch zusetzte, dieser zähe Hund wollte einfach nicht klein beigeben. Er drückte seine Arme mit den Knien nach unten und ließ Faustschläge auf ihn niederhageln. Marek hatte große Mühe, den Kopf zur Seite zu drehen und ihn mit seinen Händen zu schützen.

»Hört auf!«

Lucies Stimme drang aus weiter Ferne an seine Ohren. Doch Marek war viel zu sehr damit beschäftigt, sich aus Jems Schraubzwinge zu befreien.

»Hört auf, ihr Idioten«, schrie jetzt auch Katta.

Marek kümmerte sich nicht um ihr Geflenne. Er musste eine Entscheidung herbeiführen. Hatte jetzt lange genug gedauert, dass ihm dieser Affe auf der Nase herumtanzte. Mit einer Bewegung, die all seine Kraft erforderte, wuchtete er seinen Unterleib in die Höhe, hob die Beine in die Luft und schlang sie seinem Gegner von hinten um den Hals. Jem war so damit beschäftigt, auf ihn einzuprügeln, dass er die Attacke nicht kommen sah. Vielleicht aber hatte er Marek auch unterschätzt und ihm so eine Beweglichkeit nicht zugetraut.

Jem stieß einen überraschten Laut aus, als er plötzlich die beiden kräftigen Waden um den Hals spürte. Marek spannte seine Beinmuskulatur an und drückte den lästigen Plagegeist nach hinten.

Jem schlug hart mit dem Hinterkopf auf den Boden. Jetzt lagen sie beide auf dem Rücken, doch Marek war in der günstigeren Position. Er wollte sich gerade aufrichten und die Sache zu Ende bringen, als ein Schatten auf ihn fiel. Eben war da noch die Sonne über ihm gewesen, jetzt war da nur noch ein pechschwarzer Umriss, der den Himmel verdunkelte.

Sämtliche Alarmglocken schrillten in seinem Inneren. Der Bruchteil einer Sekunde genügte, um ihm klarzumachen, dass da etwas auf sie zugeschossen kam. Etwas Großes, mit ziemlich scharfen Krallen.

Instinktiv rollte er zur Seite und riss Jem dabei mit sich. Vermutlich rettete er ihnen beiden damit das Leben.

Ein grausames Kreischen ertönte. Messerscharfe Krallen und ein Schnabel, krumm und lang wie eine Sichel, bohrten sich neben ihnen in die knochentrockene Erde. Ein heftiger Wind brandete auf, als die Schwingen die Luft peitschten. Marek drang der ekelhafte Gestank nach verwesendem Fleisch in die Nase.

Als er den Kopf hob, sah er sich einem gelben Auge gegenüber. Augen, die ihn mit tödlichem Hass anstarrten. Schneller als ein Pfeil von Zoes Bogen zuckte der Schnabel vor und hackte in Richtung seines Gesichts. Er spürte einen Luftzug, dann einen brennenden Schmerz.

Er schrie.

49

Lucie fühlte sich wie erstarrt. Sie konnte nicht begreifen, was hier ablief – und warum Marek und Jem sich so idiotisch verhielten. Sie wollte schon dazwischengehen, als aus der Höhe ein geflügeltes Ungeheuer herabstieß und ihrem Kampf ein jähes Ende bereitete.

Der mächtige Greifvogel verfehlte die beiden Streithälse nur um Haaresbreite, schlug auf dem Boden auf und schüttelte benommen sein Gefieder.

Er benötigte einen Moment, um sich zu sammeln, dann ging er erneut zum Angriff über. Sein Schnabel zuckte vor und verletzte Marek an der Wange. Nur eine Schnittwunde, aber er hätte auch genauso gut ein Auge erwischen können.

Marek stieß einen Schrei aus und presste seine Hand vors Gesicht. Blut sickerte zwischen seinen Fingern hindurch. In diesem Moment ertönte ein markerschütternder Knall.

Der Adler schlug wild mit den Flügeln, versuchte zu starten, sackte dann aber zu Boden und begrub die beiden Jungen mit einem ersterbenden Krächzen unter seinen mächtigen Schwingen.

Lucie blickte fassungslos in die Runde. Was war geschehen?

Zoe stand breitbeinig da, die Pistole auf das Ziel gerichtet. Der Gestank von Feuer und Rauch lag in der Luft.

Sie hatte das Vieh erledigt. Mit einem einzigen Schuss.

Keuchend krochen Jem und Marek unter dem Vogel hervor. Beide bluteten. Jem aus einer Platzwunde an der Unterlippe, Marek aus einer langen Schnittwunde unter seinem linken Auge. Ungläubig starrten sie auf den Adler.

»Alles okay mit euch?« Zoe musterte die beiden mit prüfendem Blick.

»Drecksvieh«, stieß Marek aus. »Wo kam der denn auf einmal her?«

Lucie war viel zu erschrocken, um zu sprechen. Benommen zwinkerte sie in die Helligkeit – und erstarrte. Hunderte von Vögeln kreisten über ihnen.

Jem wischte das Blut von seiner Lippe, packte ihre Hand und zog sie hinter sich her. Seine Finger fühlten sich klebrig an.

»Zurück in den Bus«, schrie er. »Schnell. Wir müssen weg hier!«

»Was ist mit den Überlebenden?«, rief Arthur. »Was ist mit NORAD?«

»Hast du es immer noch nicht kapiert? Hier ist niemand mehr. Diese Einrichtung ist tot. Und das werden wir auch gleich sein, wenn wir nicht augenblicklich verschwinden.«

»Komm schon«, rief Paul und schubste seinen Freund zum Bus. »Jem hat recht. Wir werden sterben, wenn wir hier noch länger bleiben. Der Bus ist unsere einzige Rettung.«

Lucie hatte ihren Schritt verlangsamt. Sie hörte kaum noch zu. Was sie sah, raubte ihr den Atem.

Während Jem Arthur und Paul zur Eile antrieb, blickte sie talwärts. Wo eben noch eine verlassene Landstraße gelegen hatte, war jetzt eine dunkle, brodelnde Masse zu sehen, die unablässig näher kam. Vor ihrem geistigen Auge zuckten Lichtblitze darüber hinweg. Farben in einem Spektrum, wie Lucie es noch nie zuvor gesehen hatte. Ihr kam es vor, als würde die Luft vor Hitze flimmern.

Sie wusste, dass sie diese Wut nur aufgrund ihrer besonderen Fähigkeiten sehen konnte, aber sie war selbst erschrocken über die Heftigkeit der Emotionen, die dort aufstiegen. Sie in Worte zu fassen, war, als müsse man einem Blinden Farben erklären.

Sie fühlte, wie Jems Hand sich verkrampfte. Offenbar hatte er jetzt auch gesehen, was da auf sie zurollte. Sie hörte seine Stimme. »Ach, du *Scheiße!*«

50

Es ist sss‿so weit.

Sss‿sind sss‿sie in die Falle gegangen?

Ja. Sss‿sie stehen mit dem Rücken zur Wand.

Sss‿sehr gut.

Sss‿sollten wir nicht doch versuchen, mmm‿mit ihnen zzz‿zu reden?
Vielleicht ist alles nur ein Mmm‿missverständniss.

Mmm‿missverständnisss? Sss‿sie haben getötet.
Sss‿sie haben uns attackiert.

Aber ‿

Kein Widerspruch. Die Entscheidung ist gefallen.
Gebt Befehl zzz‿zum Angriff.

51

Jems Lauf geriet ins Stocken. Er konnte es nicht glauben. Waren das Tiere? Doch, es bestand kein Zweifel. Sie wurden angegriffen. Und nicht nur von kleineren Exemplaren wie Igeln, Hasen oder Murmeltieren, *oh nein.* Jem erkannte Füchse, Kojoten, Bergziegen und Dickhornschafe. Etwas weiter weg sah er eine Gruppe von Hirschen und Elchen, dicht gefolgt von mindestens zwanzig Bisons. Zwischen ihnen bewegten sich schlank und geschmeidig Luchse und Berglöwen.

Sie waren überall, vor allem auf der Straße. Aber auch im umliegenden Gelände konnte er sie sehen. Zwischen den Steinen, den Gräsern und Sträuchern – überall krabbelte und wuselte es.

Unaufhaltsam schob sich die Lawine auf sie zu. Eine graubraune, gleichgeschaltete Masse, die nur eines im Sinn hatte: töten.

»Bringt euch in Sicherheit«, schrie er. »Macht, dass ihr in den Bus kommt. Er ist unsere einzige Rettung.«

Noch während die Worte seinen Mund verließen, überkamen ihn Zweifel. *Rettung?* Für sie? Das war doch aussichtslos. Zu überwältigend war die Anzahl ihrer Feinde. Es mussten Tausende sein – Zehntausende, wenn man jede Ratte und Maus mit hinzurechnete. In ihnen schien nur ein Instinkt vorzuherrschen: die Vernichtung der Menschen.

Während Jem zu ihnen hinüberstarrte, erschien es ihm so, als verliefe ein unsichtbarer Graben zwischen ihm und diesen Tieren. Hier der Mensch, dort die Natur. Beides miteinander unvereinbar. Als Zweibeiner waren sie ein Fremdkörper, sie gehörten nicht hierher. Roderick hatte es ihnen anschaulich erklärt: Die Menschen waren von der Evolution zum Untergang verurteilt worden. Es gab in dieser neuen Welt keinen Platz für sie. Nur einem Zufall – einer unerwarteten kosmischen Fügung – war es zu verdanken, dass sie ihren Fuß in diesen Garten Eden gesetzt hatten. Doch nun war die Schöpfung auf sie aufmerksam geworden. Sie hatte Wind von ihrer Existenz bekommen und warf ihnen alles entgegen, was sie aufbringen konnte.

Ein Brüllen lag in der Luft. Das Geräusch unterdrückten Zorns, erzeugt von Hunderten von Kehlen. Wenn es bisher noch irgendeinen Zweifel über den Ernst ihrer Lage gegeben hatte, so war er hiermit ausgeräumt. Auch dem Letzten in der Gruppe war jetzt klar geworden, dass ihr Leben an einem seidenen Faden hing.

Jem hechtete auf den Fahrersitz und startete den Motor. Während er darauf wartete, bis alle eingestiegen waren, erlaubte er sich einen Blick auf die andere Seite.

Er erschauerte.

Von hier oben betrachtet wirkte die Masse von Tieren noch bedrohlicher. Schwerer, süßlicher Moschusgeruch stieg ihm in die Nase. Säugetiere und Vögel, so weit das Auge reichte. Manche von ihnen hatte Jem noch nie gesehen. Sie wirkten wie Kreuzungen zwischen bekannten Tierarten. Zum Beispiel war da etwas, das aussah, wie eine Mischung aus Tapir und Giraffe. Mit einem langen Hals und einem komischen kleinen Rüssel vorne dran. Oder eine Schafart, die einen Rückenpanzer zu besitzen schien. Allerdings waren diese Tiere zu weit entfernt, um sie genauer in Augenschein zu nehmen.

Angestrengt kniff er die Augen zusammen. Wo waren die Squids? Warum hatten sie bisher noch keinen einzigen von ihnen zu Gesicht bekommen? Hatten sie sich unsichtbar unter diese gewaltige Biomasse gemischt oder waren es vielleicht bloß Phantome? Hirngespinste, die den fiebrigen Gehirnen einiger durchgeknallter Forscher entsprungen waren?

Jem spürte, dass hier eine Macht am Werke war, für die es in der menschlichen Geschichte keine Entsprechung gab. Die trotz ihrer Unsichtbarkeit alles kontrollierte. Er spürte, dass die Masse von Tieren nicht aus eigenem Willen handelte.

Lucie war auf den Sitz neben ihm gesprungen und starrte geradeaus. Jem drehte sich um. »Alle an Bord? Gut, dann mache ich jetzt die Schotten dicht.« Er hieb auf den Knopf, der zischend die Türen schloss. Dann trat er aufs Gaspedal.

Der Bus machte einen Satz vorwärts. Marek flog hinterrücks in den Gang. Jem ignorierte sein wütendes Geschrei und konzentrierte sich auf die vor ihm liegende Aufgabe.

Die Straße war unpassierbar, doch linker Hand war ein großer Parkplatz zu sehen, der augenscheinlich noch nicht von den Horden eingenommen worden war.

Einer spontanen Eingebung folgend, riss Jem das Lenkrad herum und beschleunigte auf ein halsbrecherisches Tempo.

»Was hast du vor?«, brüllte Marek. »Willst du uns alle umbringen?«

»Ich will versuchen, die Horde zu umrunden«, schrie Jem. »Vielleicht denken sie, wir könnten nur die Straße benutzen, aber ich werde ihnen einen Strich durch die Rechnung machen.«

»Aber wie?«, keuchte Lucie. »Der Parkplatz ist eine Sackgasse.«

»Abwarten«, schnaufte Jem, der keine Ahnung hatte, ob sein Plan wirklich aufgehen würde.

Das Ende der breiten Asphaltfläche kam näher.

Ein schmaler Bordstein war dort, dann folgte unbebautes Gelände. Ein Maschendraht erstreckte sich quer zu ihrer Fahrtrichtung. Jem ließ seinen Fuß noch ein Stückchen tiefer sinken. Lange würde der Motor dieser Belastung nicht standhalten. Aber es gab keine andere Möglichkeit. Sie brauchten den Schwung, um den Zaun zu durchschlagen.

»Alle festhalten, jetzt wird es gleich …«

Ein Sirren wie von einer Kreissäge schnitt ihm das Wort ab. Der Maschendraht spannte sich über die Führerkabine, dann riss er. Einer der Pflöcke, an denen er befestigt war, löste sich aus dem Erdreich und schoss seitlich durch eines der Fenster. Ein Hagel von Glassplittern prasselte auf sie herein. Schreie ertönten, doch Jem konnte sich jetzt nicht darum kümmern. Er durfte nicht die Kontrolle verlieren.

Die erste Hürde war genommen, aber schon lag die zweite vor ihm. Der Hang, der hinab zu dem tiefer liegenden Feldweg führte, war übersät mit Geröll. Einige der Felsen waren so riesig, dass der Bus daran zerschellen würde.

Jem blieb also nur eine Wahl: Er musste ihnen ausweichen.

Mit schweißnassen Händen hielt er das Lenkrad fest umklammert und steuerte den stählernen Koloss in halsbrecherischem Tempo und wilden Schlangenlinien zwischen ihnen hindurch. Eine Szene wie aus einem Spiel. Wie *Halo* oder *Half-Life.* Indem er seine Freunde vor den Verfolgern rettete, wurde Jem zu Gordon Freeman, der seinen Truck über das Black-Mesa-Gelände steuerte, fiese Aliens, Strider und Combine-Soldaten im Genick.

Ein Krachen riss ihn aus seiner Fantasie und schleuderte ihn zurück in die Realität. Er hatte einen mittelgroßen Felsen gerammt. Der Bus machte einen Sprung. Angstschreie erklangen von hinten.

Doch auf einmal lag der Hang hinter ihnen und sie befanden sich auf dem Feldweg. Jem riss das Lenkrad nach links und folgte dem schmalen Pfad, der zurück auf die Straße mündete.

Eine gewaltige Staubspur hinter sich herziehend, rumpelte der Bus über den unebenen Boden Richtung Freiheit.

52

Lucie kroch aus ihrem Schlupfwinkel hervor. Jetzt, da die Fahrt ruhiger verlief, konnte sie es wagen, ihre Position zwischen Vordertür und Sitzplatz zu verlassen. Sie spürte, wie sie zitterte.

Überall lagen Glassplitter. Der Boden war übersät damit. Vorsichtig tauchte sie auf und sah sich um.

Sie waren wieder auf der Straße. Jem hatte es tatsächlich geschafft. Er hatte einen Bogen um die angreifenden Tiere geschlagen und war ihnen so entkommen. Obwohl ihre Beine sich immer noch anfühlten, als wären sie aus Gummi, war sie für den Moment einfach nur froh, am Leben zu sein.

Linker Hand zog sich ein roter Streifen über die Berge. Was, verflucht, war das denn?

»He, schaut mal da drüben«, rief sie. »Was ist das? Könnt ihr das sehen? Da, über dem Berg.«

Vor den sich auftürmenden Gewitterwolken verlief eine Linie senkrecht in den Himmel. Sie hatte ihren Ursprung irgendwo oberhalb des Cheyenne Mountain und bestand augenscheinlich aus Rauch. Plötzlich zerplatzte sie und bildete Formen wie eine sich öffnende Blüte.

»Das ist eine Leuchtrakete«, rief Olivia von hinten. »Jemand hat eine Leuchtrakete abgefeuert.«

»Und da, noch eine zweite«, schrie Arthur und deutete auf

einen Punkt etwas weiter rechts. »Signalraketen. Ich glaube, da will uns jemand eine Botschaft übermitteln.«

»Uns?« Lucie fiel es schwer, das zu glauben.

»Wem sollten sie denn sonst gelten? Außer uns ist doch niemand hier. Außerdem ist es völlig unerheblich, wem sie gelten. Wir sehen sie, also können wir ihnen auch folgen.« Seine Augen glühten vor wilder Entschlossenheit. »Begreift ihr denn nicht? Es sind Menschen, die diese Raketen abgefeuert haben. *Überlebende!*« Er riss die Arme hoch.

»Hurra!« Lucie riss ebenfalls die Arme empor. Sie hatte sich eigentlich schon damit abgefunden, dass sie hier keine Menschen treffen würden, aber wenn Arthur recht hatte, dann bedeutete das, dass sie gerettet waren. *Gerettet!*

Sie starrte nach draußen. Kein Zweifel: Diese Leuchtraketen konnten nur von Menschen abgefeuert worden sein. Wie Pfeile der Hoffnung rasten sie durch die Luft, stiegen höher und höher, bis der Wind den Rauch ergriff und ihn in den oberen Luftschichten verteilte.

Mit offenem Mund saß sie da und staunte.

Paul hatte schon wieder den Laptop aufgeklappt und verglich Lage und Entfernung. »Sie stammen vom Osthang des Cheyenne Mountain«, rief er. »Ungefähr dort, wo sie aufsteigen, gibt es eine Sehenswürdigkeit. Eine Art Zitadelle.«

»Eine Zitadelle?« Lucie beugte sich vor.

»Na, so ein Turm halt«, erwiderte Paul. »Er ist hier eingezeichnet. Es steht auch eine Höhenangabe dran. Zweitausendvierhundert Meter über dem Meeresspiegel. Der Turm selbst ist fünfunddreißig Meter hoch.« Er hob den Kopf. »Ich könnte schwören, dass die Raketen von dort aus abgefeuert wurden.«

»Weiß irgendjemand etwas darüber?«, fragte Lucie.

»Moment, ich überprüfe das gerade«, sagte Arthur. Seine Finger schalteten das Holotalkie ein.

Sofort erschien Rodericks grünliches Gesicht. *»Hallo zusammen. Wie schön, Sie wiederzusehen. Darf ich fragen ...«*

»Klappe«, unterbrach ihn Arthur. »Wir brauchen eine Information, und zwar zackig. Der Ort, auf den mein Freund Paul gerade seinen Finger legt. Wie heißt er und was ist das?«

Roderick rückte seine Brille zurecht und spähte zum Laptop hinüber. *»Sie meinen den* Schrein der Sonne? *Nun, er war seinerzeit ein beliebtes Ausflugsziel.«*

»Der Schrein der Sonne?« Lucie fand, dass der Name irgendwie komisch klang. Ein bisschen wie ein kultisches Heiligtum. Wobei sie etwas Sonne gerade durchaus hätte gebrauchen können. Durch das zersplitterte Fenster wehte ein eisiger Wind. Zudem sah das Wetter über den Bergen nicht gerade einladend aus.

»Der Turm ist einem Mann namens Will Rogers gewidmet«, sagte Roderick. *»Einem Komiker und Entertainer indianischer Herkunft. Der Erbauer des Turms, ein gewisser Spencer Penrose, war ein Freund von Rogers und widmete ihm drei Stockwerke dieses beeindruckenden Mausoleums. Der Turm trägt seinen Namen, weil er morgens als Erster und abends als Letzter von den Strahlen der Sonne berührt wird. Möchten Sie gerne dorthin?«*

»Ja, das möchten wir.« Arthur nickte aufgeregt.

»Nun, es führt eine schmale Straße hinauf. Der Cheyenne

Mountain Highway. *Er ist nur ein paar Kilometer von Ihrer jetzigen Position entfernt. Wenn Sie möchten, kann ich Sie leiten.«*

»Klar.« Arthur stand auf und wackelte zu Jem nach vorne.

Roderick reckte seinen Hals und blickte hinaus. *»Wo sind wir denn? Ah, ja, jetzt erkenne ich es wieder. Die Gegend hat sich aber sehr verändert. Ziemlich heruntergekommen, möchte ich meinen. Die Straßenmeisterei sollte dringend mal den Pflanzenwuchs beseitigen. Egal. Zuerst müssen wir uns in Richtung Zoo halten. Die Abfahrt dort drüben, sehen Sie?«* Er deutete nach links. Jem nickte und befolgte die Anweisung.

Lucie blickte wieder zu den Bergen hinüber. Eine weitere Rakete war inzwischen aufgestiegen.

Lucie spürte, dass hier etwas Unfassbares vor sich ging. Ob unfassbar gut oder unfassbar schlecht, blieb noch abzuwarten, aber es war das erste Mal seit ihrem Aufbruch vom Flughafen, dass sie so etwas wie Hoffnung verspürte.

Vielleicht würde doch noch alles ein gutes Ende nehmen.

53

Auch mit Rodericks Hilfe war es nicht leicht, den Weg zu finden. Viele der kleinen Straßen waren inzwischen unpassierbar oder völlig verschwunden. Was auf dem Plan so einfach aussah, entpuppte sich als kaum entwirrbares Labyrinth von Wegen, die dauernd in irgendwelchen Sackgassen endeten und keiner bestimmten Richtung zu folgen schienen. Der Hinweis auf den Zoo war der einzig brauchbare Anhaltspunkt. Doch die Schilder waren größtenteils verwittert und unleserlich. Mehr als einmal mussten sie aussteigen, Schilder von Dreck und Rost befreien und danach ihre Richtung neu festlegen. Der Schwarm von Vögeln, der sie dabei begleitete, sagte ihnen, dass ihr Vorsprung langsam dahinschmolz.

Jem fühlte, wie seine Konzentration nachließ. Die Flucht hatte ihm alles abverlangt. Er hielt an und überließ Marek das Steuer. Wortlos gingen die zwei aneinander vorbei. Mit Genugtuung sah er, dass seine Attacken Marek ganz schön zugesetzt hatten. Sein Gesicht war an manchen Stellen verfärbt und leicht geschwollen. Das Verhältnis zwischen ihnen war auf dem Tiefpunkt angelangt, die geglückte Flucht und das halsbrecherische Manöver hatten daran nichts geändert.

Jem ging schwankend nach hinten. Lucie, Arthur und Olivia unterbrachen ihr Gespräch, als er bei ihnen eintraf.

»Du siehst müde aus.« Lucie schenkte ihm ein Lächeln. Doch er konnte ihr ansehen, dass sie enttäuscht von ihm war. Vermutlich, weil es ihm trotz seines Versprechens nicht gelungen war, seine Emotionen unter Kontrolle zu halten.

»Bin ich auch«, erwiderte Jem. »Zum Umfallen.«

»Dann leg dich doch ein bisschen hin. Du hast es dir verdient.«

Er schüttelte den Kopf.

»Dann iss wenigstens etwas. Ein bisschen haben wir noch.«

Er ließ sich einen uralten Müsliriegel reichen. Die Metallfolie war an manchen Stellen schwarz angelaufen und der Inhalt roch staubig. Trotzdem schlang er den Riegel in sich hinein und spülte mit etwas Wasser nach.

»Und? Wieder besser?«

»Alles okay ...«

»Und deine Lippe?«

Er tippte mit seinen Fingerspitzen dagegen. Sie war geschwollen und tat weh. Aber immerhin blutete sie nicht mehr. Er versuchte zu lächeln. »Nichts, was nicht wieder verheilen würde. Ein Eiswürfel wäre nicht schlecht, aber ich denke, es geht auch so.«

»Ich verstehe das nicht«, sagte Lucie leise. »Warum habt ihr euch geprügelt? Ich dachte, ihr hättet euch einigermaßen arrangiert.«

»Arrangiert?« Er lachte zynisch. »Das täuscht. Ich habe ihn von Anfang an für einen Arsch gehalten. Tja, Notlagen schweißen Menschen manchmal zusammen. Aber Marek und ich werden im Leben keine Freunde werden.«

»Versucht wenigstens, miteinander klarzukommen«, bat Olivia. »Ich kann den Typen auch nicht ausstehen, aber ich weiß, dass wir ihn brauchen. Er gehört zu unserem Team und deswegen solltest du Frieden mit ihm schließen.«

»Und wie? Soll ich mich bei ihm entschuldigen oder was?«

Sie zuckte die Schultern. »Wenn es nicht anders geht …«

Jem schüttelte den Kopf. »Ausgeschlossen. Er hat angefangen. Wenn einer sich entschuldigen muss, dann er.«

»Du weißt selbst, dass wir so nicht weiterkommen.« Olivia schüttelte den Kopf. »Von Marek kannst du so etwas nicht erwarten, dafür ist er zu stur.«

»Das bin ich auch«, sagte Jem und verschränkte die Arme vor der Brust. Für ihn war das Thema gegessen.

Hinter dem ehemaligen zoologischen Garten verlief die Straße in Windungen den Berg hinauf. Nicht weit entfernt stießen sie auf ein rostiges Hinweisschild mit der Aufschrift *Will Rogers Shrine Of The Sun – 10 Miles.*

Jem fiel ein Stein vom Herzen. »Der Weg stimmt«, murmelte er. »Zehn Meilen sind zwar nicht gerade wenig, aber immerhin haben wir den Aufstieg gefunden. Hoffentlich ist die Straße in einem einigermaßen intakten Zustand.«

Paul deutete nach vorne. »Sieht aus, als hätte da mal eine Barrikade gestanden, findet ihr nicht?«

Jem stand auf und blickte hinaus. Ein Wall aus Felsbrocken und umgehackten Bäumen, deren Stämme bis zu einem Meter dick waren, rückte in ihr Blickfeld. Die Baumstümpfe wiesen teilweise saubere Schnittkanten auf, was auf das Werk von Sägen und Äxten hindeutete. »Sieht aus, als wäre der Wall einst von Menschen errichtet worden«, sagte er. »Aber warum?«

»Vielleicht, um ungebetene Gäste fernzuhalten«, überlegte Arthur. »Allerdings wirkt er, als wäre er schon vor langer Zeit niedergerissen worden. Die Lücke sieht jedenfalls aus, als wäre da etwas verdammt Großes durchgebrochen.«

»Ob das reicht, dass wir hindurchpassen?« Er blickte seitlich aus dem Fenster. Marek manövrierte den Bus im Schritttempo durch die Öffnung. Teilweise fehlten wirklich nur noch wenige Zentimeter. Aber er schaffte es und so dauerte es nicht lang, bis sie auf der anderen Seite angelangt waren und ihre Fahrt fortsetzen konnten.

Das Wetter hatte umgeschlagen und dicke Wolken schoben sich über den Himmel.

Jem setzte sich wieder hin und verfolgte die Weiterfahrt mit besorgter Miene.

Die Straße war in einem üblen Zustand. Überall Steine und tiefe Spalten. Marek nahm keine Rücksicht darauf und peitschte den Bus im kleinsten Gang die Serpentinen hinauf. Vermutlich, weil er Sorge hatte, dass das Fahrzeug den steilen Anstieg sonst nicht schaffen würde.

Nur wenige Kilometer hinter der Barrikade erreichten sie die Baumgrenze. Die letzten krüppeligen Kiefern warfen ihnen zornige Blicke hinterher und sie kamen in eine Gegend, die mehr Ähnlichkeit mit dem Mond oder dem Mars hatte als mit der Erde. Wohin Jem auch blickte, sah er nichts als schroffe Felswände und steile Klippen. Dazwischen immer wieder ausgedehnte Schneefelder.

Niemand hatte weitere Leuchtraketen gesehen und so mussten sie darauf vertrauen, dass sie die Straße nicht in eine völlig falsche Gegend führte. Aber laut Karte war dies der einzige Weg hinauf. Umkehren konnten sie jetzt ohnehin nicht mehr, denn der Weg wurde immer schmaler. Vorerst blieb ihnen keine andere Wahl, als weiterzufahren.

Zumindest ein Gutes hatte diese karge und lebensfeindliche Umgebung: Tiere wie Insekten, Reptilien oder Lurche konnten hier kaum noch existieren. Wenn überhaupt, dann Säugetiere, die an diese extremen klimatischen Bedingungen angepasst waren. Und die könnten sie schon aus der Ferne erkennen.

Jem fragte sich, ob das vielleicht der Grund war, warum die Menschen sich in die Berge zurückgezogen hatten.

Das Wetter wurde jetzt mit jeder Minute schlechter. Inzwischen klatschte Schneeregen auf sie herab. Sturmböen zerrten an der Karosserie. Durch das zersplitterte Glas pfiff der Wind.

Jem schwankte nach vorne. Er hielt es hinten nicht mehr länger aus, wollte sehen, was los war.

Das hätte er vielleicht besser nicht gemacht. Die letzten Reste von Asphalt waren inzwischen verschwunden. Stattdessen fuhren sie nun auf einer Schotterpiste, die einen höchst instabilen Eindruck machte. Mit einen Allradfahrzeug hätte die Fahrt vielleicht Spaß gemacht, nicht aber mit einem tonnenschweren Bus. Rechts von ihnen ging es steil in die Tiefe.

Jem schauderte bei dem Anblick.

Nebel begann, sie einzukreisen. Vor ihnen zerschellten die tief hängenden Wolken an den Bergflanken, wirbelten durcheinander und stiegen wie die Seelen verstorbener Bergwanderer in die Höhe. Regen klatschte gegen die Scheiben, peitschte gegen die Felswände und durchweichte den Boden. Langsam begann das Wasser, den Untergrund in Schlamm zu verwandeln. Es sammelte sich in Rinnsalen, begann abzufließen und vereinte sich am Fuß des Berges zu einem schnell dahinfließenden Gewässer.

Jem warf einen Blick auf Marek. Dessen Mund war zu einem schmalen Strich zusammengeschmolzen. Er war runter auf Schritttempo gegangen und lenkte das Fahrzeug mit höchster Konzentration um die Kehren. Jem verstand, warum er das tat, jede unbedachte Lenkbewegung konnte zum Ausbrechen des Fahrzeugs und zum Sturz in die Tiefe führen. Außerdem war die Strecke mit Felsbrocken übersät, die das Fahren zusätzlich erschwerten. Immer wieder musste Marek ausweichen und darauf achten, dem Abgrund nicht zu nahe zu kommen.

Jem murmelte ein stilles Gebet. Normalerweise hatte er es nicht so mit dem lieben Gott, aber in diesem Moment konnten sie jede Hilfe brauchen, die sie bekommen konnten.

Ein paar Steine prasselten vor ihnen auf die Straße. Marek schenkte dem keine Beachtung und fuhr weiter. Jem warf einen Blick nach oben. Was er sah, ließ ihm das Blut in den Adern gefrieren. Eine düstere Wolke entleerte sich über ihren Köpfen. Vor der Wolke aber – schwarz wie Scherenschnitte – waren die Umrisse etlicher großer Tiere zu sehen. Jem musste zweimal hinschauen, um sicherzugehen, dass ihm seine Augen keinen Streich spielten. Doch als sie sich bewegten, gab es keinen Zweifel mehr.

»Tritt aufs Gas«, zischte er. »Schnell oder wir werden alle sterben.«

»Hör auf, mich zu nerven«, grunzte Marek und wischte sich den Schweiß von der Stirn. »Siehst du nicht, dass ich ...«

»Du sollst schneller fahren.«

Er warf ihm einen wütenden Blick zu. »Sag mal, geht's noch? Ich kann doch auf dem Untergrund nicht ...«

»Gib Gas!« Jem griff nach links rüber, packte Mareks Bein und drückte es nach unten.

Der Motor quittierte den Befehl mit einem protestierenden Jaulen. Die Folgen waren heftiger, als Jem erwartet hatte.

Von einem auf den anderen Moment drehten die Hinterräder durch. Der Bus rutschte mit dem Heck weg und glitt wie auf Schmierseife langsam auf den Abgrund zu. Panisch riss Marek das Lenkrad herum. Es gelang ihm in letzter Sekunde, den Absturz aufzuhalten. Dann griffen die Räder plötzlich. Es gab einen Ruck und das schwere Fahrzeug wurde nach vorne katapultiert.

»Sag mal, bist du total bescheuert?« Marek versuchte, sein Bein freizubekommen, doch Jem hielt es weiter nach unten gedrückt. Was er gesehen hatte, ließ ihm keine andere Wahl.

54

Jems Stimme wurde von einem ohrenbetäubenden Grollen übertönt.

Was zum Geier war denn das?

Marek kniff die Augen zusammen und starrte zum Berg hinauf.

Links oberhalb ihrer Position war der Hang in Bewegung geraten. Auf den ersten Blick hätte man das als optische Täuschung abtun können, doch als Marek genauer hinschaute, erkannte er, dass dort nicht nur einzelne Felsbrocken zu Tal rollten, sondern die halbe Bergflanke ins Rutschen geraten war. Und sie führte eine riesige Menge Schutt mit sich.

»Eine Lawine«, keuchte er. »Eine gottverdammte Lawine.«

»Wenn wir mit voller Geschwindigkeit fahren, schaffen wir es vielleicht noch.«

Marek schüttelte den Kopf. »Nein, wir müssen abbremsen.«

»Keine Zeit«, stieß Jem neben ihm aus. »Wenn wir jetzt langsamer werden, erwischt es uns und schiebt uns volle Kanne über die Kante. Tritt drauf, Marek, *los!*«

Ein mächtiger Felsblock schlug vor ihnen auf die Straße. Er riss ein tiefes Loch in die Fahrbahn, sprang hoch, rotierte einmal um die eigene Achse und stürzte dann den Abhang hinunter. Weitere kleinere folgten. Ein paar davon erwischten den Bus. Es knallte und schepperte, als wären sie in einen Kugelhagel geraten. Aber wie durch ein Wunder blieb das Fahrzeug auf dem Weg.

»Komm schon!«, rief Jem mit flehender Stimme. »Gib Gas. *Bitte, bitte, bitte.* Ein paar Meter noch, dann haben wir es ...«

Doch Marek konnte nicht. Er war wie gelähmt. Er sah einen gewaltigen Schatten auf sie zurasen. Der Felsbrocken mochte etwa drei Meter groß sein, doch es hätten genauso gut dreißig sein können. Mit tödlicher Geschwindigkeit fegte er genau in ihre Richtung. Es gelang Marek gerade noch *»Festhalten!«* zu brüllen, als der Stein das Heck ihres Fahrzeugs traf. Dann brach die Hölle los.

Glas splitterte. Metallstreben brachen und schnappten wie stählerne Fangzähne ins Innere. Marek spürte, wie der Bus über die Fahrbahn rutschte.

Im Rückspiegel sah er, wie Paul von einer unsichtbaren Hand gepackt und wie eine Puppe auf die gegenüberliegende Seite geschleudert wurde, mit einem furchtbaren Schlag gegen die Hecktür knallte und dort liegen blieb. Er sah, wie Arthur zur Seite hechtete, während M.A.R.S. umkippte und alles unter sich begrub. Lucie und Olivia, die zum Glück auf seinen Warnruf gehört hatten, packten Arthur und zogen ihn zu sich herüber. Und noch immer war der Bus in Bewegung.

Quietschend und kratzend kam er dem Abgrund immer näher und näher.

Zwei Meter ... einer. *Dann waren sie drüber hinweg.* Die Vorderräder griffen ins Leere. Marek vergaß zu atmen.

Für den Bruchteil einer Sekunde sah er unter sich den Fluss unter seinen Füßen dahinströmen. Er erwartete, dass sie jeden

Moment abstürzten. Er konnte bereits seinen Magen rebellieren fühlen. Nur noch einen Zentimeter. Jetzt, jetzt …

Die Bewegung geriet ins Stocken. Ein letztes Knirschen, dann standen sie still.

Der Boden bebte. Dreißig Meter neben ihnen donnerte die Lawine zu Tal.

Marek sog die Luft ein. Wenn es eine höhergestellte Macht im Universum gab, so war sie heute gnädig gestimmt. Ein paar kleinere Steine prasselten auf die Karosserie, dann hörte auch das auf.

Er hob den Kopf und spitzte die Ohren. Die Stille war atemberaubend. Zeit schien nicht länger zu existieren. Vergangenheit, Gegenwart, Zukunft – alles schmolz im Brennglas des Augenblicks zu einem winzigen Punkt zusammen.

Und dieser Moment schien endlos.

Die Karosserie wippte leicht, befand sich aber im Gleichgewicht. Aus dem Motorraum drang ein Knacken, als würde heißes Metall abkühlen.

Marek drehte sich um und blickte in die Gesichter seiner Freunde. Der Staub, der durch die zerborstenen Fensterscheiben hereindrang, hing wie Nebel in der Luft.

Zoe stieß ein Niesen aus und sofort fing der Bus wieder an zu wippen. Ihr Schicksal stand auf Messers Schneide.

»Still halten«, zischte Marek. »Keiner bewegt sich. Der Bus ist gerade im Gleichgewicht. Wenn nur einer von euch eine falsche Bewegung macht, schmieren wir ab.« Wie, um seine Worte zu bestätigen, beruhigte sich der Bus ein paar Herzschläge später wieder.

Marek überlegte fieberhaft, was zu tun war, und hatte sich gerade dazu entschlossen, sachte zurückzusetzen, als Jem völlig unerwartet aufsprang. »Ich habe eine Idee«, rief er. »Bleibt alle auf euren Plätzen, ich bin gleich wieder da.«

Mit vorsichtigen Schritten ging er nach hinten. Sofort fing der Bus wieder an zu schwanken.

»Setz dich hin!«, rief Marek. »Willst du uns umbringen?«

»Ich weiß, was ich tue.«

Marek brach der Schweiß aus. Er saß hier vorne in der ungünstigsten Position. »Bist du geisteskrank? Was hast du vor?«

»Sei still, ich habe einen Plan. Hört mir zu. Wenn ich an euch vorbeikomme, steht ihr auf und folgt mir. Alle, außer Marek. Du musst den Bus retten. Und jetzt kommt, langsam und vorsichtig. Wir müssen das Gewicht auf die Hinterachse verlagern.«

Marek traute seinen Ohren nicht. Er sollte hier hocken bleiben, während die anderen den Bus verließen? Hatte Jem vor, ihn umzubringen?

»Wenn ich es dir sage, legst du den Rückwärtsgang ein und gibst Gas, verstanden?«, rief Jem. »Nur ganz wenig, aber so viel, dass die Räder greifen. Ich denke, so müsste es klappen.«

»Was klappen?«

»Na, den Bus in Sicherheit zu bringen. Du willst ihn doch nicht in den Abgrund stürzen lassen, oder? Also vorwärts. Alle folgen mir.«

Marek spürte eine eisige Kälte seinen Rücken emporkriechen. Da er so weit vorne saß, war der Abgrund direkt unter seinen Füßen. Der Anblick brachte ihn schier um den Verstand.

Der Bus fing an, bedenklich zu schwanken.

»Was ist mit Paul?«, stieß Olivia aus. »Er bewegt sich nicht mehr. Willst du ihn etwa hier liegen lassen?«

»Um Paul kümmern wir uns später. Erst mal müssen wir das hier überstehen.« Marek sah Jem dabei zu, wie er immer weiter nach hinten ging. Mit jedem Schritt löste sich eine Handvoll Geröll unter der Karosserie.

Der Regen hatte den Boden aufgeweicht. Es war nur noch eine Frage der Zeit, bis er unter ihnen nachgeben würde. Aber was sollte er tun? Sein Schicksal sowie das aller anderen Beteiligten lag nun in den Händen dieses Wahnsinnigen.

Mit zeitlupenartiger Langsamkeit bewegte Jem sich Richtung Heck. Er ging dabei wie auf rohen Eiern. Er kam an Katta und Zoe vorbei und gab ihnen das Signal aufzustehen. Als sie ihm folgten, spürte Marek, wie der Bus sanft nach hinten kippte.

Sie gingen weiter und sammelten Arthur und Olivia mit ein. Dann waren sie bei Lucie. Jem reichte ihr die Hand, zog sie hoch und nahm sie mit.

»Aber … Paul«, sagte sie schluchzend.

Marek blickte in den Rückspiegel. Paul rührte sich nicht mehr, lag da wie eine weggeworfene Puppe mit geschlossenen Augen.

»Wir kümmern uns um ihn, sobald wir in Sicherheit sind, versprochen«, sagte Jem. »Erst mal müssen wir den Bus zurück auf die Fahrbahn bekommen. Wir werden jetzt alle Last auf die Hinterachse verlagern und hoffen, dass das ausreicht. Marek, bist du bereit?«

»Einen Scheiß bin ich«, stieß er aus. Wie er es hasste, von

diesem Kerl herumkommandiert zu werden. Aber das letzte Wort war in dieser Angelegenheit noch nicht gesprochen.

»Und was sollen wir tun, wenn wir hinten angekommen sind?«, fragte Zoe. Selbst sie, die immer so unerschütterlich wirkte, schien mit den Nerven am Ende zu sein.

»Geht so weit wie möglich zurück«, befahl Jem. »Stellt euch neben M.A.R.S. auf die hinterste Bank. Ja, genau so. Und jetzt los. Marek, versuch mal, ob du zurücksetzen kannst. Aber langsam hörst du?«

Du kannst mich mal.

Marek trat aufs Gas, als wäre ein rohes Ei darunter, das nicht zerbrechen durfte. Der Motor summte auf. Ein Ruck fuhr durch die Karosserie. Der Bus schob sich ein Stück nach hinten. Etwa einen Meter kamen sie, dann blieben sie wieder stehen. Marek spürte, wie die Hinterräder durchdrehen.

»Noch langsamer«, rief Jem. »Nicht so viel Schub.«

»Komm du doch nach vorne und mach es besser«, rief Marek und versuchte es noch einmal. Doch außer, dass der Boden stark vibrierte, geschah nichts. Sie steckten fest.

»Und was jetzt? War's das etwa schon mit deinem tollen Plan?«

»Gib mehr Gas!«, rief Jem.

»Im Leben nicht!«, brüllte Marek. »Du bist ja völlig irre. Siehst du nicht, wie aufgeweicht der Boden ist? Wir wühlen uns doch nur tiefer in den Untergrund. Am Schluss haben wir so viel Erde abgetragen, dass wir ins Rutschen kommen und runterfallen.«

»Dann lass uns jetzt schnell aussteigen«, rief Olivia. »Marek, komm zu uns nach hinten. Zwei von uns müssen Paul tragen.«

»Niemand rührt sich vom Fleck«, entschied Jem. »Wir dürfen den Bus nicht so einfach aufgeben. Lasst mich noch eine Sache probieren.«

»Was hast du denn jetzt wieder vor?«, rief Marek. Lange hielt er das hier nicht mehr aus. Er schloss kurz die Augen, um tief ein- und auszuatmen und sich zu beruhigen.

Jem schien zu überlegen, dann sagte er: »M.A.R.S. könnte uns helfen. Der Roboter ist stark genug, dass er den Bus zurückziehen kann. Zumindest so weit, bis die Räder wieder greifen. Einen Versuch ist es wert.«

Marek glaubte, seinen Ohren nicht zu trauen. M.A.R.S. war der Einzige, der verhinderte, dass sie nach vorne kippten. Sein Gewicht hielt den Bus an Ort und Stelle. Doch ehe er noch etwas sagen konnte, bugsierte Jem den Roboter bereits durch das abgerissene Heck nach hinten raus in den Regen. Das Fahrzeug drohte, jeden Moment zu kippen.

Wahnsinn, dachte Marek. *Einfach nur Wahnsinn.* Er war viel zu entsetzt, um irgendetwas sagen zu können. Es hätte ohnehin nichts genutzt, denn Jem war bereits aus dem Bus gestiegen und stand knöcheltief im Matsch. Der Regen klatschte auf ihn herab. M.A.R.S. folgte ihm. Der Roboter bog quietschend ein paar Karosserieteile auseinander und stieg dann umständlich aus. Augenblicklich kippte der Bus vor. Schreie ertönten. Marek fiel nach vorne und schlug hart auf das Lenkrad. Er glaubte zu fallen, musste dann aber erkennen, dass der Bus wie durch ein Wunder immer noch nicht abgerutscht war. Was war geschehen?

Als er sich umdrehte, sah er, dass der Eisenmann die Stoßstange gepackt hatte, sich nach hinten lehnte und aus Leibeskräften zog. Er war jetzt der Einzige, der das Fahrzeug noch hielt. Sollten seine Finger abrutschen, würden sie alle sterben.

Marek hatte Todesangst. Das hier war noch schlimmer als ihre Notlandung mit dem Flugzeug vor ein paar Tagen.

Die Karosserie erbebte. Der Bus gab ein beängstigendes Ächzen von sich. »Alles okay«, rief Jem. »Bleibt auf euren Positionen. Marek, mach dich bereit. Wir versuchen es jetzt noch einmal.« Der Bus ruckte ein Stück nach hinten, blieb dann aber wieder stecken.

»Los jetzt, Marek, gib Gas.«

Marek tat, was Jem von ihm verlangte. Was blieb ihm auch anderes übrig? Ihr Schicksal lag jetzt in seiner Hand.

Die Räder begannen, sich zu drehen. Erst langsam, dann immer schneller. Die Reifen krallten sich in den matschigen Untergrund und bewegten das Fahrzeug von der Kante weg. M.A.R.S. machte einen Schritt zurück und zog weiter.

Marek spürte, wie die Räder griffen und das Fahrzeug nach hinten beförderten. Kaum vorstellbar, aber diesmal schien es zu funktionieren.

»Noch ein kleines Stück«, schrie Jem. »Ein paar Meter noch, dann haben wir es geschafft. Ja, genau so …«

Seine Worte brachen ab.

Marek suchte nach dem Grund und blickte aus dem Fenster. Was er sah, ließ ihm das Blut in den Adern gefrieren.

Eine gewaltige Erscheinung war aus dem Nebel getreten. Eben noch auf allen vieren, richtete sie sich jetzt zur vollen Größe auf.

Das Monstrum war riesig. Mindestens drei Meter hoch, mit breiten Schultern und einem furchterregenden Maul, in dem messerscharfe Zähne prangten. Im prasselnden Regen sah es aus wie ein Riese aus grauer Vorzeit.

55

Lucie konnte sich nicht erinnern, jemals etwas so Furchterregendes gesehen zu haben, nicht mal, als sie Connies Leiche im Baum entdeckt hatte. Was war das, ein Bär?

Aber er war zu groß für einen Bären. Der Schädel war zu platt, das Maul zu breit und die Augen ... mein Gott, diese Augen.

Die Aura des Ungeheuers leuchtete in feurigem Rot. Aufgerichtet war es an die drei Meter hoch. Es hatte Arme wie Windmühlenflügel und Klauen so lang wie Sicheln. Das Maul voller Zähne. Sein zottiges Fell klebte an seinem muskulösen Körper. Als es brüllte, glaubte Lucie, der Berg selbst wäre zum Leben erwacht.

Dann ging es zum Angriff über. Den Kopf gesenkt, die vier mächtigen Pranken fest im Boden verankert, rauschte das Ungeheuer heran. Es donnerte auf sie zu und krachte mit voller Wucht gegen ihren eisernen Helfer.

M.A.R.S. stieß ein schrilles Pfeifen aus. Seine Finger wurden von der Stoßstange gerissen, er taumelte, dann fiel er um.

Das Monstrum richtete sich auf. Seine Wut schien weiter angestachelt worden zu sein. Sein Gebrüll war ohrenbetäubend. Es drückte den gefallenen Blechmann zu Boden und schlug mit der Tatze nach seinem Kopf.

Lucie war vollkommen paralysiert. Der Anblick des unwirklichen Kampfes schlug sie vollkommen in seinen Bann. Doch dann passierten mehrere Dinge gleichzeitig.

Marek hatte den Rückwärtsgang eingelegt und fuhr nach hinten. Dass er dabei den am Boden liegenden M.A.R.S. über den Haufen fuhr, nahm er in Kauf. Ebenso, dass er um ein Haar auch noch Jem erwischte. Dessen entsetzte Schreie ließen ihn ebenso kalt wie das Auf- und Abspringen des Busses, als die breiten Reifen über M.A.R.S. eisernen Körper fuhren. Immerhin war das Ungeheuer ein Stück weit den Hang hinaufgeklettert, doch dort würde es vermutlich nicht lange bleiben. Jem war immer noch in höchster Gefahr. Lucie schrie, Marek solle anhalten, doch er nahm überhaupt keine Notiz von ihr. Ihre Stimme ging im Jaulen des Motors unter, als er Gas gab und die Straße bergauf donnerte.

*

Jem sah das Heck des Busses auf sich zurasen und konnte sich gerade noch mit einer Hechtrolle in Sicherheit bringen. Beim Aufprall biss er sich auf seine verletzte Unterlippe, die sofort wieder zu bluten anfing.

Fassungslos musste er mit ansehen, wie die Räder krachend und knirschend über den am Boden liegenden Roboter rollten. Blech wurde zusammengedrückt. Schweißnähte brachen und Drähte quollen heraus.

Wo war dieser Bär? Wenn es denn überhaupt ein Bär gewesen war. Dichte Nebelschleier fegten über den Berghang und verkürzten die Sicht auf unter fünfzig Meter. Vielleicht hatte er die Flucht angetreten, aber er würde wiederkommen, so viel war sicher.

Schwankend kam Jem wieder auf die Füße. Marek hatte das Lenkrad eingeschlagen, wechselte vom Rückwärtsgang in den Vorwärtsgang und gab Gas. Noch einmal rumpelten die massiven Räder über M.A.R.S. Im aufgerissenen Heck des Busses sah Jem Lucie stehen. Sie schrie etwas in Richtung Fahrersitz, doch im Aufbrüllen des Motors gingen ihre Worte unter. Der Bus beschleunigte und fuhr dann den Berg hinauf.

Ohne auf ihn zu warten?

Wie gelähmt stand Jem ein paar Sekunden da, dann rannte er los, schrie und ruderte dabei wild mit den Armen. Er konnte es nicht glauben. Sie fuhren weg. *Und nahmen ihn nicht mit!*

Wie ein Geisteskranker sprintete er los, in der Hoffnung, das abgerissene Heck zu erreichen und hintendrauf zu springen, doch der Bus war viel zu schnell.

Noch einmal leuchteten die Rücklichter kurz im Nebel auf, dann verschwanden sie hinter der nächsten Biegung. Einen kurzen Moment lang war das Jaulen des Motors über das Rauschen des Regens hinweg zu hören, dann verstummte auch das.

Jem stand da und zwinkerte ungläubig mit den Augen.

Einmal.

Zweimal.

Doch das Fahrzeug tauchte nicht wieder auf. Sein Verstand weigerte sich zu akzeptieren, was gerade geschehen war.

Ein dumpfes Knurren riss ihn aus seiner Starre. Jem hielt den Atem an.

Die Bärenkreatur kauerte zwanzig Meter oberhalb auf einem

Felsvorsprung. Der Bus hatte sie kurzfristig verjagt, doch jetzt war sie wieder da.

Und sie war wütend.

Das Monstrum verließ seine Position und kam den Hang runter. Geröll löste sich unter seinen Tatzen und prasselte bergab. Selbst auf diese Entfernung war unverkennbar, wie riesig dieses Tier war. Der größte Bär, den Jem jemals gesehen hatte.

Panisch blickte er sich um. Er musste weg hier, aber wohin? Hier gab es keine Versteckmöglichkeiten, nichts, wohin die Kreatur ihm nicht folgen konnte. Bären waren meisterhafte Schwimmer und Kletterer. Ihnen zu entkommen, war so gut wie unmöglich – vor allem in so einer Umgebung.

Jem atmete ein paarmal tief ein und aus und ging dabei langsam zurück. Er brauchte sich nichts vorzumachen: Hier war Endstation für ihn. *Bitte alle Fahrgäste aussteigen. Und achten Sie darauf, dass Sie nichts vergessen haben.*

Er war geliefert.

Merkwürdigerweise versetzte ihn der Gedanke an seinen baldigen Tod nicht in Panik. Er wunderte sich selbst darüber, wie ruhig er blieb. Ein Gedanke half ihm dabei. Lucie war in Sicherheit. Lucie. Er hätte sich gerne von ihr verabschiedet. Aber vielleicht war es auch besser so. Und vielleicht sollte es so sein, dass er sterben musste, damit sie leben konnte.

Ein Leben verging, damit ein anderes weiterbestehen konnte. Dem Prinzip wohnte eine tiefe Wahrheit inne, die er unter normalen Umständen vielleicht nie erkannt hätte. Das Sterben war eine logische Weiterführung des Lebens. Tod – Auferstehung – *Evolution.* So einfach war das.

Er lächelte.

Ein dumpfes Grollen riss ihn aus seinen Gedanken. Der Bär stand direkt vor ihm. Er schien verwundert darüber, dass seine Beute keine Angst verspürte und nicht die Flucht ergriff. Vermutlich war das der Grund dafür, dass er nicht gleich zum Angriff überging.

Jem roch das feuchte, schwere Fell. Der Gestank nach Schweiß und fauligem Atem drang an seine Nase. Ein animalischer Duft, der Bilder einer längst vergessenen Zeit vor seinem geistigen Auge beschwor. So wie er den Bären riechen konnte, roch der Bär auch ihn. Diesen unbedeutenden kleinen Zweibeiner, der sich erdreistete, in sein Königreich einzudringen und dem Herrscher der Berge die Stirn zu bieten.

Ein Grollen erklang aus den Tiefen dieses Goliaths. Nicht länger neugierig und fragend, sondern entschlossen und eindeutig. Es war das Grollen vor dem Hieb.

Der Bär richtete sich auf und holte mit seiner Tatze aus. Jem sah die krummen, verhornten Krallen und wusste, dass seine Zeit gekommen war. In Erwartung des Schlages hob er den Kopf.

56

Anhalten, sofort!« Lucie schlug das Herz bis zum Hals. Sie begriff nicht, was hier gerade passierte. Wie konnte Marek einfach weiterfahren? Jem schwebte in Lebensgefahr. Er war allein und nur dieser Bär war immer noch dort.

Noch schlimmer war, dass niemanden das zu stören schien. Arthur und Olivia kümmerten sich gerade um Paul, der aus seiner Ohnmacht erwacht war. Er schien sich verletzt zu haben und benötigte jetzt ihren Beistand. Das konnte sie nachvollziehen. Aber was war mit Katta? Oder Zoe?

»Ich habe gesagt anhalten«, schrie sie. »Wir müssen zurück. *Sofort!«* Die beiden saßen vorne bei Marek und taten nichts anderes, als blass um die Nase zu sein, während Marek mit eiskalter Entschlossenheit den Bus den Berg hinaufsteuerte.

Wie konnte man nur so gefühllos sein?

Sie fühlte eine Wut in sich aufsteigen, wie sie sie noch nie empfunden hatte. Heiße, sengende, *brennende* Wut. Hätte sie eine Waffe gehabt, sie wäre in diesem Moment fähig gewesen, sie einzusetzen. »Verdammt noch mal, Marek, ich habe gesagt ...«

»Ich weiß, was du gesagt hast«, schnauzte er sie an. »Setz dich hin und halt die Klappe, verstanden?«

»Ich soll ...?« Sie konnte es nicht glauben. Ihr Mund blieb offen stehen. Hatte er das wirklich gesagt?

»Das ist nicht dein Ernst, oder?«, sagte sie. »Du willst nicht mal versuchen, Jem zu helfen? Das ist Mord.«

»Mord? Lächerlich. Selbstverteidigung trifft es eher. Der Typ hat versucht, uns alle umzubringen. Was kaust du mir hier ein Ohr ab, du warst doch dabei. Diese Aktion vorhin hätte uns um ein Haar das Leben gekostet. Und jetzt lass mich hier meinen Job machen oder du wirst mich kennenlernen.« Seine Aura kippte von Gelb zu Schwarz.

Lucies Hoffnung zerplatzte wie eine Seifenblase. Seine Worte schmeckten wie bittere Galle.

»Ich glaube, das habe ich gerade«, sagte sie. »Du hast dein wahres Gesicht gezeigt.«

Er wedelte nur mit der Hand, als würde er eine lästige Fliege verscheuchen.

Jetzt reichte es. Lucie rannte nach vorne und griff ihm ins Lenkrad. Sofort brach der Bus aus. Sie kamen der Abbruchkante gefährlich nahe.

»Bist du wahnsinnig?« Marek riss das Steuer zurück und der Bus kam ratternd und holpernd wieder zurück auf die Spur. Lucie wollte es noch einmal versuchen, doch Marek holte aus und verpasste ihr einen Schlag, der sie zurücktaumeln ließ. Lucie schlug mit dem Kopf gegen eine der Haltestangen, fiel hin und blieb betäubt am Boden liegen. Tränen rannen ihr über die Wangen. Tränen der Wut, der Enttäuschung und der Hoffnungslosigkeit.

*

Hoch aufgerichtet stand der Bär vor ihm, die Pranke zum Schlag erhoben.

Doch anstatt die Tatze niedersausen zu lassen, stand er einfach nur da. Wie eingefroren.

Verwundert hob Jem den Kopf. Er sah Blut. Viel Blut. Es strömte den Unterarm des Kolosses hinunter, über seine Tatze, und tropfte von dort aus auf den Boden. Irgendetwas stimmte nicht. Hinter dem Bären war ein Schatten aufgetaucht. In dem Moment, als der Bär auf alle viere sackte, um dem Angreifer gegenüberzutreten, gab er den Blick darauf frei.

Das Tier stieß einen gequälten Schrei aus, wirbelte um seine Achse und sah seinem Peiniger ins Gesicht.

Die Erscheinung war kleiner als der Bär, aber nicht minder gedrungen und kräftig.

M.A.R.S.!

Der Roboter holte aus und verpasste dem Bären einen so heftigen Schlag, dass dieser ins Taumeln geriet.

Jem wich zurück. Er konnte nicht fassen, was sich hier vor seinen Augen abspielte. Nie hätte er damit gerechnet, dass M.A.R.S. noch einmal aufstehen würde. Nicht, nachdem der Bus zweimal über ihn hinweggefahren war. Und doch stand er hier und versuchte, den wütenden Kampfkoloss von dem Menschen abzulenken. Und es gelang ihm.

Schlag um Schlag lockte der eiserne Mann den Bären von ihm fort. Während seine vermeintlichen Freunde einfach auf und davon gefahren waren, stand M.A.R.S. an seiner Seite. Er war der Einzige, der sich für sein Leben einsetzte.

Jem nahm seinen mechanischen Freund näher in Augenschein. M.A.R.S. sah furchtbar aus. Drähte und Kabel quollen aus seinem Leib. Das Chassis war eingedrückt und der linke Arm funktionierte nicht mehr richtig. Seine Schritte waren langsam und unsicher. Der Bär hingegen hatte sich von der ersten Überraschung erholt und attackierte den Roboter nun mit aller Macht. Im Gegensatz zu ihm war er im Vollbesitz seiner Kräfte. Es war ein höchst ungleicher Kampf, was den Roboter jedoch nicht davon abhielt, Jem weiter zu verteidigen.

»Lauf!«, erklang seine blecherne Stimme. Sie war dünn und klang verzerrt. *»Bring ... dich ... in Sicherheit.«*

Jem stand einfach nur da. In ihm herrschte ein totales Gefühlschaos. Was sollte er tun? Bis vor wenigen Minuten war er fest davon überzeugt gewesen, sterben zu müssen. Und plötzlich bot sich eine Chance.

»Bitte ... lauf!« Ein wuchtiger Tatzenhieb streckte den Roboter zu Boden. Das Jaulen, das aus seinem Inneren drang, klang erbarmenswert.

Jem versuchte, sich zusammenzureißen. Was war nur los mit ihm? Da war einer, der für ihn kämpfte, der sein Leben aufs Spiel setzte, damit er entkommen konnte, und was tat er? Rumstehen und sich selbst bemitleiden.

Er schluckte.

Was, wenn statt einer Maschine ein Mensch dort stünde? Ein Freund? Er konnte doch unmöglich einfach wegrennen und zusehen, wie sein Kumpel verreckte. Dann wäre er kein bisschen anders als Marek, Katta und all die anderen.

M.A.R.S. lag auf dem Boden und ließ einen Hagel von Tatzenhieben über sich ergehen. Die metallene Außenhülle hielt den Schlägen zwar stand, doch es war nur eine Frage der Zeit, bis die Klauen das Metall durchschlagen hatten. Der Bär war allerdings nicht besonders geduldig. Er setzte seine Attacken noch einen Moment fort, dann schlug er plötzlich seine Zähne in M.A.R.S.' linkes Schultergelenk. Der Arm riss mit einem Knacken aus seiner Verankerung.

»Bitte …«

Jem sah sich panisch um. Irgendetwas musste er tun, um seinem Freund zu helfen. Hier gab es nichts – außer Steinen. Aber was sollte er mit einem Stein gegen das Ungetüm ausrichten?

Mit seinem heraushängenden Auge sah M.A.R.S., dass Jem zu ihm kommen wollte. Verzweifelt schüttelte er den Kopf.

»Nein.«

Er richtete sich auf. Ein gequältes Jaulen drang aus seinem Motorengehäuse. Mit einer letzten Kraftanstrengung rammte er dem Bären die rechte Hand unter die Schnauze und verschaffte sich damit ein paar Sekunden. Der kurze Moment genügte, um aufzustehen und seinen rechten Arm um den Kopf des Tieres zu schlingen. Er zog ihn in Richtung Abgrund.

Jem erkannte, was er vorhatte. Und erschrak.

»Halt, warte«, schrie er. »Das darfst du nicht tun. Bitte tu das nicht.«

M.A.R.S. zog das Biest mit aller Kraft hinter sich her. Er wollte ihn in den Abgrund stoßen. Der Bär hatte endlich kapiert, was sein Gegner vorhatte, und wehrte sich. Und wie er sich wehrte. Er tobte. Er raste. Sein Gebrüll hallte von den Bergflanken wieder. Noch immer zerrte M.A.R.S. an ihm, doch es war abzusehen, dass er seinen Plan nicht umsetzen konnte. Sie standen jetzt direkt an der Kante, doch es gelang ihm einfach nicht, den Bären mit sich zu reißen. *»Bitte …«*, erklang die emotionslose Stimme erneut. *»Hilf … mir. Bring es … zu Ende.«*

»Ich soll was?«

Der Bär riss Getriebe und Schaltkreise aus der Schulter des Roboters. Das gelbe Licht im Auge verblasste. M.A.R.S. hatte alles geopfert. Nun lag es an Jem.

Er spannte seine Muskeln, zog den Kopf ein, wie er es zuvor schon bei Marek getan hatte, und lief los. Er rannte, wie er noch nie zuvor gerannt war. Er wusste, dass er nur diese eine Chance hatte. Dem Bären war es inzwischen gelungen, sich von dem lästigen Plagegeist zu befreien. M.A.R.S.' Kopf hing nur noch an ein paar dünnen Kabeln. Jem warf sich mit seinem ganzen Gewicht gegen den Bären und brachte ihn aus dem Gleichgewicht. M.A.R.S., dessen elektronischer Verstand diese letzte Chance erkannte, schlang seinen intakten Arm um den Nacken des Bären und ließ sich hintenüberfallen. Das Gewicht des Roboters in Kombination mit Jems Stoß waren zu viel für den Riesen. Er versuchte, sich umzudrehen, konnte das Unvermeidliche aber nicht mehr aufhalten. Mit einem schaurigen Klageruf kippte er über die Kante, riss M.A.R.S. dabei mit sich und die beiden verschwanden in der Tiefe.

57

Ein Schatten beugte sich über Lucie. Es dauerte einen Moment, bis sie erkannte, wer es war. Erst als sie den Kopf hob, sah sie Katta.

»Alles klar mit dir?«, fragte die.

»Geht schon«, sagte Lucie benommen. »Ein bisschen schwindelig, sonst ist alles okay.«

»Dann ist ja gut, ich hatte mir schon Sorgen gemacht.« Katta strich ihr die Haare aus der Stirn, dann drehte sie sich um. »Sag mal, Marek, bist du verrückt geworden?«

Marek zuckte die Schultern. »Was hätte ich denn tun sollen? Sie hat mir ins Lenkrad gegriffen.«

»Du hättest abbremsen und zurückfahren können. Nur, damit du es weißt: Ich finde es auch total scheiße, dass du einfach weiterfährst. Hast du das Vieh nicht gesehen? Das war ein verfluchtes Monstrum!«

»Klar habe ich das gesehen. Was meinst du, warum ich so auf die Tube gedrückt habe?«

»Und Jem kann jetzt sehen, wie er mit ihm fertig wird, oder was? Er hat nicht mal eine Waffe. Wir müssen zurück und ihm helfen.«

»Der kommt schon alleine zurecht«, rief Marek. »Wenn sein Verstand nur halb so groß ist wie seine Klappe, wird er schon einen Weg finden, diesem Bären zu entwischen.«

»Das ist Blödsinn und das weißt du«, zischte Zoe. Lucie stand auf. Ihre Beine waren ein bisschen wackelig und sie musste sich setzen.

Katta war noch nicht fertig. »Los jetzt, worauf wartest du noch? Halt an und leg den Rückwärtsgang ein.«

»Ich soll auf dieser Strecke im Rückwärtsgang fahren? Hörst du dir selbst eigentlich manchmal zu? Man merkt, dass du noch nie hinterm Steuer gesessen hast.«

»Mir doch egal, wie du das anstellst. Von mir aus wende, aber tu irgendwas.«

»Tu ich doch. Ich bringe uns in Sicherheit.«

»Du bringst *dich* in Sicherheit, meinst du wohl.« Katta spie die Worte geradezu aus. »Ich werde dir sagen, warum du abgehauen bist: Du hast Angst. Du hast richtig Schiss und jetzt willst du dich rausreden. Sei wenigstens so ehrlich und gib es zu.«

»Ich rate dir, den Mund zu halten, oder ...«

»Oder was? Kommst du dann nach hinten und verpasst mir auch eine? So wie Lucie? Seit wann bist du denn so mutig, dass du Frauen schlägst? Hat dein Vater dir das beigebracht?«

Blutunterlaufene Augen starrten ihnen aus dem Rückspiegel entgegen. Mareks Lippen waren zwei dünne Striche.

»Ich habe dir gesagt, dass du aufhören sollst«, zischte er. »Noch ein Wort und ich ...«

»He, Leute, haltet mal die Klappe!« Zoe deutete aus dem Fenster. »Schaut mal, dort oben.«

Die beiden unterbrachen ihr Streitgespräch. Lucie hob den Kopf – und hielt vor Verwunderung den Atem an.

Aus dem rauen Granit schraubte sich ein klobiger, sechsstöckiger Turm empor. Das Ding war ringsherum mit schießschartenähnlichen Fenstern bestückt und sah aus wie eine mittelalterliche Burg.

Die Quader, aus denen er erbaut war, wirkten alt und grob. Auf seiner Spitze stand ein Mast, an dessen Ende eine blutrote Flagge im Wind knatterte. Wolkenfetzen zogen in atemberaubendem Tempo darüber hinweg.

Das war er also: *der Schrein der Sonne.*

Lucie kam es so vor, als wäre er Teil einer sehr viel größeren Festungsanlage, die man jedoch wegen des steilen Winkels und der umliegenden Felsen nur schwer erkennen konnte. Ein mächtiges Bollwerk – viel größer als das, was auf der Karte eingezeichnet war. Und noch etwas erkannte sie, und das mit verblüffender Klarheit. Vergessen war ihr Streit mit Marek, vergessen sogar für einen Moment das Schicksal von Jem.

»Mein Gott«, stieß sie aus. »Da sind Menschen auf den Zinnen.«

*

Jem kauerte am Abgrund und starrte hinab. Er fühlte sich so leer, so ausgebrannt, so müde. Er hatte gerade einen Freund verloren. Dass es nur eine Maschine und kein Mensch war, spielte in diesem Augenblick keine Rolle. M.A.R.S. war nicht mehr da. Aber das Schlimmste war: *Er hatte ihn umgebracht.*

Zwischen den rasch dahinziehenden Nebelfetzen waren Lücken entstanden, durch die er scharf geschnittene Täler und einen sprudelnden Bergbach erkennen konnte. Zwei dunkle Punkte waren am Ufer zu sehen. So ähnlich und doch so unterschiedlich. Ein Tier und eine Maschine ...

Jem wandte den Blick ab und stand auf. Sein Hals war plötzlich so trocken. Die Arme um seinen Körper geschlungen, sah er sich um. Der Regen hatte aufgehört. Der Wind pfiff über die Klippen und erzeugte Töne, die perfekt zu seiner Stimmung passten. Ein Heulen wie das Wehklagen verlorener Seelen. Jetzt, da die Anspannung von ihm abgefallen war, merkte er, wie kalt es war.

Inzwischen waren etwa zehn Minuten vergangen. Seine Freunde waren nicht zurückgekehrt. Wie es aussah, interessierte es sie einen Scheiß, was mit ihm passierte. Sie hatten ihn einfach aufgegeben. Er war allein.

Er musste einen Weg finden, wie er hier oben überleben konnte. Die Aussichten waren nicht gerade prickelnd. Seine Kleidung war durchnässt und Waffen hatte er auch keine – sah man mal von seinem abgenutzten alten Taschenmesser ab. Gegen einen zweiten Bären würde das wenig nützen, aber er hatte mal gelesen, dass die Viecher Einzelgänger waren. Die Chance, noch so einem Exemplar zu begegnen, war also relativ klein. Er musste schlau sein, durfte sich nicht erwischen lassen. Seine einige Chance bestand darin, die Umgebung im Auge zu behalten und allen Feinden, mochten sie vierbeinig oder zweibeinig sein, aus dem Weg zu gehen.

Er ließ seinen Blick noch einmal schweifen. Die Wolken rissen auf, das Unwetter war weitergewandert. Nicht mehr lange und der blaue Himmel würde durchkommen. Und mit der

Sonne würde es hoffentlich auch wieder wärmer werden. Allerdings barg das auch gewisse Risiken. Denn mit dem Davonziehen der Wolken würden auch die Vögel wiederkommen. Es gab hier nichts, wo er sich verstecken konnte, es sei denn, er verkroch sich unter einem Stein.

Also, wohin sollte er gehen? Zurück ins Tal? Das erschien ihm wie eine ziemlich dumme Idee. Dort unten lauerten die feindlichen Horden. Er würde dort keinen Tag überleben.

Hier oben in den Bergen war es zwar kalt, aber ihm blieb wenigstens die Hoffnung, auf die Überlebenden zu stoßen. Fand er die Zitadelle, würde er auch seine Freunde wiedersehen. Der Gedanke daran, was er ihnen erzählen würde, wärmte ihn mit wütendem Feuer.

Die Entscheidung war also gefallen. Sein Atem kondensierte zu Schleiern. *Los jetzt,* dachte er. *Bleib in Bewegung, ehe du völlig auskühlst.*

Er fiel in einen leichten Dauerlauf und folgte den Serpentinen auf den Berg.

58

Marek nahm den Fuß vom Gas. Im Schritttempo fuhr er den Berg hinauf. Ein rostiges, vergilbtes Schild stand seitlich neben der Straße. *Restricted Area. Stay On The Road.*

Sperrgebiet – das klang nicht sehr vertrauenerweckend. Aber die Aufschrift bedeutete gleichzeitig, dass man so lange in Sicherheit war, wie man auf der Straße blieb.

Hoffte er jedenfalls.

Marek biss sich auf die Unterlippe. War es richtig gewesen, Jem zurückzulassen? Aber dieser Idiot hatte ihm keine Wahl gelassen. Er hatte sie alle in Gefahr gebracht. Und dann war da ja noch dieses Monstrum gewesen. Marek konnte doch nicht tatenlos dasitzen und warten, dass das Biest sie angriff.

Langsam fuhr er weiter. Man musste keine besonders scharfen Augen haben, um zu erkennen, dass das Gelände ringsherum mit Fallen gespickt war. Mit Selbstschussanlagen, Katapulten, zugespitzten Baumstämmen, Knochenbrechern, herabrollenden Felsen, Schwingfallen und stachelbewehrten Gewichten an Seilen. Hinzu kamen Fallgruben, Schnappeisen sowie Käfige mit nadelspitzen Dornen. Es war eine Todeszone – allerdings nur für jemanden, der nicht lesen konnte.

Die Straße selbst war problemlos zu befahren. Ein paar

Schlaglöcher hier und da, aber nichts, womit er nicht fertig wurde.

Am Ende der Serpentinen stand ein Wall, der ziemlich einschüchternd wirkte. Die Mauer selbst war steil, glatt und absolut uneinnehmbar – es sei denn, man konnte fliegen. Aber auch dafür schien gesorgt zu sein. Marek erkannte Speerwerfer und gespannte Armbrüste auf den Aussichtstürmen. Sie waren nach oben gerichtet, als wolle man sie gegen Ziele aus der Luft einsetzen.

Er war kein Experte in militärischen Fragen, aber für ihn sah die Zitadelle absolut uneinnehmbar aus. Ein perfektes Bollwerk, das den Menschen vor der entfesselten Natur schützen sollte. Wenn es ihnen gelänge, hier hineinzukommen und das Vertrauen der Bewohner zu gewinnen, dann hätten sie es geschafft. Dann wären sie endlich in Sicherheit!

Die Straße endete an einem Tor inmitten des Walls. Genauer gesagt an einem Graben nebst Zugbrücke. Die Brücke war hochgezogen, der Weg versperrt.

Er hielt an. Ein Seufzer der Erleichterung stieg aus seiner Kehle. Sie hatten ihr Ziel erreicht.

»Endstation, Leute. Alle Mann aussteigen.«

»Paul geht es sehr schlecht«, rief Olivia. »Ich glaube, er hat sich ein paar Rippen gebrochen. Wir werden bei ihm bleiben und auf ihn aufpassen. Geh du voran und sprich mit ihnen. Sag ihnen, dass wir keine feindlichen Absichten hegen.«

»Will denn keiner mitkommen?« Er hob überrascht die Brauen.

Katta sah ihn giftig an. »Geh du voran. Du bist doch der große Anführer, oder etwa nicht?« Marek presste die Lippen zusammen. Es blieb also wieder mal alles an ihm hängen. Aber was hatte er auch anderes erwartet?

Undankbares Pack!

Er schaltete den Motor aus, betätigte die Handbremse und öffnete die Fahrertür. Mit gesenktem Kopf und erhobenen Händen stieg er aus.

Von den Zinnen wurden Bögen und Armbrüste auf ihn gerichtet.

»Nehmt eure Waffen runter, wir sind friedlich.« Er hoffte, dass diese Menschen sein Englisch verstanden.

Die Waffen bleiben weiterhin auf ihn gerichtet. Was, wenn sie irgendeinen seltsamen Dialekt sprachen?

Doch seine Sorge war unbegründet. Die Stimme, die ihm antwortete, war jung und klar.

»*How many are you?* – Wie viele seid ihr?«

Marek kniff die Augen zusammen. Ein blonder Mann mit Bart und seltsam verflochtenen Haaren blickte von einer der nahe gelegenen Zinnen auf ihn herab. Wangen und Hals waren tätowiert. Er schien jung zu sein, etwa in seinem Alter.

»Wir sind sieben.«

»Nur sieben?« Der Wachtposten runzelte die Stirn. »Wo ist der andere? Der Trow, der vorhin aus dem Fahrzeug gestiegen ist?«

Marek hob erstaunt die Brauen. »Der was?«

»Na, dieser ... der mit der dunklen Haut.«

»Jem?« Marek runzelte die Stirn. Wie konnte der Kerl von ihm wissen? »Ich ... äh. Er ist ... wir haben ihn verloren.«

»Verloren? Was heißt das? Ist er tot?«

»Vermutlich. Wir wurden von einem riesigen Bären angegriffen. Es kam zu einem Kampf. In dem Durcheinander verschwand er.«

Er räusperte sich. Natürlich war das gelogen, aber wen interessierte das?

»Der Alte der Berge?« Der Wächter spähte in die Ferne. »Wo ist er? Ist er euch gefolgt?« Er wirkte hörbar besorgt. Wie es schien, hatten diese Menschen ebenfalls Kontakt mit diesem Monstrum gehabt.

»Ich glaube nicht, nein.«

Der Mann wechselte ein paar Worte mit seinen Kollegen, dann wandte er sich wieder an Marek. »Sag den anderen, dass sie aussteigen sollen. Wir wollen euch alle sehen. Aber immer schön der Reihe nach und die Hände über den Kopf.« Er sprach langsam und deutlich und war gut zu verstehen.

Marek ging zurück und klopfte mit der Faust gegen die Tür. »Habt ihr gehört? Raus aus dem Bus und Hände über den Kopf.«

»Paul wird es alleine nicht schaffen«, rief Olivia. »Sag ihnen, dass wir einen Verletzten an Bord haben und dass sie eine Trage mitbringen sollen.«

»Sag du es ihnen doch selbst. Erst mal müssen wir ihnen zeigen, dass wir nichts zu verbergen haben. Los, raus jetzt. Zoe, Pistole und Bogen bleiben im Bus.«

»Aber ...«

»Kein Aber. Oder willst du, dass sie uns abknallen?«

Das zeigte Wirkung.

Einer nach dem anderen stiegen sie aus. Die Wolkendecke war inzwischen lockerer geworden und an manchen Stellen kam die Sonne durch. Lichtpunkte wanderten über die Festung und die Mauern sahen nicht mehr ganz so finster aus. Ob es hier wohl einen Arzt gab? Warum nicht, die Leute schienen nicht ganz unzivilisiert zu sein.

»Wir haben einen Verletzten«, rief Olivia. »Er kann sich nicht bewegen und braucht dringend medizinische Betreuung. Wenn Sie eine Bahre mitbringen, können wir ihn …« Sie verstummte.

Marek blinzelte hinauf und stellte fest, dass der Wehrgang unbesetzt war. Die Männer waren ins Innere der Burg verschwunden. War das ein gutes oder ein schlechtes Zeichen?

Ihnen blieb wohl nichts übrig, als zu warten.

Er dachte schon, man hätte sie hier draußen vergessen, als von innen ein Rumpeln erklang. Ketten klirrten und uralte Scharniere quietschten. Die Zugbrücke bewegte sich. Irgendwo wurde eine Glocke geschlagen.

Hinter der Zugbrücke befand sich ein massives Doppelflügeltor, in dessen Mitte eine kleinere Tür eingelassen war. Sie ging auf und der Kerl mit den geflochtenen Haaren kam heraus. Wie er sich bewegte, erinnerte er Marek an eine Raubkatze.

Er war einen halben Kopf kleiner als Marek, aber von kräftiger Statur. Kein Gegner, mit dem man leichtes Spiel haben würde, das spürte Marek sofort. Seine Augen besaßen eine merkwürdige graue Färbung.

Die Kleidung sah aus, als wäre der Kerl einem Mittelalterfestival entsprungen. Wolfsfell, lederne Schulterpolster, Brustharnisch, ein Waffenrock, Schienbein- und Armschützer sowie lederne Gamaschen. Ein eisenbeschlagener Waffengurt hing um Schultern, Brust und Hüfte. Auf seinem Rücken trug er eine Armbrust geschnallt und in den Schlitzen im Ledergurt hingen Dutzende von Bolzen. In seiner Hand hielt er einen Langdolch, dessen Spitze auf Mareks Brust gerichtet war.

»What's your name?«

»Mein Name ist Marek«, antwortete er auf Englisch. »Das sind Katta, Zoe, Olivia, Arthur und Lucie. Der verletzte Junge im Bus heißt Paul.«

»Kat…ta. Zo…e.« Er schüttelte den Kopf. »Seltsame Namen.« Er ging um sie herum. Die Klinge in seiner Hand schimmerte wie ein Rasiermesser. Der Bus schien ihn zu interessieren. Obwohl er einen respektvollen Abstand zu ihm einhielt, prüfte er die Schäden an der Frontstoßstange sowie das abgerissene Heck.

Das Fahrzeug hatte während der letzten Stunden ziemlich gelitten. Verglichen mit dem, womit sie vor ein paar Tagen aufgebrochen waren, war es nur noch ein Wrack.

Marek räusperte sich. »Jetzt, da wir dir unsere Namen genannt haben, wäre es nett, wenn du uns deinen nennen würdest. Wie heißt du?«

»Ich stelle hier die Fragen.« Die Augen des Kriegers wurden hart. »Warum ist das Fahrzeug so schwer beschädigt? Wurdet ihr angegriffen?«

»Allerdings«, sagte Marek. »Die verdammten Biester haben eine Lawine auf uns runtergehen lassen. Um ein Haar hätte es uns erwischt. Aber noch fährt der Bus.«

»Woher kommt ihr? Was wollt ihr hier?«

»Das werden wir dir gerne erklären, allerdings nicht hier«, sagte Marek. »Wir sind hungrig und müde und benötigen ein Dach über dem Kopf. Außerdem spricht es sich viel besser an einem heißen Feuer und mit einem warmen Getränk.«

Der Bursche warf ihm einen amüsierten Blick zu. »Ein Feuer, ein warmes Getränk? Nun, darüber ließe sich reden. Der Fürst will euch sehen. Ich habe den Auftrag, euch hereinzubitten und euch Essen und Quartier zu stellen. Euer seltsames Fahrzeug könnt ihr im Innenhof abstellen.« Er lächelte. »Was immer euch widerfahren ist, was immer ihr zu erdulden hattet, ihr seid jetzt in Sicherheit. Herzlich willkommen in Niflheim.« Er drehte sich, steckte Daumen und Zeigefinger in den Mund und stieß einen schrillen Pfiff aus.

Niflheim, seltsamer Name.

Rumpelnd glitten die Flügeltore auseinander. Marek konnte einen Blick ins Innere der Burg erhaschen. Was er sah, ließ ihn vor Erregung beben. Eine ganze Stadt. Hineingebaut in die steile Felswand. Hunderte von Gebäuden, Wehrgängen, Burgmauern und Zinnen.

Eine große Menschenmenge hatte sich versammelt, um mit großem Interesse ihre Ankunft zu verfolgen. Offenbar kam es nicht allzu häufig vor, dass sie hier Besuch bekamen.

»Folgt mir«, sagte der Wächter. »Und da du mich nach meinem Namen gefragt hast: Ich heiße Ragnar.«

59

Sss—sie sss—sind entwischt. Sss—sie haben die sss—steinerne Festung erreicht.

Das sss—sind schlechte Nachrichten.
ES — wird unzufrieden sss—sein.

Ja, das wird ES — einer der Zzz—zweibeiner nnn—noch immer außerhalb der Festung.
Wenn wir — einfangen könnten —

Wo ist er jetzt?

Versteckt. Irgendwo in den Bergen.
Mmm—möglicherweise — gute Informationsquelle.

Einverstanden, sss—seht zu — niemand verlässt die Festung. Riegelt — alles ab. Nnn—niemand darf hinein oder hinaus.
Und — sss—sucht den Fremden.

60

Jem war am Ende seiner Kräfte. Mühsam schleppte er sich die nächste Anhöhe hinauf, nur um sich einer weiteren, noch steileren Kuppe gegenüberzusehen. Seine Lungen schmerzten. Sein Herz schlug wie ein überhitzter Eintakter. Diese Berge hatten es wirklich in sich. Die Felsen waren schroff und kantig und an vielen Stellen von Schnee bedeckt. Er musste höllisch aufpassen und sich jeden Schritt zweimal überlegen, sonst lief er Gefahr, sich den Fuß zu verstauchen oder gar zu brechen.

Seine Arme und Beine fühlten sich an wie Gummi. Vielleicht lag es an der Kälte. Vielleicht aber auch an der dünnen Luft, die zu wenig Sauerstoff lieferte. Er rief sich in Erinnerung, dass er hier auf knapp dreitausend Metern war. Er musste eine Pause einlegen. Nur kurz, damit er nicht wieder auskühlte.

Ein Gutes hatte die Anstrengung: Ihm war wieder warm geworden. Er suchte Schutz in einer Mulde, kauerte sich hin und kratzte mit den Fingern etwas Schnee zusammen. Seine Kehle war völlig ausgedorrt. Langsam zerlutschte er den Schnee zu Wasser. Es dauerte eine Weile, bis er seinen Durst gestillt hatte, aber er war dankbar, dass es hier überhaupt etwas gab. Etwas zu essen, hatte er bislang noch nicht gefunden. Ein paar fade Flechten, das war alles. Das Zeug wucherte hier wie Unkraut. Jem hatte irgendwo mal gelesen, dass sie essbar sein sollten, und er hoffte, dass das stimmte. Mit spitzen Fingern pflückte er ein paar davon ab und steckte sie in den Mund. Flechten. Eine seltsame Mischung aus Algen und Pilzen, die genauso schmeckte, wie er vermutet hatte. Bereits nach kurzer Zeit hatte er ein taubes Gefühl auf der Zunge. Er sah sich um. Warum hatten sich die Überlebenden an einen derart lebensfeindlichen Ort zurückgezogen? Warum waren sie nicht in den tiefen Stollen des Cheyenne Mountain geblieben? Die Antworten darauf mussten warten.

Mit einem widerwärtigen Geschmack im Mund aß er noch ein paar Handvoll Schnee und setzte dann seinen Weg fort.

Vielleicht war es ein Fehler gewesen, die Straße zu verlassen. Sie wäre auf jeden Fall der bequemere Weg gewesen. Vielleicht hätte er seine Bedenken zur Seite schieben und ihr einfach folgen sollen. Allerdings war da dieses merkwürdige Kribbeln in seinem Nacken gewesen, das ihm riet, lieber vorsichtig zu sein. Auf der Straße war es zwar angenehmer zu laufen, aber dort unten war er nicht sicher. Es gab keinerlei Versteckmöglichkeiten. Er hätte dort wie auf dem Präsentierteller gehockt.

Gerade als er den Gedanken an eine Rückkehr auf die Straße verworfen hatte, bemerkte er eine Ansammlung dunkler Punkte, die auf der Schotterpiste vom Tal heraufkamen. Sie bewegten sich mit ziemlichem Tempo vorwärts. Schneller, als ein Mensch es vermocht hätte.

Sofort ging er hinter einem Felsen in Deckung. Es waren fünf oder sechs, so genau konnte er das nicht erkennen. Was er erkennen konnte, war, dass es Vierbeiner waren und dass sie sich im Rudel bewegten.

Wölfe, schoss es ihm durch den Kopf. Nur sie besaßen die Zähigkeit und die Ausdauer, um ihm den ganzen Weg bis hierhinauf zu folgen. Ob sie seine Fährte wittern konnten? Er hatte die vage Hoffnung, dass der Regen seine Spuren verwischt hatte, aber eine Garantie gab es dafür nicht. *Was für ein Glück, dass er die Straße verlassen hatte!*

Das Rudel kam näher.

Ein paar Augenblicke später erreichten sie die Stelle, an der der Bär sie angegriffen hatte. Dort blieben sie stehen. Witternd hielten sie ihre Nasen in die Luft. Der Leitwolf trat an den Abgrund und spähte hinab. Dann hob er den Kopf und musterte die Umgebung.

Jem hielt den Atem an.

Wenn die Viecher herausfanden, dass er hier oben hockte, konnte er sein Testament machen. Hier gab es nichts, womit er sich verteidigen konnte.

Doch sie zogen weiter. Der Bus hatte offenbar die markantere Duftspur hinterlassen. Jem atmete auf. Mit einem letzten Blick zurück lief er weiter.

Je höher er kam, desto ebener wurde das Gelände. Der Wind wurde stärker. Er zerrte an seiner Kleidung und pfiff durch jede Masche. Jem musste in Bewegung bleiben. Und er musste die Augen nach einem Unterschlupf offen halten. Eine windgeschützte Ecke, ein Überhang, am besten natürlich eine Höhle, in der er die Nacht verbringen konnte.

Er war so in Gedanken versunken, dass er beinahe in den Kothaufen getreten wäre, der vor ihm auf dem Weg lag. Frisch, dampfend und von enormer Größe. Angewidert machte er einen Bogen darum. Welches Tier legte denn solche Granaten?

Er war schon fast daran vorbei, als er innehielt.

Moment mal.

Er suchte nach einem Stock, einem Zweig oder etwas Ähnlichem, fand aber nichts Passendes. Die Umgebung war einfach zu karg. Na gut, dann musste eben sein Taschenmesser herhalten. Naserümpfend stocherte er in dem Kothaufen herum. Reste von Knochen tauchten auf. Man musste kein Fachmann sein, um zu erkennen, dass dieser Haufen nicht von einem Pflanzenfresser stammte.

Aber welches Raubtier legte so große Haufen? Die Begegnung mit dem Bären steckte ihm immer noch in den Knochen. Bei dem Gedanken daran fingen seine Beine an zu zittern. Irrtum ausgeschlossen: Das war der Dung eines Bären. Eines ziemlich großen.

Jem richtete sich auf. Die Straße war von dieser Position aus gut zu sehen. In Serpentinen wand sie sich aus dem Tal hinauf. Bären waren Einzelgänger und besaßen ein großes Revier. Es war also sehr wahrscheinlich, dass dieser Haufen von dem Angreifer stammte. Vermutlich hatte ihn das Geräusch angelockt.

Wo ein Bär war, da war meist auch ein Unterschlupf.

Jem wischte das Messer im Schnee ab und stand auf.

Er fand die Höhle auf der anderen Seite des Bergkammes unter einem windgeschützten Überhang. Ein mannsgroßes Loch in der Felswand, das in unergründliche Tiefen führte.

Jem verlangsamte seinen Schritt. Wenn er sich nun geirrt hatte? Nun, er würde es bald herausfinden. Wenn er heute Nacht ein Dach über dem Kopf haben wollte, musste er die Höhle untersuchen.

Zu dumm, dass er keine Taschenlampe dabeihatte. Die Dunkelheit quoll wie Rauch aus der Öffnung. Sollte er es wirklich wagen? Und wenn doch ein Bär in dieser Höhle war?

Er wollte schon den Schritt ins Ungewisse wagen, als ihm etwas einfiel. Er kramte in seiner Jeanstasche. Seine Finger umschlossen einen stiftförmigen Gegenstand. Connies Feuerzeug! Er hatte es ihr längst zurückgeben wollen, doch dann war das Unglück über sie hereingebrochen und die Ereignisse hatten sich überschlagen.

Hoffentlich reichte das Gas noch. Er schnippte den Zündstein und die Flamme sprang empor. Er machte ein paar Schritte ins Innere.

Ein scharfer animalischer Gestank drang ihm in die Nase. Jem hätte in diesem Moment nichts lieber getan, als die Beine in die Hand zu nehmen und davonzurennen. Doch er musste seine Angst überwinden und weitergehen.

Hinter der nächsten Biegung wurde es schwarz wie in einem Kohlenkeller. Hätte er das Feuerzeug nicht gehabt, er hätte die Hand vor Augen nicht gesehen. Der Geruch hier drin war kaum noch auszuhalten.

Jem entdeckte, dass der Boden mit Gräsern, Zweigen und Ästen bedeckt war. Er ging in die Hocke und klaubte einen Zweig auf, an dem noch einige dürre Blätter hingen. Kaum hatte er das Feuerzeug daran gehalten, als er auch schon in Flammen aufging. Schlagartig wurde es hell.

Jem hielt den Atem an, dann stieß er einen Seufzer der Erleichterung aus. Die Höhle war unbewohnt.

Sie endete in etwa fünf Metern Entfernung und war trocken und eben. Knochen, Reste von verwesendem Fleisch und etliche Fellbüschel lagen wild verstreut in der Gegend herum. Kein Zweifel: Der Hausherr war fort. Er lag jetzt mit zerschmetterten Gliedmaßen am Fuße der Schlucht.

Naserümpfend untersuchte Jem die hintersten Winkel der Höhle. Der Bär hatte es sich offenbar gut gehen lassen. Links lag ein halb aufgefressenes Dickhornschaf, aus dessen Bauchhöhle bereits die Maden krochen. Zwischen den Überresten vergangener Gelage fanden sich nützliche Dinge, wie zum Beispiel ein gesplitterter Oberschenkelknochen, der sich hervorragend als Waffe einsetzen ließ, oder jede Menge Kaninchenfelle, mit denen man seine Kleidung auspolstern konnte.

Jem überlegte kurz, ob er die Höhle reinigen und all das vergammelte Zeug nach draußen befördern sollte. Andererseits – vielleicht hielten die intensiven Ausdünstungen ja andere davon ab, das Innere der Höhle zu erkunden. Dies war das Zuhause eines mächtigen Bären, da würde sich kein Tier so schnell hineinverirren. Nicht, solange es über eine feine Nase und einen angeborenen Überlebenswillen verfügte.

Jem beschloss, alles so zu belassen, wie es war, und sich stattdessen ein kleines Nachtlager herzurichten.

Zehn Minuten später prasselte ein Feuer in der Mitte der Höhle und spendete angenehme Wärme. Rauchschwaden sammelten sich unter der Decke und wanderten in Richtung Ausgang. Alles, was Jem widerlich oder eklig fand, hatte er in den entlegenen Winkel der Höhle verbannt, die Dinge, die ihm warm und behaglich vorkamen, hingegen nahe zu ihm und ans Feuer.

Sein Magen knurrte und er hatte noch immer den widerlichen Geschmack der Flechten auf der Zunge.

Sein Blick fiel auf das halb aufgefressene Dickhornschaf am Ende der Höhle. Das Tier mochte bereits mehrere Tage tot sein, aber dank der kühlen Temperaturen war es noch nicht verwest. Jem beschloss, die Sache näher zu untersuchen.

Maden waren natürlich nicht gerade appetitanregend, aber er hatte mal gelesen, dass sie wertvolle Energielieferanten waren und gar nicht schlecht schmecken sollten. Vorausgesetzt natürlich, man aß sie gegart.

Eine Pfanne hatte er nicht und die Dinger einzeln auf einen Zweig zu spießen und übers Feuer zu halten, kam ihm nicht sehr praktikabel vor. Aber er hatte eine Idee. Er suchte einen Stein, der eine einigermaßen flache Oberseite aufwies, klemmte ihn zwischen zwei Holzstücke und legte ihn in die Mitte des Feuers. Während der Stein rasch heißer wurde, fing Jem an, die Maden einzusammeln und in ein kleines Erdloch zu legen. Mit dem Taschenmesser erweiterte er die Bauchhöhle des Schafes, griff hinein und holte die Innereien heraus. Das Zeug war klebrig und matschig und machte eklige Geräusche. Würgend sog Jem die Luft in seine gequälten Lungen. Der Gestank war kaum zu ertragen. Er zwang sich, durch den Mund zu atmen. Am Flughafen hatte er zwar zugesehen, wie Tiere ausgenommen wurden, er hatte es aber noch nie selbst tun müssen. Widerlich!

Nachdem er den Rest der Innereien in der Erde verscharrt hatte, kehrte er zu dem Erdloch und den Maden zurück. Er klaubte den heißen Stein aus dem Feuer und legte ihn neben sich. Dann griff er in das Erdloch und verteilte eine Handvoll Maden auf dem Stein. Es zischte und brutzelte und schon bald roch es angenehm nussig. Die Maden hatten eine goldgelbe Farbe angenommen und wirkten plötzlich gar nicht mehr so eklig.

Mit spitzen Fingern pickte er eine davon heraus, steckte sie in den Mund und versuchte, sich vorzustellen, es sei eine Cashew-Nuss.

Nicht schlecht. Gar nicht mal schlecht. Ein bisschen Salz und man hätte sie durchaus als kleinen Snack abends zum Fernsehen anbieten können. Er nahm noch ein paar, kaute, schluckte und stillte so seinen nagenden Hunger. Zufrieden lehnte er sich zurück. Später würde er noch ein Stück Fleisch von dem Kadaver schneiden, aber vorerst war er satt.

Den gesplitterten Oberschenkelknochen durch den Gürtel geschoben, stand er auf und verließ die Höhle. Inzwischen hatte die Dämmerung eingesetzt. Die Sonne war in ihrem eisigen Grab verschwunden. Stattdessen blickte ein missgünstiges kaltes Auge von Mond auf ihn herab. Graues Zwielicht lag über dem Hochplateau.

In der Nähe plätscherte ein kleines Rinnsal die Felsen hinab. Jem formte die Hände zu einer Kelle und schöpfte das Wasser in seinen Mund. Es war kühl und sehr belebend.

Er prägte sich die Lage der Höhle ein, dann marschierte er los. Von einer inneren Unruhe getrieben, ging er in Richtung Westen. Er musste wissen, was mit seinen Freunden geschehen war. Konnte er sie überhaupt noch Freunde nennen? Er hätte sie dafür hassen müssen, dass sie ihn hier einfach zurückgelassen hatten – trotzdem fühlte er sich ihnen immer noch verbunden. Sie hatten zusammen schließlich eine Menge durchgemacht.

Er brauchte nicht weit zu gehen. Hinter einer kleinen Gruppe buckeliger Granitblöcke fand er eine ebene Felsterrasse, hinter der der Berg abrupt endete. Der Talgrund war in der Dunkelheit kaum noch zu erkennen. Auf der anderen Seite erhob sich ein schroffer Berg, dessen gesamte Flanke mit Gebäuden überzogen war. Kein Zweifel: Er hatte die Stadt der Überlebenden gefunden. Und was für eine imposante Anlage das war! Sie begann auf der rechten Seite mit dem Schrein der Sonne, folgte dann einer stark befestigten Mauer, hinter der ein großer Innenhof lag und erstreckte sich von dort labyrinthartig über die gesamte Bergseite. In vielen der Fenster brannten bereits Lichter. Beim genauen Hinschauen konnte er dahinter Menschen sehen, klein wie Ameisen. Er hörte Rufe, Gelächter und das Klirren von Geschirr. Vermutlich war gerade Essenszeit. Irgendwo ertönte eine Glocke.

Überlebende, dachte Jem. Es gibt sie also doch. Arthur hatte recht gehabt.

Jem spürte eine gewaltige Last von seinen Schultern fallen. Er fühlte sich plötzlich leicht und unbeschwert. Am liebsten hätte er laut gerufen und einen kleinen Freudentanz aufgeführt. Jetzt wusste er, dass alles wieder gut werden würde. Allein die Vorstellung, was sie wohl zu erzählen hatten, war schwindelerregend. In welchem Jahr befanden sie sich? Was war geschehen und was wussten sie über die Squids? Was war mit der Welt passiert und gab es irgendwo noch andere Überlebende?

Seufzend ließ er die Luft aus seinen Lungen entweichen. Der Atem kondensierte zu weißen Wölkchen. *Geschafft!* Endlich ein Hoffnungsschimmer.

Sollte er gleich versuchen hinüberzugelangen? Aber dann hätte er auf die Straße zurückgemusst. Das Tal selbst war zu steil, um heute Abend noch den Abstieg zu wagen. Und auf der Straße war es gerade alles andere als sicher.

Nein, er musste noch eine Nacht überstehen. Immerhin hatte er die Höhle. Die würde ihm Wärme und Schutz bieten. Gleich morgen würde er aufbrechen und die letzte Etappe in Angriff nehmen.

Er setzte sich auf einen Stein und blickte sehnsüchtig zu den erleuchteten Fenstern hinüber.

Während er da so hockte, wurde er von einem überwältigenden Heimweh gepackt. Er konnte es nicht verhindern. Er musste an seine Mutter, seine Freunde und auch an seinen Vater denken. An alle, die er zurückgelassen hatte.

Die Erinnerung an sie zerriss ihm fast das Herz. Das Gefühl war so übermächtig, dass er es keinen Moment länger ertragen konnte. Mit Tränen in den Augen zwinkerte er in die zunehmende Dämmerung, als er auf einmal einen gelben Tupfer bemerkte. Er war winzig, wurde aber rasch größer. Ein höchst unpassender Farbton, der wie ein Sonnenstrahl aus dem grauen Stein herausstach. Immer größer wurde er und klarer. Und dann war es eindeutig.

Jem sprang auf.

Das war ihr Bus.

Zuerst hatte er nur halb verborgen hinter einer Art Wachhütte gestanden, doch jetzt fuhr er langsam in die Mitte des Platzes, begleitet von vielen Menschen. Fahnen wurden geschwenkt, es wurde gelacht und gesungen.

Ihr Bus. Die anderen hatten es also tatsächlich geschafft!

Jem wusste vor Freude weder ein noch aus. Er lief auf und ab und beobachtete die Ankunft seiner Freunde. In diesem Moment vergaß er sogar, dass sie ihn im Stich gelassen hatten. Es interessierte ihn nicht, ob sie in Panik reagiert hatten oder ob es andere Gründe dafür gab – er war einfach nur glücklich, sie zu sehen.

Der Bus hielt an und die Türen gingen auf. Obwohl das Licht inzwischen merklich schwächer geworden war, sah er Marek, Zoe und Katta, dicht gefolgt von Olivia, Arthur und Paul, der auf einer Bahre aus dem Bus transportiert wurde. Ganz am Schluss kam Lucie aus der geöffneten Tür.

Ihr Anblick versetzte Jem einen Stich ins Herz. Wie klein sie aussah, wie zerbrechlich. Wie eine Spielfigur auf einem viel zu großen Brett. Sie trug immer noch ihre grüne Jacke. Ihre Haare hoben sich vor dem grauen Hintergrund wie eine Flamme ab. *Was denkst du, Lucie, was geht dir gerade im Kopf herum? Spürst du, dass ich dich beobachte?*

Er würde es herausfinden. Oh ja. Und wenn es das Letzte war, was er tat. Er würde allen Fragen nachgehen, alle Mosaikteilchen zusammensetzen und das Rätsel lösen. Aber nicht heute.

Wie die Flüsse zum Meer fließen, so muss auch die Zeit in die Zukunft fließen. Ab morgen würde er sich um alles kümmern.

Er blickte zum Horizont und entschied, dass es Zeit war zu gehen. Die Dunkelheit nahte mit großen Schritten. Morgen war ein neuer Tag.

Den Kopf voller Gedanken, machte er kehrt und ging zurück in seine Höhle.

61

Lucie blieb stehen. Sie meinte, etwas gespürt zu haben. Einen Wind. Einen Blick. Die Andeutung eines Gedanken.

Sie hob den Kopf.

Auf der Felswand gegenüber lag noch das letzte Licht des Tages. Irgendjemand hatte sie von dort aus beobachtet. Sie kniff die Augen zusammen und suchte nach einem Anhaltspunkt. Nach einer Bewegung, einem Schatten oder Farbtupfer. Doch da war nichts. Was immer sie da gespürt hatte, nun war es fort.

Sie seufzte.

In ihr herrschte ein einziges Gefühlschaos. Trauer, Wut und Erleichterung stritten um die Vorherrschaft. Trauer, weil Jem nicht mehr da war. Weil er jetzt irgendwo dort draußen war, in der Kälte und Dunkelheit. Weil er allein war, ohne Schutz, ohne etwas zu essen und ohne ein festes Dach über dem Kopf. Der Gedanke, dass er vielleicht verletzt oder gar tot war, brachte sie schier um den Verstand. Es war alles so schiefgelaufen, so verdammt schief. Sie hätte ihm viel früher sagen sollen, was sie für ihn empfand. Dass sie sich in ihn verliebt hatte. Dass ihr der Kuss nicht mehr aus dem Kopf ging.

Aber dafür war es jetzt zu spät.

Die Trauer mündete in Wut. Wut auf Marek und auf das, was er ihnen angetan hatte. Wut aber auch auf die anderen, weil sie einfach ihre Klappe gehalten hatten. Klar fanden sie Mareks Verhalten auch nicht toll, doch mehr als Worte waren nicht gefallen.

Wäre Jem jetzt bei ihnen gewesen, alles wäre perfekt. Denn jetzt waren sie in Sicherheit.

Sicherheit.

Wie hatte sie dieses Wort vermisst. Seit sie in Frankfurt gestartet waren, hatte es keine Atempause gegeben. Doch jetzt waren sie in einer sicheren Festung, sie hatten tatsächlich die Überlebenden gefunden. Und nicht nur ein paar: Dies war eine Siedlung, eine Stadt, in der Tausende von Menschen lebten.

Ein Gefühl unendlicher Erleichterung durchströmte sie. Erleichterung, aber auch Stolz, dass sie es so weit gebracht hatten. Acht Austauschschüler, inmitten einer Welt, die aus den Fugen geraten war. Wer hätte ahnen können, dass sie so weit kommen, dass sie so viele Gefahren überstehen würden und immer noch am Leben waren?

Die Zukunft besaß einen hoffnungsvollen Silberstreifen.

»Komm schon, Mädchen. Die anderen sind längst drin.«

Der Wachtposten mit den grauen Augen wartete auf sie. *Ragnar.* Was für ein seltsamer Name. »Es tut mir leid, dich drängen zu müssen, aber der Fürst wartet. Ich habe meine Befehle.«

»Ist schon gut, ich komme.«

Er sah neugierig auf die andere Talseite hinüber. »Was gab es da zu sehen?«

»Nichts.« Sie ließ ihn stehen und ging die Stufen hinauf. Aus dem Augenwinkel heraus beobachtete sie, wie er für einen Moment lang die Felswand absuchte. Dann aber kam er hinter ihr her.

Durch die geöffnete Tür ergoss sich warmes, einladendes Licht über die Stufen. Der Geruch von gebratenem Essen stieg ihr in die Nase und ließ ihr das Wasser im Mund zusammenlaufen. Mein Gott, hatte sie einen Hunger!

Oben angekommen, drehte sie sich noch ein letztes Mal um. Inzwischen war auch der letzte Sonnenstrahl verschwunden. Das Land lag grau in grau. Was für eine abweisende, lebensfeindliche Welt. In weiter Ferne hörte sie Wolfsgeheul. »Komm.« Ragnar berührte sie am Arm. »Drinnen ist es warm und wir haben etwas zu essen für euch. Eure Betten werden bereits hergerichtet.«

»Einer von uns fehlt noch«, sagte sie. »Er ist immer noch da draußen.«

»Ich weiß«, sagte Ragnar und warf ihr dabei einen schwer zu deutenden Blick zu. »Marek hat es mir erzählt. Im Moment können wir nichts für ihn tun, aber gleich morgen starten wir ein Suchkommando.«

»Und falls er noch kommt ...?«

»Werden wir ihn natürlich reinlassen. Sei unbesorgt. Ihr seid hier für den Moment sicher. Komm, ich muss das Tor verriegeln.«

Sie nickte. Ein letzter Blick hinauf zu den Bergen, dann ging sie durch die Tür ins Innere.

Ende Teil I

Fortsetzung folgt ...

Danksagung

Bei der Oscar-Verleihung ist dies oftmals der Höhepunkt. Ein Schauspieler steigt auf die Bühne, tritt hinter das Mikrofon und beginnt mit bebender Stimme und Tränen in den Augen, eine ausufernde Rede zu halten. Der Dank gilt der Mutter, dass sie den Betreffenden unter Schmerzen zur Welt gebracht hat, dem Vater, dass er die Erziehung mit strenger, aber gerechter Hand vollzogen hat, und natürlich dem lieben Gott, für die wundersame und farbenfrohe Gestaltung des Universums. Sollte zu diesem Zeitpunkt die Uhr noch nicht abgelaufen sein und die Band noch nicht zu spielen begonnen haben, bleibt vielleicht noch Zeit, den kreativen Köpfen und fleißigen Händen zu danken, die den Film überhaupt erst möglich gemacht haben.

So ungerecht!

Ich würde daher das Pferd gerne von hinten aufzäumen. Ein Roman ist zwar kein Spielfilm, aber bis er in den Buchhandlungen erscheint und ihn der Leser in den Händen halten kann, haben auch hier viele Menschen hervorragende Arbeit geleistet. Verleger, Lektoren, Vertreter, Drucker, Buchhändler und so weiter. Da ich natürlich nicht jedem Einzelnen danken kann, möchte ich stellvertretend ein paar besonders wichtige Menschen herauspicken.

Zum einen meine Lektorin Stefanie Letschert, die mit klarem Verstand und offenem Blick aus einem fehlerhaften Manuskript einen richtigen Roman gemacht hat und die trotz meiner Panikattacken stets ruhig und besonnen geblieben ist.

Julia Röhlig, die mich für Arena »entdeckt« hat und die mir stets eine kompetente Ansprechpartnerin war.

Bastian Schlück für die vielen Jahre freundschaftlicher Zusammenarbeit.

Und natürlich meiner Frau und meinen beiden Söhnen, die tagtäglich die Launen eines Schriftstellers ertragen müssen, ohne dass sie sich je darüber beklagt hätten.

Euch, und all den anderen, ein herzliches Dankeschön!

Thomas Thiemeyer im April 2016

Thomas Thiemeyer

Evolution

Der Turm der Gefangenen

Mit letzten Kräften haben Jem, Lucie und ihre Freunde die Stadt der Überlebenden erreicht. Doch statt der erhofften Gleichgesinnten treffen sie dort auf Fremde voller Hass. Zwischen den Türmen scheint das Mittelalter wieder aufgelebt zu sein: Technik gilt als schwarze Magie, gegen Tiere herrscht Krieg und Fragenstellen ist verboten. Als die Jugendlichen aus alten Büchern von anderen Zeitspringern erfahren, entlädt sich der Zorn des Burgherrn. Ihnen bleibt nur die Flucht zum einzigen Ort, der Hoffnung verspricht: zur Oase der Zeitspringer. Doch der Weg dorthin führt mitten ins Land der Squids.

Thomas Thiemeyer

Evolution

Die Quelle des Lebens

Endlich am Ziel! Nach einer strapaziösen Flucht durch Sümpfe und Wüsten erwacht Jem in der Oase der Zeitspringer. Doch wie ist er hierher gekommen und wo sind seine Freunde? Katta ist verschwunden, Lucie und der kleine Squid liegen im Koma. Als Anführerin GAIA sich seiner annimmt, keimt in Jem Hoffnung: auf Rückkehr, auf ein neues Leben. Aber dann erwacht Lucie und den Freunden wird klar, in welch perfides Spiel sie geraten sind. Ein Spiel, das die Zukunft der Erde bedroht. In einer finalen Schlacht müssen die Jugendlichen sich entscheiden: Stehen sie auf der Seite der Tiere oder der Menschheit?

Claudia Pietschmann

GoodDreams

Wir kaufen deine Träume

Leah will nicht mehr träumen. Zu sehr treibt sie die Angst um, nicht in die Realität zurückkehren zu können. Ihr Zwillingsbruder Mika versteht Leah nicht. Er ist Profiträumer und verdiente lange mit seinen Träumen Geld. Geld, das die Geschwister dringend für ihren kranken Vater brauchen. Eines Tages erhält Mika eine anonyme E-Mail und damit die Chance auf 250.000 Dollar: Er soll bei einem geheimen Spiel mitmachen und gegen drei andere Jugendliche antreten. In einem Traum, der zum Albtraum wird ...

Arena

Als E-Book erhältlich

360 Seiten • Kartoniert
ISBN 978-3-401-51037-8
www.arena-verlag.de

Andreas Eschbach

Black*Out

Christopher ist auf der Flucht. Gemeinsam mit der gleichaltrigen Serenity ist er unterwegs in der Wüste Nevadas. Irgendwo dort draußen muss Serenitys Vater leben, der Visionär und Vordenker Jeremiah Jones, der sämtlicher Technik abgeschworen hat, nachdem er erkennen musste, welche Gefahren die weltweite Vernetzung mit sich bringen kann. Doch eine Flucht vor der Technik – ist das heute überhaupt möglich? Serenity ahnt bald, auf was und vor allem auf wen sie sich eingelassen hat. Denn der schwer durchschaubare Christopher ist nicht irgendjemand. Christopher hat einst den berühmtesten Hack der Geschichte getätigt. Und nun ist er im Besitz eines Geheimnisses, das dramatischer nicht sein könnte: Die Tage der Menschheit, wie wir sie kennen, sind gezählt.

Arena

Auch als E-Book erhältlich und
als Hörbuch bei Arena audio

464 Seiten • Kartoniert
ISBN 978-3-401-50867-2
www.arena-verlag.de